红色广东丛书

谢友义 著

赤魂·赤土·赤旗

广东海陆丰农民运动群雕

SPM
南方出版传媒
广东人民出版社
·广州·

图书在版编目（CIP）数据

赤魂·赤土·赤旗：广东海陆丰农民运动群雕 / 谢友义著.—广州：广东人民出版社，2021.6

（红色广东丛书）

ISBN 978-7-218-14986-8

Ⅰ.①赤… Ⅱ.①谢… Ⅲ.①纪实文学—中国—当代 Ⅳ.① I25

中国版本图书馆 CIP 数据核字（2021）第 061070 号

CHIHUN · CHITU · CHIQI: GUANGDONG HAILUFENG NONGMIN YUNDONG QUNDIAO

赤魂·赤土·赤旗：广东海陆丰农民运动群雕

谢友义 著

出 版 人：肖风华

责任编辑：王 鹏
特邀编辑：陈岱灵
封面设计：李卓琪
责任技编：周星奎 吴彦斌

出版发行：广东人民出版社
地　　址：广州市海珠区新港西路 204 号 2 号楼（邮政编码：510300）
电　　话：（020）85716809（总编室）
传　　真：（020）85716872
网　　址：http://www.gdpph.com
印　　刷：广东鹏腾宇文化创新有限公司
开　　本：787mm×1092mm 1/16
印　　张：16.25 字　数：226 千字
版　　次：2021 年 6 月第 1 版
印　　次：2021 年 6 月第 1 次印刷
定　　价：50.00 元

如发现印装质量问题，影响阅读，请与出版社（020-85716849）联系调换。
售书热线：（020）85716826

总　序

百年征程波澜壮阔，百年大党风华正茂。习近平总书记在党史学习教育动员大会上指出："我们党的一百年，是矢志践行初心使命的一百年，是筚路蓝缕奠基立业的一百年，是创造辉煌开辟未来的一百年。"翻开风云激荡的百年党史，一代又一代中国共产党人，用鲜血和生命浸染了党旗国旗的鲜亮红色，书写了可歌可泣的历史篇章，铸就了彪炳史册的丰功伟绩。一百年来，党的红色薪火代代相传，革命精神历久弥坚，红色基因已深深根植于共产党人的血脉之中，成为我们党坚守初心、永葆本色的生命密码。

广东是一片红色的热土，不仅是近代民主革命的策源地，也是国内最早传播马克思主义、最早成立共产党早期组织的省份之一。在新民主主义革命的漫长历程中，广东党组织在中共中央的领导下，发动、组织和领导广东人民开展了一系列广泛而深远的革命斗争。1921年，广东党组织成立后，积极开展工人运动、青年运动，并点燃农民运动星火。第一、二、三次全国劳动大会连续在广州召开，全国工人运动的领导机关——中华全国总工会在广州诞生。中国社会主义青年团第一次全国代表大会在广州召开，促进了全国团组织的建立、发展。在"农民运动大王"彭湃领导下，农潮突起海陆丰影响全国。

1923年，中共中央机关一度迁至广州，中国共产党第三次全国代表大会在广州召开，推动形成了第一次国共合作，建立了国民革命联合战线，掀起了大革命的洪流。随后，在共产党人的建议下，黄埔军校在广州创办，周恩来等共产党人为军校的政治工作和政治教育作出了重要贡献，中国共产党也从黄埔军校开始探索从事军事活动。在共产党人的提议下，农民运动讲习所在广州开办，先后由彭湃、阮啸仙、毛泽东等共产党人主持，红色火种迅速播撒全国。1925年，广州和香港爆发省港大罢工，声援五卅运动，成为大革命高潮时期一个十分引人注目的重要斗争。1926年，在统一广东革命根据地后，国民革命军在广州誓师北伐，以共产党员为骨干的北伐先锋叶挺独立团所向披靡，铸就了铁军威名。在北伐战争胜利推进的同时，广东共产党组织和党领导的革命队伍迅速扩大和发展，全省工农群众运动也随之进入高潮。

1927年"四一二"反革命政变以后，广东共产党组织在全国较早打响反抗国民党反动派血腥屠杀的枪声，广州起义与南昌起义、秋收起义一起，成为中国共产党独立领导中国革命、创建人民军队的伟大开端。随后，广东党组织积极探索推进工农武装割据，在海陆丰建立第一个县级苏维埃政权，并率先开展土地革命，开启了中国共产党领导人民进行的最重大的社会变革。与此同时，广东中央苏区逐步创建和发展起来，为中国革命的发展作出了不可磨灭的贡献。1931 年，连接上海中共中央机关与中央苏区的中央红色交通线开辟，交通线主干道穿越汕头、大埔，成功转移了一大批党的重要领导，传送了重要文件和物资，成为土地革命战争时期党的红色血脉。1934 年，中央红军开始了举世瞩目的长征，广东是中央红军从中央苏区腹地实施战略转移后进入的第一个省份，中央红军在粤北转战 21 天，打开了继续前进的通道，成功走向最后的胜利。留守红军在赣粤边、闽粤边和琼崖地区进行了艰苦卓绝的游击战争，高举红旗永不倒。

抗战全面爆发后，中共中央和中共中央长江局、南方局十分重视和加强对广东党组织的领导，选派了张文彬等大批干部到广东工作。日军侵入广东以后，广东党组织奋起领导广东人民开展敌后抗日游击战争，成立了东江纵队、琼崖纵队、珠江纵队、广东人民抗日解放军、南路人民抗日解放军和韩江纵队等抗日武装，转战南粤辽阔大地，战斗足迹遍及 70 多个县市。华南敌后战场成为全国三大敌后抗日战场之一，党领导的广东人民抗日武装被誉为华南抗战的中流砥柱。香港沦陷以后，在中共中央的领导和周恩来等人的精心策划安排下，广东党组织冲破日军控制封锁，成功开展文化名人秘密大营救，将800多名被困香港的文化名人、爱国民主人士及家眷、国际友人等平安护送到大后方，书写了抗战史上的光辉一页。

解放战争时期，在中共中央的领导下，华南地区大力开展武装斗争，开辟出以广东为中心的七大块游击根据地，成立了中国人民解放军琼崖纵队、粤赣湘边纵队、闽粤赣边纵队、桂滇黔边纵队、粤中纵队、粤桂边纵队和粤桂湘边纵队等人民武装，其中仅广东武装部队就达到8万多人，相继解放了广东大部分农村，在全省1/3地区建立起人民政权，为广东和华南的解放创造了有利条件。在广东党组织的配合下，人民解放军南下大军发起解放广东之役，胜利的旗帜很快插遍祖国南疆。

革命烽火路，红星照南粤。广东见证了中国共产党从新生到大革命、土地革命，再到抗日战争、解放战争等革命斗争全过程。其间，毛泽东、周恩来、刘少奇、朱德、邓小平、叶剑英、彭德怀、刘伯承、贺龙、陈毅、聂荣臻、徐向前、李富春、粟裕、陈赓等老一辈革命家和李大钊、蔡和森、瞿秋白、陈延年、彭湃、叶挺、杨殷、邓发、张太雷、苏兆征、杨匏安、罗登贤、邓中夏、恽代英、萧楚女、阮啸仙、张文彬、左权、刘志丹、赵尚志等一大批革命先烈都在广东战斗过，千千万万广东优秀儿女也在革命斗争中抛头颅、洒热血，留下了光照千秋的革命历史和革命精神。广东这片红色热土，老区苏区遍布全省，大大小小的革命遗址分布各地，留下了宝贵而丰厚的红色文化历史遗产。

习近平总书记强调，中国革命历史是最好的营养剂。重温这部伟大历史能够受到党的初心使命、性质宗旨、理想信念的生动教育，必须铭记光辉历史、传承红色基因。我们有责任把党领导广东人民进行革命斗争的光辉历史和伟大功绩研究深、挖掘透、展示好，全面呈现广东红色文化历史，更好地以史铸魂、教育后人，让全省人民在缅怀英烈、铭记历史中汲取砥砺奋进的强大力量，让人们深刻认识红色政权来之不易，新中国来之不易，中国特色社会主义来之不易，确保红色江山的旗帜永远高高飘扬。

为充分挖掘广东红色文化资源的丰富内涵，我们组织省内党史、党校、社科、高校等专家学者，集智聚力分批次编写《红色广东丛书》。丛书按照点面结合、时空结合、雅俗结合原则，分为总论、人物、事件、地区、教育五个版块。总论版块图书，主要综述中国共产党在广东的革命斗争历史概况，人物版块图书主要讴歌广东红色人物，事件版块图书主要论说党领导广东人民开展革命斗争的历史事件，地区版块图书从地市和历史专题角度梳理广东地域红色文化，教育版块图书着力打造面向青少年及党员的红色主题教材。丛书以相关的文物、文献、档案、史料为依据，对近些年来广东红色文化资源研究成果做了一次全面系统梳理，我们希望这套丛书能为党史学习教育、革命传统教育、爱国主义教育提供重要内容支撑。

一切向前走，都不能忘记走过的路，走得再远、走到再光辉的未来，也不能忘记走过的过去，不能忘记为什么出发。站在"两个一百年"的历史交汇点上，我们要更加坚定自觉地学史明理、学史增信、学史崇德、学史力行，赓续红色血脉，传承红色基因，以一往无前的奋斗姿态、风雨无阻的精神状态，推动广东在全面建设社会主义现代化国家新征程中走在全国前列、创造新的辉煌。

《红色广东丛书》编委会

2021 年 6 月

名家推荐

谢友义的《赤魂·赤土·赤旗》，是在对当年广东海陆丰农民革命运动史的真实追踪下，文学的还原再现以彭湃为领袖的一批革命家，发动团结当地农民，高举反封建、反帝反剥削旗帜的伟大斗争情景的作品。在深入广泛搜索采访的基础上，作家力尽客观与形象地书写了彭湃作为中国农民革命先驱，最早在海陆丰地区开展唤醒农民，并组织起来武装维护自身利益，建立苏维埃政权，有力榜样和促进中国革命发展的激情故事以及不幸被出卖牺牲的情形，非常具有革命史的保存及崇高伟大革命精神教育意义！作品对当年与彭湃前后一起投身农民运动的战友们的事迹，也努力给予呈现，使这种历史的革命活剧更加波澜多姿，激动人心。作家在线性串珠式的有机结构叙述下，以带有情怀的语言描写，使历史的人物性格、无私精神具有了生发的力量，对现实的社会生活富有教益与敬畏臣服的榜样价值！

——著名评论家、中国报告文学学会常务副会长　李炳银

报告文学《赤土·赤魂·赤旗》是友义兄继《肝胆两昆仑》之后的又一力作，是讲好广东故事、讲好中国故事、讲好红色故事的又一宏篇。故事以中国早期共产党员、革命先驱、"农民运动大王"彭湃及其战友们在广东海陆丰领导农民革命运动的系列故事为主线，再现当年波澜壮阔的革命战争画卷，彰显彭湃等革命先烈对党、对祖国、对人民的无限忠诚，以及为革命事业奉献青春热血、为民族复兴以生命相许的家国大爱。故事以详实的史料为支撑，辅以扎实的采访，令作品既富有浓厚的红色风格，又凸显独特的地域性。当然，这部作品最大的亮点，当是有温度、有深度、有力度！

——著名作家、鲁迅文学奖获得者　纪红建

目　录|

赤 土 篇

赤 旗 篇

引言：海丰的鲤趋埔林

那苦难岁月里，在海陆丰人的心中，都留存着一尊神，他就是"彭菩萨"。

2019年8月10日，烈日炎炎，笔者一行来到了粤东海丰县城鲤趋埔。

相传很久以前，一到夏季大雨滂沱，鲤鱼成群结队游到福临坑的出口处栖息下来，人们把这奇特之地称为"鲤趋埔"。

走近一道风雨百年的土墙，贴近林祖祠小学，依稀又见手执教鞭的林晋亭先生激情昂扬地讲述文天祥"人生自古谁无死，留取丹心照汗青"的诗句，台下的彭湃和同学们正在感受老师传递的"一身正气"的家国情怀。

"你好，你好，请到屋里坐。"突然被几位热情的主人叫住了，我一下回过神来。这院子旁边有一幢小房子，门口站满了林家人，他们特别热情，最显眼的是一位满头银发、慈祥和蔼的老人。这老人就是林晋亭女儿、"长林正气、铁笔丹史"林铁史烈士的胞妹、现年94岁的林瑶珍老人。

透过历史的窗台，我们又见海丰名门望族"鲤趋埔林"的荣耀：林家人才辈出，从雍正十三年（1735）至清末每一代都有举人、拔贡生、副贡生、岁贡生、太学生、恩贡生、廪贡生、附贡生、增贡生层出不穷，声名显赫的历史格外受人敬重，人们提起林晋亭更是肃然起敬。

在林瑶珍老人的详细介绍下，我又一次回首百年前的那年那月，脚下的这片热土一直流传的那段动人而精彩的革命故事……

"我兄妹11人，父母有了林铁史、林洪、林北、林聪、林洽、林大珍、林坤珍、林珠珍、林碧珍等9个子女后，1927年9月，54岁的爸爸又得了排行第十的我，后来又有了我妹林茹珍。"林瑶珍老人见笔者坐了下来，就话家常般同我们聊起她的家事。

"在我很小的时候，爸爸就同我说过，咱祖上三代都是有功名的。爸爸是中国同盟会会员，他的一生都在探索中前行，最令我难以忘怀的是他在彭湃成为革命者的道路上给予彭湃的全力启蒙和衷心帮助。"

历史就这么巧合，彭湃就读于桥东林祖祠小学，在这里遇上了改变其一生的恩师——在此任教的林晋亭。

正直、充满家国情怀的林晋亭拥有一腔热血，他在课堂上每每谈起文天祥、林则徐等人奋进的事迹，都能给彭湃带来启发。

历史就是这么巧合，1914年秋，彭湃考入县立海丰中学，再次成为林晋亭的学生——林晋亭当时执教于该校。这也是彭湃特别兴奋的事。因为林晋亭老师的革命理念早就深深烙印在他的心里。

彭湃等进步学生在学校发起向封建主义、封建文化猛烈进攻的行动和成立"群进会"时，得到老师林晋亭的大力支持。当时的林晋亭留心时政，他希望与这些有主见的后生仔一起去实现心中的理想。他成了学生们追求真理的带路人。

1916年夏，海丰街头，"五七"国耻一周年反日爱国游行轰轰烈烈地举行。林晋亭、黄杰群、周卜西等老师组织彭湃等学生积极参与。

就在这一年，震惊海丰的"五坡岭立像"事件，在林晋亭的支持下，最后以林干材下台结束，赢得了老百姓的欢呼。

喜欢思考的林晋亭是费了不少心思的，鲤趋埔这片土地与海丰这片天空都在见证着这位革命先行者时而叹息、时而激情的身影。

"关山满目蔽尘氛，夜雨萧萧不忍闻。知否乾坤齐洗净，明朝碧海见晴曛。"1917年春，海丰大地乍暖还寒，面对即将到日本留学的彭湃，林晋亭心里甚是感慨，挥毫赠诗，作为老师对爱徒的寄托与鼓励，更多的是对国家前途的担忧与期盼。

而彭湃也不负老师所望，1921年学成回到海丰后，在广东省长陈炯明的秘书林晋亭极力推荐下，当上了海丰县教育局局长。

记忆中的父亲林晋亭是值得瑶珍老人一辈子自豪的。

"我钦佩父亲的才学与家国情怀，特别为父亲能将彭湃引上为真理而奋斗的革命征途而深感骄傲，还有在父亲的引导下走上革命的亲人们。"慈祥的林瑶珍老人回忆着逝去的岁月。

是的，时光久远，渐行渐远的岁月无法抹去林家11位亲人在风云激荡的岁月，用鲜血和生命谱写的"豪门新篇"红色传奇故事。

"我们林家一门忠烈，其中就有胞兄林铁史，堂兄林新家、林芳史、林通经、林庆家、林集家、林文史，堂侄林仲岳、林仲卫，还有林照乘、林仲鹏。"思路清晰的林瑶珍老人说起这些遇难的亲人，眼角湿湿的。

这些亲人有的在战场上牺牲，有的是被国民党反动派杀害，虽然她只在襁褓中见过他们，有的甚至从未见过面，但老人家说这些亲人的音容笑貌从来没有在她的梦中消失。比如，她最敬仰的胞兄林铁史的形象也是听说而已……真实的胞兄林铁史又是怎样的？林瑶珍老人在人生旅途中从未停止过盘问自己。

而林晋亭是彭湃走上革命道路的引路人，因为他的启蒙，彭湃成为了坚定的马克思主义战士。在党的早期革命历程中彭湃与他的战友们并肩作战，与国民党反动派展开了一场场生与死的

采访札记

这次来海丰采写，我得到汕尾市红色文化协会会长彭丹（彭湃之孙）的大力支持。尽管彭丹会长没有前来，他在广州公务缠身，但他的手机就一直没停过，主要是要红色文化协会的会员们协助笔者，到哪个点采访哪些人哪些事。在汕尾市红色文化协会常务理事陈俊、副秘书长钟仁基，红色后代工作部部长林小健、秘书长林坚、理事邱汉钦、陈军雄、陆如顿、林小平等人的引领下，笔者首先来到了海丰县城鲤趋埔林家。鲤趋埔林的林晋亭是叱咤风云的农民运动大王彭湃烈士当年的老师。来海丰瞻仰革命先烈，就要先来鲤趋埔林，饮水思源，林晋亭是点燃彭湃革命火把的启蒙人。

非常感激他们百忙中的帮助，使我顺利地完成采访。

在写作过程中，我得到彭湃儿媳妇陈平、林晋亭女儿林瑶珍的大力支持，林晋亭之孙、林铁史之子林涛，及妻子余泽荣一再嘱托随行的表弟邱汉钦要积极配合采写工作。林氏族亲林镇、林小平、林小健等都有崇高的革命信仰，几次的采访，林氏家族都非常支持，派人派车全程接待，着实令笔者感动不已。

较量。他率领着林家兄弟、自家兄弟，以及张妈安、林沛、林焕、李老四、李思贤、古大存、刘琴西、刘尔崧、罗屏汉、曾和世、杨其珊、万维新、李劳工等革命前辈掀起海陆丰农民运动高潮，声势席卷全国，为中国农运史书写下了壮丽的篇章。

彭湃，这位海陆丰农民运动的创始人、中国农民运动大王，是中国革命的先驱！时光渐行渐远，当年他们铮铮铁骨、激情似火的誓言犹如在耳，彭湃的追随者，是时代的英雄，他们如座座高大群雕耸立在人民的心中，不曾远去。

拨开历史的烟雾，我们再次或触摸或感受先烈们那年那月的永恒信仰……

赤魂 篇

第一章　彭湃一生，一生澎湃

只有精彩的生命，才配得上精彩的传记；只有巨浪接天的大海，才称得上澎湃。而彭湃的一生，当得起"澎湃"二字。

一、唯有以血才能唤醒民众
——日本留学时期的彭湃

1

彭湃，乳名天泉，自幼聪明。其母周凤老人在《湃的小史》中描述："湃少聪颖，超群儿，七岁能背诵古文，一无遗字，善楷工书。九岁时，我家的春联，则免多劳于别人。家先翁教诸孙儿读书时，早知湃的出萃，一面欢喜，一面爱惧，曾对我说：此儿是我家的千里驹，须善教养，但我家以后的兴旺，完全和天泉一人大有关系。"

彭湃在海丰中学念书时，好谈论时事和参加社会活动，是一个富有朝气的青年，他有追求新知识的强烈愿望，向往广州的新学堂。但是他的祖父是个顽固保守、嫉恶新学的人，不肯让彭湃出外念书。直到1917年，彭湃才在陈其尤的帮助下离开海丰到广州，并准备去日本留学。

陈其尤在《帮助彭湃到日本留学》中说："过去彭湃家和我家过往甚密，彭湃年轻时也常来我家书房和我弟辈座谈……1917年我在日本留学毕业后回家，彭湃见他祖父认为我有孝道对我有好感，曾一再请我代向他的祖父说情。我为了成全他的志向，遂托我的堂兄去说服他的祖父。我的堂兄知道新思想不可能说服他的祖父，故针对彭家虽富有但无势力，每逢征军需时常受官府迫勒的弱点，对他的祖父说：'家里有一个人在外读书，将来就可免受欺负。'他的祖父果然受此话打动，同意了彭湃在广州读书。彭湃去广州时是由我带他取道香港前往的。"①

2

彭湃到广州后就读于广府中学。但一个多月后，他就再次给陈其尤写信，请他帮忙说服祖父让他去日本留学。最终他的祖父同意了。原因有二：

其一，"彭家虽富，但在地方上势力不大，常受对河（龙津河）东笏的有钱有势的大地主陈月波的欺侮。正因为这样，彭湃的祖父想争口气，希望子孙中出人才，便舍得花钱给他们读书"。②彭家虽然是桥东社首屈一指的大户，在海丰算是第一二流的富户，最盛时期拥有铺面40余间，雇工十七八人，每年收租1600多担谷，收高利贷400多担谷，成了远近闻名的"桥东彭"。但彭家是外来户，因此并无势力。虽有钱但乏势，

创作札记

有文章说彭湃去日本留学是陈炯明资助的，看来与事实不符，但他的弟弟彭述去日本留学是否受陈资助，就不得而知了。

① 陈其尤：《帮助彭湃到日本留学》，叶佐能编：《彭湃研究史料》（上），中共中央党校出版社2007年版，第43页。

② 黄鼎臣：《怀念彭湃》，中共海丰县委宣传部、党史研究室编：《不朽的丰碑》，人民出版社1996年版，第12页。

在政治上同样也受到陈姓的压迫。

彭湃的母亲周凤在《湃的小史》中说:"湃在海丰毕业于中学后,决心留学,请翁示不准。因家先翁年近八十,不愿其孙儿远离膝下耳。但湃求学心切,转恳氏为之请求。氏以男儿不甘雌伏,其志可嘉,深为窃喜,极力请求于家先翁者再而三,翁既表赞同,也毅然答允。"

其二,海陆丰农村数百年来受孔孟影响颇深,"学而优则仕"的观念被广为认同。彭湃的祖父觉得学成回来花钱捐个仕途,光宗耀祖扬名立万也是不错的,是一个划得来的投资。"想当官吗?竞公(即陈炯明)当然有事给你干。"至于彭湃在日本接触和比较了各种学说后,坚定地选择了马克思主义、秉志改革社会那是另当别论,但彭家想让他学成回来当官这是无疑的。

3

1917 年年初,彭湃如愿以偿,东渡日本留学,并考进早稻田大学的政治经济学专门学部。在这里,他的爱国救民思想得到进一步发展,参加反日救国的活动也越来越积极。

1918 年 5 月 16 日,中方正式在卖国丧权的《中日陆军共同防敌军事协定》上签了字。留日学生获讯后,无不义愤填膺。平时并不喜欢照相的彭湃,特别邀集留日同学黄霖生、陆精治合影一张,名曰"国丧纪念照",并在照片上题词:"民国七年中国军事亡国协定被迫签订之日,特摄此'国丧纪念'照片,以示国仇之不忘。"

1919 年中国在巴黎和会上外交失败的消息传到东京,加之日本政府以中国的"国耻"为日本的"国荣"(日本政府决定 5 月 7 日为皇太子冠礼之日),激起了中国留学生的无比愤慨。1919 年 4 月中旬,在获悉中国驻日公使、卖国贼章宗祥将要回国述职后,彭湃组织发动部分留日学生前往东京火车站拦截。当章宗祥从地下楼梯上来乘车时,站立在旁的彭湃兀地挥起一拳,直向章宗祥背上打去。留学生们也一拥而上,高呼口号,并把写着"打倒卖国贼"的小旗掷到章宗祥坐的车里去。

五四运动爆发的消息传到日本后，留日学生的爱国热情更加高涨，他们决定召开"五七国耻纪念大会"。由于日本当局和中国驻日使馆的阻挠，不仅大会无法举行，一些前往开会的中国留日学生还惨遭日本军警的毒打，27人受伤，35人被捕。彭湃是这一活动的积极参加者，也被打得"头部手足破皮流血"。彭湃义愤填膺，回到住处找来一块长约1米、宽约1尺的白布，破指血书"勿忘国耻"四个大字，寄回海丰学生联合会。这封用血写成的信后来贴在海丰中学的墙报上，整个学校沸腾起来，学生们纷纷举行罢课、示威游行。

4

彭湃回国前，施存统曾与他谈话。当时施是社会主义青年团旅日支部的负责人，他后来回忆说："彭湃在1921年5月回国之前，我代表留日中国共产党小组和他做过一次长谈。他的主张就是：中国农民占多数，中国的革命要靠农民。据我所知，他对农民运动的重视比我们任何人都早。"[1]

事实证明，彭湃是时代的先驱，先知先觉者。1923年2月20日，由彭湃起草的《海丰总农会成立宣言》中便明确宣告："我们农民，是世界生产的主要阶级。人类生命的存在，完全是

创作札记

这次集会的重要意义在于：彭湃显示了他的反抗精神和组织群众运动的能力。

列强虎视，国贫民弱，在日留学时期的彭湃痛切地感到：唯有以血才能唤醒民众。

创作札记

我们常讲，不懂得乡村何以懂中国。彭湃生长于农村，他看到农民的生活现状，衣不蔽体，食不果腹，呼饥号寒，悲苦无助。他们本已一无所有，赤手空拳，如不改变社会，他们都将在黑暗中死去，别无选择。

---

[1] 施复亮：《和彭湃的一次谈话》，刘林松、蔡洛编：《回忆彭湃》，人民出版社1992年版，第150页。

靠着我们辛苦造出来的米粒。我们的伟大和神圣，谁敢否认！""农民就是全国最大多数的国民，中国国民革命若不得占全国人口 80% 的农民参加，则革命断不能成功。"

二、"背后绝无半个工农"

1

创作札记

日本有一个名叫容应萸的学者，专门研究彭湃在日本留学时的经历以及思想的形成，并著有《彭湃与建设者同盟》长篇论文。

彭湃就读的早稻田大学政治经济学专门学部，培养学生的特点是："为学生提供更实际的理论知识，保证学生毕业后能马上找到工作，如在政府机关或工业部门里任职。"①

事实上也确实如此：彭湃回国后，曾担任海丰县劝学所所长（即教育局局长）。关于此，一说 1921 年 8 月，海丰原劝学所所长因故被迫辞职。陈炯明见彭湃是海丰人，且是留学生，年轻有为，是个人才，想拉来为己所用，于是指示县长翁桂清聘请彭湃为海丰县劝学所所长。也有一说，是林晋亭向陈炯明举荐的彭湃。

而据彭湃给李春涛的信中说，他接受这一职位是因为"还是发着梦的想从教育入手去实现社会的革命"。在没从事农民运动之前，他希图改变社会的抓手其实是教育。他认为教育可以启发民智，可以推动社会变革。

---

① ［日］容应萸：《彭湃与建设者同盟——论20世纪初中日左翼知识界的关系》，中共广东省委党史研究委员会办公室编：《纪念彭湃论文选》，第298页。

2

就这样，彭湃从日本回来后，怀揣着新思想深入社会，深入民众，试图启迪民智，改革社会。

1921年9月1日，彭湃在《新海丰》创刊号上发表《告同胞》一文，怒斥私有财产制度是人类最不合理的社会制度，大声疾呼："日光、空气、土地，三者皆非人力所能创造而成者；日光则任人利用，空气则任人呼吸，至于土地亦当任人自由居住。然则竟大谬不然，少数特权阶级田园阡陌，高楼大厦，闲游无事而衣食住自足；贫者则无立锥之地，耕不得食，织不得衣，造成屋宇而不得住。"因此必须推翻资本主义社会，实现社会主义革命。文章断言当时的时代是一个"破坏时代"，要破坏法律、政府、国家。这又反映了他当时的无政府共产主义的观点。彭湃在《写给文亮的信》中说："我从前是很深信无政府共产主义的，两年前才对马氏发生信仰。""年来的经验，马氏我益深信。"（注：原文如此）

但彭湃激进的新思想却遭到海城封建势力遗老遗少们的强烈不满，他们在《陆安日报》著文抨击，恶毒攻讦。彭湃于是针锋相对，与李春涛等办了《赤心周刊》，向旧势力公开叫板。

一天，彭湃刚回到家中，妹妹惶惶然对他说："母亲今日不知因何事哭了一场，还说要打死你。"彭湃赶紧跑进厅内，果然见母亲在那里

创作札记

李春涛，彭湃留日时的同学，于1917年在东京认识，且同校同科同级。1927年4月27日被国民党杀害于汕头。他写的《海丰农民运动及其指导者彭湃》大约2.5万字，原载于1924年1月30日中国大学校刊《晨光》二卷一号。它可以和彭湃的《海丰农民运动》互为佐证那个时代。

彭湃在日本就和李春涛等人在东京的中国留日学生中倡议组织"赤心社"。陈卓帆回忆说："1920年间彭湃同志在松月馆曾召集一些志同道合的朋友讨论，有无必要成立一个组织，大家都认为有必要。于是讨论这个组织应采用什么名呢？李春涛同志提议叫'赤心社'，大家都认为恰当。这一组织表明了俄国十月革命对彭湃等东京留日学生的影响，因为'赤心'二字表示

专心学习俄国的意思。"（《关于彭湃同志留日时的记述》）很显然，自五四运动开始彭湃深受当时日本社会风潮的影响，对各种社会主义思潮十分感兴趣，他正是带着多种社会主义思潮的影响回到国内，并于1922年创办《赤心周刊》。

彭湃自一心从事农民运动后，与李春涛时有书信来往，讨论农会组织及进行事宜。李春涛认为："农会的灵魂，就是彭湃。要知道农会是什么，晓了彭湃便得。"

哭。询问之下才知道，原来是《赤心周刊》出版后放一本在家里，彭湃的七弟读出声来，恰好被母亲听见。于是，"我母亲的泪遂涔涔下而至放声地哭起来说：'祖宗无积德，就有败家儿。想着祖父艰难困苦经营乃有今日，倘如此做法，岂不是要破家荡产吗？'"[1]

3

"一个宣传新文化、新思想（社会主义思想）的小刊物在这个县城里刊行了。它名字叫做'赤心'，是用蜡纸写印。虽然销数每期不会超过200份，出版没有几期就停刊了。但是，它的影响却不是微末的。却把县里青年们的眼睛和心窍打开了，它给他们以眺望未来的窗口。然而这个宣说社会真理、代表人民欲求的小刊物，在那些有权位的人看来却是危险的，至少也是不顺眼的。可是真理不怕锤炼，事实比一切的花言巧语都有力量。没几年，那些被叫醒了的青年都成为革命的斗士，而现实也在依照着真理的指导不断前进。"[2]

这也正是土豪劣绅、官僚地主为何惧怕、仇恨《赤心周刊》的原因了。

---

① 彭湃：《海丰农民运动》，陈翰笙等编：《解放前的中国农村（第一辑）》，中国展望出版社1985年版，第123页。

② 钟敬文：《一个生死于理想的人》，彭湃研究史料编辑组编：《彭湃研究史料》，广东人民出版社1981年版，第363页。

4

虽然彭湃踌躇满志，锐意改革，但前途依旧黯然。

1922 年 5 月，彭湃率学生举行五一游行以示庆祝，学生有男有女，现存有照片为证。这让海丰县的一些豪绅地主大为光火。见彭湃让他们的子女做出如此大逆不道、伤风败俗的行为，他们纷纷写信给陈炯明，要求严肃惩办彭湃。官办报纸《陆安日报》也摇唇鼓舌，喧嚣一时，抨击彭湃说什么"君居住的是洋楼，君食的是农民把血汗换来的白米！君也配提倡社会主义吗？君是不忠实！君若要出来提倡社会主义，君就应当先出来实行给大家看看！把君的家财先拿出来和人家均分！或拿出来做慈善事业"，"借教育以宣传社会主义之谬妄"。

彭湃的任职是经陈炯明许可的，但是彭湃的举动也令陈炯明大为不安。他急忙发电报给海丰县长翁桂清，表示"彭湃如果不职，可另择能委任"，同时给彭湃发电报说"君非百里才"，要彭湃辞职去广州做事。

5 月 9 日，翁桂清发出所谓准彭湃局长辞职公文。至此，彭湃想通过教育改造社会的梦想彻底破灭了。

他在《海丰农民运动》中对于这段时日无多的仕途经历有过如下记录："1922 年 5 月间我为海丰教育局长，还是发着梦的想从教育入手去实现社会的革命，因召集全县男女学生多数有钱佬的儿女，在县城举行五一劳动节，这算是海丰有史以来的第一次，参加的绝无一个工人和农民，第一高等小学的学生高举着'赤化'二字的红旗去游街，实在是幼稚到了不得！海丰的绅士以为是将实行共产公妻了，大肆谣言，屡屡向陈炯明攻击我们，遂致被其撤差，县中所有思想较新的校长教员们也纷纷的下台了。"

5

《海陆丰赤祸记》1929 年刊发于香港，原件藏陆丰县档案馆。它显然出于国民党之宣传需要，记录了 1922—1929 年，也就是彭湃从日本回国后领导农民运动以及苏维埃红色政权从兴盛到失败的整个历史过程。事无巨细，无论繁简，或一笔带过，或详尽记述，皆有记录。

关于彭湃任职教育局长期间的所作所为，文中有如下记载："彭湃则以学生为'共产主义'之指导人才，日夕率之联翩郊行，到处煽惑宣传不遗余力。头脑简单、意志浮薄之青年学生、工农群众，莫不乐意逢迎……数月后，学生农民，熏陶日滋附从日众，逾闲越轨之行为，日见跋扈。邑中老成人以其行动嚣张，咸谓彭湃播恶惑众，群起攻之，联名赴控当道，实以宣传邪说、煽惑群众、捣乱社会、靡费公帑等十大罪。彭湃因是被劾，而解长海丰教育局。"①

6

被陈炯明撤掉教育局局长职务以后，彭湃深感"背后绝无半个工农"，"街上的工人和农村的农民也绝不知我们做什么把戏"，于是他决心到农村去。这个时候他的决心是十二分坚决的。

一个空想的终点，一个理想的起点。从此，彭湃决意全身心投入到另一个伟大的社会实践中去——开展农民运动。

三、破釜沉舟，投身农运

1

教育局长被免职后，彭湃决定破釜沉舟，索性全身心投入到发展农会的行动中去。

彭湃早在日本时就接受了社会主义思想，对马克思学说也深刻认同，自称"我益深信马氏"。他认为地主残酷的田租压榨，是农民生活贫苦的根本原因。他决心要让农民认清这一点，团结起来改变自己悲惨的现状。

---

① 叶佐能编：《彭湃研究史料》（下），中共中央党校出版社2007年版，第914页。

正值五月节令，虫鸣于野，风鸣于树。他站在炙热的阳光下环顾四周，赤日黄土，混沌茫然，这生他养他的故土，让他感到既陌生又亲切，一时间他百感交集。他稳了稳神，朝着最近的一个村庄走去。这个名叫赤山约的普通乡村，由于在彭湃的视野里最先出现，注定在中国近代史上成为一个令人瞩目的地标。赤山约农会作为彭湃发展的第一个农会，日后势成燎原的第一颗火种。（下文有述）

当彭湃身着白色洋服，头戴白色通草帽出现在村口时，一个30岁左右的农民一面弄着粪土一面对他说："先生你是来收捐的吗？"彭湃答道："我不是来收捐的，我是来和你们做朋友的啊，咱们聊聊好吗？"那农民苦笑道："呀！先生你请茶，我不得空和你闲谈，恕罪！"说完便跑了。过一会儿又来了一个20多岁的农民，他奇怪地打量着彭湃，彭湃忙陪笑解释道："我不是做官当兵的人，我是学生，近日特来贵村闲游，想和你们做朋友……"那青年农民打断他："我们这些种田人配不上和你们做朋友啊！"说完头也不回地走了。彭湃甚觉沮丧，又不甘心，于是继续向村里走去。只见家家户户都锁着门，原来都下地做活去了。

彭湃有记日记的习惯。回到家中"打开日记，想把今天的成绩记在里头，结果只有一个零字"。

第二天，彭湃爬起身来随便吃了一餐早饭，就再到农村去了。凡在路上看着农民挑着芋头去城里卖，或担着尿桶去城里收尿，他就很恭敬地避在路边，让他们先过。他又来到赤山约，一个40多岁的农民问他："先生呀！你是来收账呀？"彭湃忙说："不是不是！我是来帮你收账的，因为人家欠了你们的数，你们忘记了，所以我来告诉你们。"那农民惊讶得合不拢嘴。彭湃继续说道："你还不知道吗？地主就是欠你们的大账者啊，他们不做工，可你们耕田耕到死。结果呢，你们耕了千百年，租谷也给他收去了千百年。想起来实在是不公平，所以来和你们商量怎样向地主拿回这笔账！"谁料那农民笑他道："切！收租的永远都是收租的，耕田的永远都是耕田的，这是命中注定的。先生你请，我要干活去。"

2

钟敬文这样描述这一时期的彭湃:"他开始去接近农民,叫醒农民的方法是手工业式的。每天,吃过饭带一些茶烟,坐在附近道路边的树荫底下,或去到那些纵横的田埂上,碰到那些面目和手脚都晒得像出土铜器一样的农民,就和他们谈农作,说家常。"非常强的画面感,特抄录于此。

就这样,第二天的结果一样是零。但有了两天的经验,彭湃决定不去乡村了。这一天,他来到龙王庙,那里是通往赤山约、北苏约等好几个乡村的必经之地,每日都有无数农民在此经过,并且在庙前休息。遇上一个农民,彭湃就上前搭讪,听着他的话,多半农民半信半疑。就这样过了半个月,农民们各自忙着,最多时也就二三十人来听他讲,看热闹。众人都认为彭家四少爷疯了,连彭家自己人都觉得彭湃脑子坏了。彭湃回忆说:"我的家里亦有许多亲戚拿着许多食物来看我的病状何如。我这时觉得甚为奇怪。后来我家一个雇工,对我说:'喂,你以后在家里闲坐好。'我问:'为什么?'他答:'外边的人都说你有神经病,你须休养才对。'我几乎把他笑死。后来查出是一班反对的绅士所制造的谣言。同时乡村的农民也有许多人都信我是有神经病的人,几乎看见我就好像可怕,要避开的。"

终于有一天,一个姓彭的年轻农民鲁莽地对彭湃说:"你彭大少爷不愁吃不愁穿的,闲着没事口花花地说这些废话有什么用呢?我就是你彭家的佃户,你彭家能不收我的租吗?"彭湃正待说话,旁边一个二十五六岁的年轻农民说了一句令彭湃大喜过望、眼前一亮的话:"就算彭家可以不收你的租,那其他地主呢?还不是照样收租?所以大家要一条心,都不给地主交租才行。"

彭湃暗喜道：这就是我要找的同志啊！他马上问那农民叫什么名字，那人叫张妈安。

张妈安还建议彭湃别只在大榕树下做工夫：农民哪有时间听你讲大道理啊，你应该晚上来，晚上农民们都歇工回家了，你去跟回家吃饭的农民聊，让他们了解你的想法。

当天晚上，彭湃兴奋地在日记里写道：成功快到了。

创作札记

这个张妈安，就是后来彭湃发起的"六人农会"中的一个。其他四位是：林沛、李老四、李思贤、林焕。他们的名字必定同彭湃一起，镌刻在中国农民运动史的里程碑上。

3

之后，彭湃听从了农民张妈安的话，脱下白色西服，并把从日本带回来的留声机也扛了去村头。农民们都没见过这洋玩意儿，就好奇地围拢过来看西洋景。当地农民听不懂官话（普通话），只会听当地方言，彭湃在大榕树下听到有小孩子唱"咚咚咚，农仔不用吃番薯吃大米"，朗朗上口，不认字的都能唱。于是他就重新填了词《田仔骂田公》："咚呀！咚！咚！咚！田仔骂田公！田仔耕田耕到死；田公在厝食白米！做个（的）颠倒饿；懒个（的）颠倒好！是你不知想！不是命不好！农夫呀！醒来！农夫呀！勿戆……"再如《农民兄弟真凄凉》："山歌一唱闹嚷嚷，农民兄弟真凄凉！早晨食碗番薯粥，夜晚食碗番薯汤。半饥半饱饿断肠，住间厝仔无有梁。搭起两间草寮屋，七穿八漏透月光。"这首歌谣让农民一下子就听懂了革命道理，小孩一般也都会唱，于是在海丰流传甚广。

创作札记

这简直就是"遍身罗绮者，不是养蚕人""陶尽门前土，屋上无片瓦。十指不沾泥，鳞鳞居大厦"的海丰方言演绎啊。

村中的农民经过张妈安等人做工作，也愿意听彭湃谈话了。渐渐地，听众有了六七十人，小孩站在前面，男的站在中间，女的站在后头。他讲话采取问答式，按照农民的理解能力和提出的问题具体作答；临走时还预告：改天我来时还会有魔术表演哦。

果然，彭湃再来的时候村头已聚拢200余人，他开了留声机，还表演了魔术。为了吸引群众，彭湃专门花了几天时间学玩魔术。一次他端出一杯清水，用手一点，清水变成了黑水；又一点，黑水忽的变成了红水。手一拍，杯中又出现了两条小鱼儿。见围观的人越来越多，他就指着清水说，这代表没有压迫和剥削；又指着黑水说，有了反动统治阶级的剥削，劳苦大众就过着像黑水一样的日子。然后又指着红水说，这代表革命胜利，日头正出，世界很快就要变成红色。最后指着小鱼说，这水好比农会，鱼好比农民，鱼离开了水就不能活，我们农民离开了农会就不能翻身。这样生动活泼的宣传使农民开窍了，慢慢明白了革命道理。

黄培熙曾回忆道："他还会变魔术耍杂技。在向农民讲话之前，他一定要变魔术或是耍耍杂技，放几张唱片，于是很快吸引了很多农民。"[1]

《海陆丰赤祸记》中对此也有记载："彭湃被褫职后……更亲自努力下层工作"，"时或独歌行路中，招惹农民围观；时或携留声机，伏树荫下放唱，诱起农民之好奇心，以便趁机向之宣传。于是农民识与不识，莫不知有彭先生，而表示亲爱景仰之忱。久而久之，四乡无知农民，趋之若鹜"。[2]

看人到得差不多了，彭湃就开始演说。他不讲大话，接地气，主要是用耕田蚀本、农民受剥削的事实启发农民的觉悟。鉴于很多农民认为自己穷是命不好，受压迫剥削是命中注定的，彭湃就采用算账的方法，使农民明白不是他们命不好，而是地主欠了他们的账。有一天他在龙山下的天后

---

① 黄培熙：《做农民的知心朋友——纪念彭湃烈士殉难三十周年》，《人民日报》，1959年8月30日。

② 叶佐能编：《彭湃研究史料》（下），中共中央党校出版社2007年版，第915页。

宫前向农民宣传，举了一个例子：一个佃农向地主佃耕 10 斗种的田地，中等年景的话两造可收获 27 担，除了一半还地主的租（何况还有那纳租额高达 75% 的），所余 13 担 5 斗，算是一年中的收入，按每担价值银 6 元，共计银 81 元，加上禾草约银 3 元，共合计收入银 84 元。但这里头却得扣除：肥料每年两造约银 30 元，种子费约银 5 元，农具消耗费约银 5 元，合共银 40 元。另外还有一些很重要的，也是农民最容易忘记或完全不知道的——工钱。按照一个身体健壮的农民能够负担耕种 8 斗种的田地来计算，那么一个农民每年单讲吃的，每餐至少要用 6 个铜元，一天就是 1 角 5 分，一个月就是银 4 元 5 角，以一年计，就要银 54 元。再加上肥料费等共血本银 94 元，与收获所得银 84 元相抵，还亏空银 10 元。难道农民除了食之外不用穿吗？房屋坏了不用修理吗？夜里不用点灯吗？都不用养父母妻子吗？都不用养一个孩子以备将来替代衰老无力的自己耕田吗？这些加起来那就亏空得更厉害了。

算完账，彭湃继而道："姑且认为地主的地是用钱买的，但是他买田的钱一次性投下去就变成了年年有租可收，有利可获了。可农民耕田年年是要下本的，如种子、肥料、农具、工食等，要很大的血本才有谷粒生出来。"他还深入浅出地给那些自认为欠了地主债的农民解释：是地主欠你们的大账啊，他们一亩田多者不过值百元，可你们却耕了千百年，交租也交了千百年。你们被地主收去多少谷呢？最后，他说："农民兄弟要寻找生路，就得要求地主减租。可地主肯定不干啊，那怎么办呢？如果农民有个组织把自己的力量团结起来，地主一定敌不过我们的，到那个时候，什么三盖头、伙头鸡、伙头钱、铁租无减、加租、吊佃等通通见鬼去吧。"

道理都讲明白了，可是说到加入农会，农民胆小怕事的局限性就显现出来了。他们推脱说："我是很赞成加入农会的，但等人家通通加入了再说吧，我一定是加入的。"彭湃又苦口婆心解释道：我们入农会就好比过河一样，大家都知道对岸是幸福的，可是个个都怕被河水淹死，都不愿先过。我们加入农会，就是要手拉手一起过河，如一个跌下河去，必有手把他扶

创作札记

彭湃这一番颠覆纲常的话让农民们瞠目结舌，继而沉默不语。他们犹如一堆湿柴，被彭湃的激情烘燃了缕缕烟火。终有一天，他们将成为一堆烈焰冲天、烧穿黑夜的火光！

起来，所以农会是互相扶助的亲如兄弟的组织。

就这样过了一个多月，才有 30 余人加入农会。不过随后发生的一件事，将这颗明明灭灭、将熄未熄的火种"嘭"的一声点燃了。

4

赤山约的云路乡有一个农会会员，他的童养媳才 6 岁，上茅厕不慎跌到粪池里溺死了。她娘家男女三四十人汹汹然打到云路乡来，说是要男家偿命。于是农会决议全体农会会员到云路乡与那童养媳的娘家人理论。来到云路乡后，农会就向对方说明情况，并将一班喊打喊杀者的姓名一个一个写在本子上，然后严厉地劝他们返回。那班娘家人也是农民，见他们的名字都被写了下来，心中难免有点惊怕。其中一个男人说："我的家事关你们何事？"会员们道："你还不知道我们有了农会吧，农会就是穷人抱团，亲如兄弟，他的事即我的事，我的事即他的事，今日我们会员兄弟有事，我们肯定要出手相帮的。我看你们也是耕田的，日后如果你加入了你乡的农会，农会也一样会帮你们的，快请回吧。"后来这件事传了出去，很多农民知道了农会和农会的力量。

5

以前，土匪的地盘无人敢过，现在，农会的人可以随便出入；而且，如果被打劫者是农会会员，农会出面，土匪都会放人。加之，惠阳、紫金、五华一带的土匪本来很多都是农民，听闻农会专帮农民后，也不打劫有农会的乡村。所以各区警察及衙门也就门庭冷落了。

自此以后，世风日变，乡村的政治权力无形中由绅士土豪而移至农会，农民也"渐有了阶级的觉悟"。

到了1922年10月，县城的东西南北，由赤山约到平岗约、银镇约、青湖约、河口约、西河约、公平约、旧圩约等都相继成立了约农会。这个时候，彭湃和他的同志们兴奋地意识到，成立海丰县总农会的时机到了。彭湃"中国农民的阶级斗争，将出现于南部海丰一隅"的预言实现了。

四、烧田契的"彭菩萨"

1

彭湃烧田契，可以说是1922年冬轰动整个东江地区的新闻。它是彭湃思想发展历程中一个极重要的节点，也是他被百姓高呼"彭菩萨"的开始。

彭湃出身海丰一个大地主家庭，家中拥有"鸦飞不过的稻田"。根据彭湃的堂弟彭承训回忆，"彭家最盛时拥租1600担，租仔400担，鱼塘3口"，开设"彭名合"商店数间，包括米铺、榨油铺、棺材铺等，雇工人十七八人，另有瓦铺

创作札记

"20世纪20年代，中国共产主义运动正面临一个去何处和如何唤醒民众的问题。具有讽刺意味的是，对这一问题做出杰出回答的，却是一位最不为此问题所苦恼的领导人。他（彭）是个富人。"这是1985年英国人费尔南多·加尔比迪恩在《彭湃与海陆丰苏维埃》中所写的引言。

60 余间。统辖的农民男女老幼不下千五百人，而彭家男女老少不足 30 人，平均下来，彭家每人都有 50 个农民做奴隶。

2

彭湃烧了多少田契？

有人说，因为是先分家，后烧田契，所以彭湃烧掉的只是他名下的那部分。彭湃的同乡、曾参加过彭湃一起领导的农民运动的苏蕙就持此观点。苏蕙在 1947 年写了一篇回忆文章《农民大王彭湃的二三事》，其中就谈到彭湃烧田契："起初他和兄弟们分家，分出了他应得的那份田地，他把田契交给那些佃户，叮嘱他们不要给他送租谷了，并且应该把这些去告诉其他的农民，和他们一起组织农会。可是那些佃农哪能相信他的话呢？他们只是低首默然听着彭湃同志热烈而又激昂的说话……因为农民不信，没办法彭湃才把田契烧了。"

但未必准确，因为关于此事，彭湃的母亲周凤老人有着不一样的记忆。

老人在《湃的小史》中说，当时彭湃在龙舌埔演了数台戏，到会者万余人。"彭湃把家先翁手创所有的田契铺约一张一张的焚烧殆尽，并在台上说明：我祖父遗下产物，由剥削而来，现在把它烧掉了，田归还佃耕者，实现耕者有其田。""从此以后彭家的租谷一升一合归还大家农民兄弟享受，农民们不要担（谷）还我（们）了。"

由此可见，彭湃所烧的田契不只他名下那部分，还包括留为公租的 600 石田产的地契。而且，彭母也曾说过，当时彭家的田契由她保管，彭湃跑到她房里把一箱子田契铺约全部强行带走了。

至于彭湃烧田契的时间，根据当事人的回忆，是在 1922 年的 11 月间。从彭湃给李春涛的信中看，应该在 11 月 18 日之前，因为，他在 11 月 18 日写给李春涛的信中说："湃的生活，终是苦罢了……湃的生活路，通通为湃自己塞尽了。"当时正值秋收之后，农民要向地主纳租，彭湃把家里的田契当众烧掉，彻底断掉了自己的经济来源，也从此成为海陆丰数十万农民心中救苦救难的"彭菩萨"。

为了唤醒农民自己解救自己"几千百年来，世世代代，无日不在无智饥饿压迫的恶战苦斗"的命运（《总农会成立报告》），彭湃以"我既贫民""我既社会制度的叛逆者"的决绝态度，与他的阶级、他的旧我彻底决裂。

五、红楼，红楼

1

在海丰县城的南门附近，有一座都督府。虽空置很久，但威严气势依然。想当年，它不仅在海丰，甚至在整个广东都声名远扬：谁不知道它是陈炯明的第二行署？它的建筑风格与彭湃故居、翠亨村风格差不多，但更有气势，当年陈炯明的六叔陈开庭就坐镇在这里，俨然太上皇一般。透过紧闭的窗棂努力地望进去，脑海里却闪现出当年彭湃在此与陈炯明及其一班权贵们舌战的情景。它威严地望着左前方一幢龙钟沧桑、颓败不堪的红砖楼。它的红色与红宫一样，是那种黯淡的土红色，而建筑又是典型的民初风格，让人直觉小楼是有故事的。果然，在小楼的门前有一块小小的铭牌，铭牌上有一行字：社会主义青年团旧址。看到"青年团"三个字，立刻有一种勃然的气息扑面而来。

这座毫不起眼的红楼，当年可是叱咤风云之地，彭湃就是在此运筹帷幄，指挥农运的。当时党的工作分工是工运归党指挥，农运则归青年团领导。故彭湃在1922、1923年开展的轰轰烈烈的农民运动，都是向青年团中央施存统汇报的。红楼有灵，当年多少朝气蓬勃、激情澎湃、热血沸腾、充满理想，一心要改革社会的青年们在这里进进出出。当然，少不了彭湃。

光阴百年，沧桑有迹。不知名的树从颓败的墙缝里长出来。它们用根、用生命紧紧抱住红砖楼，像生死不离的恋人。

创作札记

在这里提一句关于彭湃入党时间的存疑问题：学界对于彭湃入党时间有不同的说法，林务农在《彭湃与海陆丰农民运动的几件事》中说："对于彭湃同志在何时何地入党的问题有三种说法：有的说1921年在日本由施存统、周佛海、彭湃等人发起组织中共东京小组；有的说彭湃于1922年在上海加入中国共产党的；另有一说是彭湃于1921年5月间在早稻田大学毕业将归国时，与施存统进行了交谈之后，回到上海便加入了社会主义青年团，一直到1924年3月海陆丰农会被陈炯明解散，4月间彭到了广州时才正式加入党的。我认为最后一说较为可靠。"这些说法至今没有原始档案材料核实。但彭湃在这之前一直以青年团的名义，而不是党的名义组织农运，这一点是毋庸置疑的。

与红楼咫尺之遥，有一座锈迹斑斑的铁质圆拱门，上面镂刻着几个字：海丰县委招待所。据说是20世纪70年代的产物。历史在这里断断续续，却也连成了一条清晰的脉络。

2

问题来了：为什么1922、1923年间如此轰轰烈烈、如火如荼的农民运动是由团领导而不是党领导的呢？历史给出的答案是：

其一，中共与陈炯明的关系。陈炯明曾大力支持中共在广东的建党活动，与中共领导人陈独秀等有密切联系，甚至国共分裂后陈炯明也没有对共产党采取过任何过激手段。而海陆丰农民运动恰恰是在陈炯明势力范围所在的东江开展的，中共不得不小心处理。

其二，中共与孙中山的关系。辛亥革命后，以孙中山为首的国民党一直是以革命党的形象出现在国人面前，共产国际也正在致力于国共两党合作。处于这个矛盾中心的中共非常谨慎，一方面，中共必须执行共产国际的指示疏远陈炯明，与孙中山合作；另一方面，陈炯明是广东地方实力派，不容忽视。错综复杂的背景下，中共只有退而求其次，通过社会主义青年团开展工作。因为建党初期，党团的关系十分密切，中共常常通过党团联席会议确立任务，领导人往往党、团职务兼顾，如当时的谭平山、施存统、刘仁静等。资料显示，彭湃从日本回国后就参加了广东社会主义青年团。

其三，当时海陆丰农民运动的政治环境错综复杂是事实，但当时的中共决策人不重视农运也是一个非常重要的原因。所以，中国共产党第二次全国代表大会通过了关于工人运动、青年运动、妇女运动等九个决议案，唯独没有关于农民运动的决议案。中国共产党在成立之初，始终按照马克思列宁主义的理论把工人运动放在第一位，并没有把开展农民运动提到日程上。有的领导人如李大钊虽然也认为农民问题重要，但认为农民存在种种弱点，农民运动不容易开展。中共中央执行委员会委员张国焘就认为："中国的农夫没有政治上的兴趣，他们只要求一个真命天子，还要求太平和丰年，除此以外简直什么都不管。"① 中共中央执行委员会委员长陈独秀虽然认为农民"在目前已是国民革命之一种伟大的潜势力，不可忽视了农民的力量"，但又说中国农民所受地主的压迫不像地主强大的国家如旧俄罗斯、印度那样厉害，故"不容易发生社会革命的运动"。② 直至 1923 年年底，陈独秀在《中国国民革命与社会各阶级》中还认为中国农民散漫，文化低，"生活欲望简单""趋向保守""畏难苟安""难以加入革命运动"。

3

而这些都与彭湃的农民观大相径庭。

彭湃早在 1922 年 11 月 18 日给李春涛的信中就指出："农民对于农会的组织都具有很热烈的情感"，并说农民虽然少有团体的训练，"但他们有忠义气，能老老实实地尽忠于自己的阶级""物价日贵，农民生活日益艰苦，他们时时都有暴动的心理、反的心理""农村的阶级的反目，老早就有，不过没有人挑拨罢了"。

1923 年 2 月 20 日，由彭湃起草的《海丰总农会成立宣言》中便明确

---

① 张国焘：《知识阶级在政治上的地位及其责任》，《向导》第12期，1922年12月6日。

② 陈独秀：《中国农民问题》，《前锋》创刊号，1923年7月1日。

宣告:"我们农民,是世界生产的主要阶级。人类生命的存在,完全是靠着我们辛苦造出来的米粒。我们的伟大和神圣,谁敢否认!""农民就是全国最大多数的国民,中国国民革命若不得占全国人口 80% 的农民参加,则革命断不能成功。"

在 1924 年 5 月 11 日致陈独秀的信中,彭湃也谈到过这个问题,他具体讲述了农民在政治、经济、文化上受压迫的情景,说农民在政治上艰苦万分,深受土豪劣绅、民团、警察、县长、军阀等的压迫,毫无权利与地位可言;在经济上深受地租剥削,要将一半甚至三分之二的谷交给地主,自己年年都亏本,只好靠做工卖东西甚至卖儿女来还债。农民"在此层层压迫之下,只有两条路可走,一条是革命的,一条便是死。如果不革命便只有死了"[1]。

4

中国共产党成立后直至三大的召开,一直都忽视开展农民运动。当党认识到农民运动的重要性并开始重视农民运动时,却没有开展农民运动的经验和方法。而这时,作为农民运动先驱者的彭湃,已致力于农民运动整整一年,积累了大量的农民运动经验及策略方法。因此,陈独秀在党的三大后立即邀请彭湃前往广州"商农会事",制定开展农民运动的方针和策略。而此时,已是 1924 年间的事了。

瞿秋白曾说:"彭湃同志是中国农民运动第一个战士。当他已经开始在广东做农民运动的时候,那时候做领导工作的同志,还在否认中国革命问题中农民土地问题的存在呢!"[2]

---

① 《彭湃文集》,人民出版社1981年版,第98页。

② 瞿秋白:《纪念彭湃同志》(一九二九年九月),《瞿秋白文集》第二卷,人民出版社1996年版,第608页。

六、农民运动的推进机

——彭湃提议创办农民运动讲习所

1

1924 年 1 月，在中国共产党的帮助下，孙中山领导的国民党在广州召开了第一次全国代表大会，同意共产党员和社会主义青年团员以个人身份加入国民党。国共两党合作无疑为农民运动的发展创造了一个良好的社会条件。1924 年 4 月，辗转于香港的彭湃回到广州，以个人的身份接受廖仲恺和谭平山的邀请，出任国民党中央农民部秘书一职。

海陆丰农民运动的成功和深刻影响，使国共两党都意识到农民运动对中国革命的重大作用。1924 年 6 月 3 日，国民党中央执委会在广州召开，已经有了两年多农民运动的丰富实践经验及策略的彭湃，以农民部名义提出创办农民运动讲习所，培养农民运动干部。这一提议被国民党中央执委会第 39 次会议讨论通过。彭湃随即被任命为第一届农讲所主任。

1924 年 7 月 24 日的《广州民国日报》对农讲所的成立做了报道："广州农讲所的办学宗旨是：为养成农民运动之指导人才；养成冲锋陷阵之战斗员，使其成为农民运动推进机。"可见影响之大。

2

第一届农讲所于 1924 年 7 月 3 日开学，所址在广州越秀南路惠州会馆。

彭湃担任农讲所主任期间，不仅负责全所的培训工作，还亲自授课，把在海丰搞农运的经验和教训传授给学员，坚持理论与实践相结合，带领学员到广州郊区农村进行调查研究，教导学员学会领导组织农运的本领，树立坚定的革命立场和正确的斗争策略。在农民运动的实践中，彭湃充分认识到农民武装斗争的重要性，故他特别安排学员到素有"将帅摇篮"之称的黄埔军校接受 10 天军事训练。

为保证学员在今后从事农民运动时能够担负起组织和指挥农军作战的能力，军事训练就成为了日后历届农讲所必需的教学定制。1924 年 8 月 21 日，第一届学员举行毕业典礼时，中华民国陆海军大元帅的孙中山亲临大会祝贺，他赞扬农讲所成绩卓著，并作了"耕者有其田"的重要演说。

第一届学员学习为期 40 多天，这些学员后来大多都成为广东开展农民和工人运动的骨干和精英。1926 年，国民党中央农民部在总结农民运动讲习所的工作时，把第一届毕业学员比喻为"农民运动的推进机"。

3

陈登贵在《彭湃与广州农民运动讲习所》一文中说："第一届农讲所的教学内容，主要是学习国民革命的基础知识，学习农民运动之理论及实施方法，并进行严格的军事训练。在第一届农讲所开办期间，彭湃同志亲自给学员讲课，他运用马克思主义的观点，对农村的政治经济状况和阶级关系作了科学的分析，揭露了地主阶级对农民残酷剥削和压迫的事实，指出只有宣传教育农民组织起来与地主阶级和一切反动势力作斗争，才能获得解放。他还以自己从事农民运动的体会和经验来教育学员，鼓励学员只要下决心深入农村，给农民做艰苦细致的思想发动工作，农民是会组织起来的，革命一定会胜利的。彭湃同志对军事训练非常重视，他亲自带领学员到黄埔军校进行军事训练，十天军训时间约占整个课程的五分之一时间，军事训练的计划也十分具体，既学习军事理论知识，也学习实际的军事技术。军事训练的项目有队列操练、持枪刺杀、瞄准实弹射击、利用地形地物进行森林战、山地战、村落战的训练，还进行夜间演习等。"

彭湃同志还亲自教导学员骑马。当时学员有着严格的组织纪律性，过着紧张的军事生活。学员回忆说："这十天是过得特别紧张的。大家对于严肃紧张的军队生活都是初步尝试，一天三顿是从来未吃过的淡馒头和稀粥，不少人因不习惯而吃得半饱。加上每天十四小时不停的操练，真是格外疲劳。""学生除正式授课外，最注意所外活动。凡星期日须有农村运动实习，步行之训练，马术之训练，又有农民党员联欢大会之组织。"①

4

我们现在能看到的，彭湃起草的第一届农讲所教学提纲的原始资料如下：

第一届农民运动讲习所（1924 年 7 月 3 日）

（甲）分子

十三年（1924 年）7 月 3 日第一届农民运动讲习所开始训练，定一个月毕业，计学生 38 名，在中以五四运动奋斗的经验而觉悟到要"入民间去"之分子为多，次则为农民已接受本党政纲而做农民运动于前者，次则工人曾参加工会组织运动者，有女生 2 名。

（乙）训练

此届讲习所主任为彭湃同志。学生除正式授课外，最注意于所外活动，凡星期日须有农村运动实习，步行之训练，马术之训练，又有农民党员联欢大会之组织，市郊农民协会之成立，及东西南北四郊之实际调查与宣传组织。故此期学生实为本党农民运动之推进机，现在亦为主持各重要农民协会区域之战斗员。

（丙）军事训练

一、地点在长洲陆军军官学校（即黄埔军校，笔者注），期间 10 天。

二、军事训练 10 日课程表（从略，笔者注）。

农村实习，在军事训练完毕即与军校特别区党部连续 3 天向附近村落农民运动。凡深井、鱼珠、东圃、黄埔、长洲等处均有宣传，斯时长洲农

---

① 陈登贵：《彭湃与广州农民运动讲习所》，中共广东省委党史研究委员会办公室编：《纪念彭湃论文选》，1981 年，第190页。

民协会成立，即当时之宣传结果。

（丁）毕业

一、毕业试验：（一）笔试；（二）口试

二、毕业日期：1924年8月20日，是日行毕业礼，由孙总理致训词。

三、毕业人数：33名。[①]

5

第六届农讲所由前五届的主任制改为所长制，毛泽东任所长。1926年5月3日开学，9月11日毕业。所址设在今广州市中山四路番禺学宫。此届学员数量最多，来自20个省区，毕业后一般回原籍工作。

其间，全体学员300多人于8月到海丰实习。1925年11月，周恩来率第一次东征军第一师（第三团除外）向海丰公平一带追击反动军阀，第一师第三团第五连与赤山农民自卫军一起在赤山宝塔附近与敌军激战，俘虏300余人，缴枪300余支，并于26日占领陆丰。1926年，海丰为纪念东征期间牺牲的53位烈士，在海丰县城东龙山东侧建碑纪念，称为"五三烈士碑"。来海丰实习的农讲所师生300多人在亭前致祭，致祭大会由讲习所军事教练总队长赵自选唱礼，讲习所教育长陆沉主祭，彭湃和各界代表演说。学员分组深入农村作实际调查。

彭湃被聘请为第六届农讲所教员，他给学员讲授"海丰及东江农运状况"这门课。学员冯文江保留了当年一本听课的笔记，这是一份珍贵的历史文物。在这本听课笔记里，冯文江记录了彭湃讲授的做农民运动的12个要点：（1）要吃苦，忠诚勇敢，受党的指导；（2）要从下部工作做起，很谦逊，不要摆出高贵的样子；（3）要明白农民的生活状况及心理（凡同情者，乃革命者）；（4）与农民交接要严密，然决不可生金钱关系；（5）不要

① 彭湃：《第一届农民运动讲习所》，叶佐能编：《彭湃研究史料》（上），中共中央党校出版社2007年版，第190—191页。

贪恋农民妇女（绝不要谈新思潮——自由平等）；（6）不要谈迷信；（7）不要偷懒（要宣传每个农民，使其团结起来）；（8）不要出无为的风头，夸自己能干，自己有力量功劳，要归功于农民群众才好；（9）谈话不要深奥，用俗语，且要耐烦；（10）利用绅士一时，用后置之不论；（11）初次与农民谈话，可告以白话的历史；（12）不要显出与农民不一样的动作。

七、生前高山，死后大海

1

1929年8月30日，彭湃壮烈牺牲，社会各界俱称其"领袖"。第三天，中共中央罕见发表了《中国共产党反对国民党屠杀工农领袖宣言》。文章对彭湃等烈士的重大历史贡献和英勇斗争事迹作出高度评价，指出："他这样英勇的革命斗争的历史，早已深入全国广大劳动群众的心中，而成为广大群众最爱护的领袖。谁不知彭湃，谁不知广东有彭湃，谁不知彭湃是中国农民运动的领袖？"①

1929年9月，中共领导人瞿秋白在莫斯科编辑出版《纪念彭湃》一书，他在序言《纪念彭湃同志》中，高度赞扬了彭湃为中国革命，特别是

创作札记

人们耳熟能详的农讲所，其全称为"中国国民党农民运动讲习所"，因为它是在当时特定的历史条件下以国民党的名义开办的。当时中共广东区委给党中央的报告中也提到：国民党改组后，国民党认定农民运动是革命工作之一，我们应用国民党中央农民部名义工作，开办农民运动讲习所。

关于这个问题，国民党右派邹鲁在事后多次说，农民部部长初为共产党员林祖涵（林伯渠），秘书彭湃则为共产党员，一切部务都被彭湃所把持云云。在这里虽然是发泄对彭湃等共产党员的不满，但从中可以看出彭湃在农民部确实发挥了重要作用。

---

① 周恩来：《中国共产党反对国民党屠杀工农领袖宣言》，《红旗》第43期，1929年9月2日。

农民运动所作出的杰出贡献："彭湃同志是中国农民运动第一个战士，他的《海丰农民运动》是中国农民运动第一本最有价值的著作。彭湃同志已经死了！这是中国共产党和中国革命极大的损失啊！"

2

90 年前的 8 月 24 日，已转入秘密斗争的中共中央军委，在上海一个秘密联络点召开军事工作会议，遭到国民党军警围捕，参加会议的中共中央政治局委员彭湃，中共中央政治局常委杨殷以及颜昌颐、邢士贞均遭逮捕。蒋介石紧急下达了"速速就地处决"的密令，8 月 30 日，四烈士就义于上海龙华监狱。

2019 年 8 月 30 日，为了纪念军委四烈士为人民军队做出的巨大贡献，上海市龙华烈士陵园举行"铸军魂颂华章"纪念军委四烈士牺牲 90 周年活动。上海龙华烈士陵园先后响起庄严的国歌和《国际歌》。这是一次国家公祭。

公祭仪式完毕之后，媒体分别采访了四烈士的后代，其中就有彭湃的孙女彭伊娜。她给爷爷献上的不仅仅是一束鲜花、几句感言，还有一首 200 余行的抒情长诗。或激情勃发，汪洋恣肆，如天上之水倾泻而下；或清丽婉约，意象横逸，如三月春雨润物无声。为有诗人气质的爷爷献上一首才情横溢的诗，这真的是血缘一脉、骨肉相连的默契吗？

给爷爷的诗——彭湃爷爷牺牲九十周年祭（节选）

有时您离我很远

您是英烈，高高地站在丰碑的基台

有时你离我很近

你是爷爷，我身上流着你的血液

仰望您 33 岁的生命，

短暂如流星划过天际

却已唱响一个世纪

低徊，你冰凉的墓碑，难阻我心穿越时空天堑

靠近你的胸怀和热血

走近

你住过的祖宅，透露曾经拥有的富足和安逸

端凝你留日的照片，彰显海归富三代

20 世纪初的儒雅和俊逸

这些今人的梦寐以求

被你弃如敝屣

只为举起那盏要照亮黑暗中国的灯

马克思主义

在东瀛你决定读政治经济专业

"旨在研究我国政治经济，秉志改革"

目光坚定如炬

在早稻田你孜孜不倦，博览比较

选定毕生信仰的主义

组赤心社，明宣言

"以《共产党宣言》为母本，立志报国"

"过去的一切运动，都是少数人的，为少数人谋利益的运动；

而共产主义运动，是大多数人的，

为绝大多数人谋利益的独立的运动。"

厚厚的主义你提纲挈领

将宗旨核心镕进生命

你是行动者

"不仅只信仰主义便够了,我们要努力去做实际运动"

你是真诚者

"富足有文化,明白了道理,不去行动就太不忠实"

如飞蛾扑火追逐光明,灰飞烟灭在所不惜

像普罗米修斯挚天火暖大地

解救苦难人

不辞万苦意志绝决

你呵,脱下西装革履穿上草鞋布衣

谢绝做官锦绣前程

舍弃富家子弟安逸

孑身一人走进中国乡村

放下高贵和农民坐一起

在鸡笼上喝茶杯沾了鸡屎也毫不在意

一心为中国最广大的农民谋利益

你呀,烧毁了自家田契将地还给农民

"耕者有其田才公平,从此一升一谷不必担还给我"

一声炸雷震裂千年的乡村

回响不绝

办农民教育，要让 80% 不会写名的农民睁眼睛

开农民医院，诊费不收，药费一半

让农民看得起病

组建农会纲领灼灼

"图农民生活之改造，图农业之发展，

图农村之自治，图农民教育之普及。"

创广州农讲所名声赫赫

6 期培养 800 多名学员

农运星火燎原

开枝散叶中华大地

你精通马克思学说，如何对待主义？

"我们不要农民迁就主义，而是要用主义服务农民。"

鞭辟入里

你是著名革命者，如何诠释革命真义？

"革命是为大多数人的，革命就要主张大多数人的利益。"

一语中的

一介书生怎想到变革社会，要兵戎相见刀枪剑影

现实让你明白菩萨也要手段霹雳

1927 老蒋变脸，国共合作翻篇

中共人血染中华大地，反抗暴行

共产党人绝地奋起

起义

你是前敌委领导成员

南昌起义第一声枪响
将士浴血冲杀沙场
起义
你带领红二师和农军
发起第三次海陆丰起义
建立起中国第一个红色苏维埃政权

腥风血雨无数挫败
"我们共产党人从不怕失败，失败了再干，
跌倒爬起来，革命一定会成功！"
你坚定的声音回荡红场上空

血雨腥风亲人罹难，痛，锥心刺骨
为给绝大多数人争幸福
你将痛深埋心底
英勇奋战无惧风雨

至暗的午夜，多少人叛变、退党、逃亡
在上海，叛徒出卖了你们——
中共中央军委五位负责人
黑暗中的人，
见到你们挺起的脊梁
宣誓的希望

黎明还很远，你目光穿透黑夜，迎向曙光
"不久的将来，一定会在全国建立苏维埃。
那时，中国人民一定会有幸福的生活。"

法庭上你声音洪亮

你的爱博大深沉
"为我们的子子孙孙争得幸福，
就是牺牲自己的性命也在所不惜"
你的心圣洁无私

你是孝子
你有爱妻
你亦是慈父呀
怎会不想伴孩儿长大
听那些欢声笑语
可是，为了更大的爱你只能亏欠地舍去
舍去

死亡临近你坦然坚定
……
嘱咐"不要因弟等牺牲而伤心"
诀别爱妻
"冰妹，从此永别，
望妹努力前行，兄谢你的爱"

90 年前的今天
1929 年 8 月 30 日
你们走向刑场
是踩着这些石头吗
我仿佛听见镣铐拖地的声音

创作札记

　　本书整个采访、写作过程中，我都没有见过彭伊娜，但见过她的照片：秀美的鹅蛋脸，挺直的鼻梁，眉宇间的淡然恬静，与她的奶奶蔡素屏是多么的形神两相似！

　　有一次见到彭丹会长，我认真地对他说："写彭湃我会参考伊娜的诗，因为她把彭湃一生重要的历史节点，包括高光时刻和至暗时刻，无一遗漏地以诗的语言以及高于语言的敬仰之情展现出来。"

　　就在我全身心翻阅资料伏案写作时，为表达对抗击新冠肺炎疫情斗争中牺牲烈士和逝世同胞的深切哀悼，国务院发布公告，庚子清明，全国和驻外使馆下半旗志哀。全国人民默哀 3 分钟，汽车、火车、舰船鸣笛，防空警报鸣响。

汽笛长鸣，响彻长空。

几乎同一时刻，我在微信朋友圈里看到了彭伊娜的美篇《清明节，我给爷爷点了盏灯》，她写道："爷爷，今天是清明节，给您点了盏心灯。在这特别的时刻，用特别的形式，纪念特别的您。深深缅怀，为中国人民的幸福、国家独立富强，在暗夜中跃起、探索奋斗、披荆斩棘、英勇就义、前赴后继的无数英烈。"并再次附上她写给爷爷的长诗。这首诗，我不止一次地读过。

这棵古树，它是否目送过你们背影
听说，行刑的士兵也不忍将子弹
射向你们圣洁高贵的肉体

90 年后的今天
我们来到这里
缅怀先烈
告慰英灵
……
靠近你高尚博大的胸怀
你激荡诗意的热血
唤醒我诗情泪雨
写下这些，给你，我的爷爷
祭诗，是我予你的话语

你的孙女彭伊娜叩首

2019年8月31日

3

钟敬文，中国民俗学之父，著名的学者、诗人、散文家。1903 年 3 月 20 日出生于广东海丰县公平镇的九龙峒山下村，与彭湃是海丰中学时的同学。钟敬文对彭湃印象深刻，感佩至极，尤其是对他追求理想的不懈和坚定执着推崇备至。

1947 年 10 月 23 日，钟敬文以"瑶华"之名，在《群众》周刊第 39 期发表文章《一个生死于理想的人——追念中国农民真实的朋友和导师彭湃氏》。其中写道："一想起这位中国农民真实的朋友和导师，我就感到理想的庄严，理想的重要。因为他是一个生死于理想的人。他靠着理想活着、工作着，最后也为它欣然死去。在他的生活上理想是精魂，是主宰。而理想本身也因他的忠诚和毅力，更显出光辉，更增加重量，更有吸引人的魅力。"

对比彭湃与一般留日学生的不同，钟老在文中深情地忆起彭湃归国时候："一般的留学生，是只拿了那张毕业文凭回来谋官爵耀门楣的。但是，他却抱着那沉重的理想回来，脑子不断地盘算着怎样去实现它。"

1924 年农运失败后，彭湃黯然来到广州。钟老记得"那时候正是国民革命军要出发东征的时候。广州是一个革命的火山，它喷涌着沸热的溶液。他毅然投入这个火口里去。他的'个人性质的'而且遭受挫败的事业，现在成了革命政府重要政务的一部分。在这里，不但他的事业扩大了、巩固了，他所抱的理想也更明确了、更结实了，用一部名著的译名来说，就是'从空想到科学'。失败不是绊脚石，而是翅膀。它使他高飞了"。

钟老还回忆起他和彭湃在广州偶遇时的情景（对于这位伟大的革命战士和同志，钟老有太多回忆与怀念，他在文中特意提起了与彭湃初次相遇时的情景）："当他在广州任农民部部长的时候（同时也就是革命正达到高潮的时候），我却始终咬着那些书本。有一回，我看见了他。他微笑着问我的近况。我把实情回答了。他恳切地说，每个人应该踏实地去走他自己所挑选的道路。害羞和感铭一时同涌上我的心头。只有热爱着理想的人，才能够轻视世俗的物质享受，才能不作浮薄的骄傲。这是精神上一种庄严的完成。当他在广州革命政府任职的时候，位置不能不算高了。可是，身上穿的是旧日的那套黑西装，戴在头上那顶蜜色的通帽，还是学生时代的遗留物。"

而对于彭湃的牺牲，钟老慨然写道："他的勇敢、镇定，表明支撑着他的是一种什么神力。没有理想，不要说面临死亡，就是活着也是凄惶的、无顿着的……他死去十多年了。中国广大土地上的农民，不断地在战斗着、解放着，而现在已经接近了那最后的胜利。他的理想的果子就要红遍枝头了！"

2011 年在接受中央电视台记者采访时，年近九旬高龄的钟老说起彭湃仍然难捺激动：他生于理想，工作于理想，也死于理想。理想贯穿于他一生。他从开始信仰社会主义直到死，完全是一个非常真诚坚强的人……我打心里佩服他，不管在什么时期阶段，我都拿他做一个榜样。在抗日战争时期我想起了他的榜样力量，使我不敢自外于我们民族的革命。

4

从彭湃"这是帝王乡，谁敢高唱革命歌？哦，就是我"，到钟敬文"生死于理想"，再到彭伊娜的信仰观，贯穿一脉的何止诗人气质，更有一股鲜活的精气血。这股精气血，就是彭湃精神，就是时代精神，就是民族精神。

八、聚是一团火，散是满天星
——朋友眼中的彭湃

1

"有人也许以为这位旧制度的叛逆者、革命民众的领导人，面目必是狰狞的。他可能被想象成了一个煞神。但是像他心肠的仁慈一样，他的

创作札记

能把一篇纪念文章写得既庄重又优美，钟敬文不愧是散文大家，非大师手笔不逮。区区 2000 余字，却细节密致，取舍自如；既有理性的客观描叙，又有感性的抒情感怀；张弛有致，饱满充盈。主题鲜明如一，理想的光芒穿透文字，在精神的天际线上无尽地闪耀。

想起了钟老文章的最后那一句："他的家是在县城外那条龙津溪边的。龙津的水长流着，岸上的菩提树终年青青。抬头望去，那高大的银瓶山在那边耸立着。他那不朽的理想也要在这世界上永远吐射着光芒。"

创作札记

1921 年，彭湃就任海丰县劝学所所长时，在自己的住室贴下了"漫天撒下自由种，宁看将来爆发时"的对

面目也是驯良的，在他那有着稍大的鼻子的脸上常常浮着笑意。我们看了，觉得比起他雄伟的理想来，他这种容貌倒是过于柔美的。此刻，我闭起眼睛来，还仿佛看见他笑口里那一排洁白整齐的牙齿。"①

金山回忆："他个子颇矮，但浑身是劲，很健康。他面孔修长，外表上不像广东人，相貌坚定。他的声音十分深沉，偶尔口吃……要是彭湃不过早死亡，他一定会成为中国最伟大的群众领导人之一。在中国，除了毛泽东以外，我没有遇见过别的人具有像他一样罕有的领导能力。""他领导人民，人民追随他。他不搞控制，而是感化人民赞成他的意见——像一个民主主义者所应当做的那样。如果说有一个人曾经掌握着海陆丰苏维埃的话，那末（么）是彭湃，然而他绝不这样去考虑自己……我还记得彭湃有一天向我说明他的管理原则：我们一定要把全部力量集中在某一点上。但如果这不是以群众民主为基础，那末（么）它就将不如豆腐坚实。"②

方志敏结婚时彭湃前去祝贺。方志敏的爱人缪敏记得："彭湃是个中等身材的人，柳条腰，黑色脸膛，身体很健壮。他和我们谈话时很有风趣。那时正当夏天，他穿着一件柳条衬衣，白色

联。1922年5月，彭湃被撤去海丰教育局局长职务，他决心彻底背叛自己的出身阶级，投身农民运动中。为表达自己誓与旧世界决裂，彭湃在《赤心周刊》上发表了题为《我》的诗篇："这是帝王乡，谁敢高唱革命歌？哦，就是我。"

创作札记

彭湃是一个彩虹般迷幻的人，给人的印象如彩虹般多彩，又像彩虹般多变：一忽儿是救苦救难的活菩萨，一忽儿是万众拥戴的万岁爷；一会儿是土布粗衫的苦农民，一会儿是一身雪白的儒雅绅士。

但在朋友们的眼里，彭湃是一个纯粹的

---

① 钟敬文：《一个生死于理想的人》，《彭湃研究史料》编辑组编：《彭湃研究史料》，广东人民出版社1981年版，第366页。

② ［朝］金山：《海陆丰的生死斗争》，叶佐能编：《彭湃研究史料》，中共中央党校出版社2007年版，第703页。

— 41 —

人，浪漫的人，乐观风趣的人。他富有诗人气质，讲究生活品质，喜欢穿白色衣裤，朝气勃勃，疏爽大方，具有领袖气质，到哪里都会成为中心人物。聚是一团火，散是满天星……

创作札记

易元，原名罗绮园，早期共产党员，与彭湃交往甚笃。1925年5月1日，广东省第一次农民代表大会在广州举行，会议成立了广东省农民协会，彭湃与罗绮园、阮啸仙3人同被选为省农协常务委员。他非常活跃，在当时的档案资料中可经常看到他的消息，后叛变。他的《彭湃同志传略》，迄今仍是研究彭湃的权威文本之一。

西装裤，不是谈话，便是写信。"①

2

彭湃堪称一个天才的演说家。

罗章龙在《我所知道的彭湃》中写道："我和彭湃最早见面是在广州，那时他已经是中共两广区委的委员了。在我的印象中，他是新型的革命知识分子，很有知识，很开朗，很能说话，普通话说的蛮好，虽然带有点家乡音，但很清楚。他爱好文学，谈起来蛮有兴趣，这也是当时青年的爱好。他很有才气，一接触他就感到他是不平凡的人。他待人诚恳，我们谈起来真是无所不谈的，特别和他谈农民运动谈的多。我常请教他，听他讲地主和农民的矛盾，土地等问题，因为他是内行的，是下了番功夫的。他讲话很幽默，还会做白话诗。"

面对大部分没有受过多少教育的农民，他善于运用通俗的土话、生动的比喻来阐明道理，以至他每讲一句话，"都与在农民心坎中透出来的呼吸一般，成为农民的生命的一部分"。②

比如他向农民讲解马克思的阶级斗争学说，但什么是阶级？"全世界约15万万人，其中分为两种。一种是发财人——资本家、地主，一种是穷苦人——工人、农民。这两种人究竟哪一种

---

① 缪敏：《方志敏和彭湃》，叶佐能编：《彭湃研究史料》（上），中共中央党校出版社2007年版，第367页。

② 易元：《彭湃同志传略》，《北方红旗》第29期，1930年8月30日。

多？……无钱的十居九人，有钱的只有一人。现在是一个有钱的人欺负九个无钱的人，但是无钱的人，不愿受他的欺负，起来反抗他，这就叫做阶级斗争。"[1]

为了激励农民们加入农会，他在海丰县工农兵代表大会上的报告就具体描绘出农民期望得到的实实在在东西："我们若能把一切的反革命派杀得清清楚楚，把一切田契租簿烧掉，明年便可分配土地，后年便可从外国买大机器来耕，大后年便可于各乡村建设电灯，自来水，娱乐场，学校，图书馆！（鼓掌）不过这种目的达到不达到，全看我们工农兵团结的力量怎样罢了。"[2]

海陆丰一带乡村与中国其他乡村一样，也深受儒家思想的熏陶，农民以反抗为罪恶，以顺从为美德。千百年来，他们顺从地主，尊崇皇帝，君君臣臣、三纲五常的观念深入人心。对于悲惨的生活现状，他们大都会说"这是天命使然"，祖上"没有得到好风水"。有一次彭湃到乡村去宣传减租，一个老农对彭湃说："租田主的田应当还租的，我们提出减租恐怕不公道吧。"彭湃就耐心详细解释了农民终岁劳苦，到死都不得温饱的原因，揭露了所谓公道的实质。看老农若有所悟，彭湃就问他："减租是否公道？"老农连连点头称是。

徐向前这样描述他第一次见到的彭湃："在海丰城里的红场上，举行了几万人的群众大会，欢迎我们红四师。苏维埃主席彭湃同志在会上讲了话。他只有20多岁，身材不高，脸长而白，完全像一个百分之百的文弱书生。他身穿普通的农民衣服，脚着一双草鞋。海、陆丰的农民都称他为'彭菩萨'。他洪亮的声音，革命的热情，坚强的意志，对革命的前途充满着必胜的信心，都使我们永志不忘。当他讲到广州起义失败，他把手一挥说：'这算不了什么，虽然失败了，但我们是光荣的失败。我们共产党人，从来不

---

① 彭湃：《海陆丰苏维埃》，叶佐能编：《彭湃研究史料》（上），中共中央党校出版社2007年版，第482页。

② 《彭湃文集》，人民出版社1981年版，第291页。

计失败，不畏困难，失败了再干，跌倒爬起来，革命总有一天会成功的。'他那逻辑性很强、鼓动说服力很大、浅显而易懂的讲话，句句打动听者的心坎，使人增加无限的勇气和毅力。"①

3

按今天的说法，彭湃还是一个超级网红。

美国人罗伯特·B.马克斯在《世界是能够变革的——大革命时期的广东农民运动》一书中写道："农民总是把彭湃看作是他们力量的源泉，在他们的心目中，彭湃成了彭大王或彭菩萨。彭湃是农民心目中的皇帝、万岁爷，普宁农民看到了变革世界的可能，认为圣灵已降临大地，乾坤将要扭转。"

"彭湃同志到普宁时，有7000多男妇老幼及500多杆枪，从20多里路远去迎接，异常热烈。许多农妇指示儿童'看万岁来了，看万岁来了'！"②

1925年11月7日，这一天是俄国十月革命8周年，广州举行庆祝盛会。当年参加庆祝会的吴明记述了彭湃当年是多么的受欢迎：

1925年的11月7日，是俄国十月革命的第八个纪念日，广州举国若狂地举行庆祝的盛会……尤其可纪念的，今天，我会见了许多一向只闻名而不曾见过面的人物：谭平山、陈延年、周恩来、鲍罗廷、张太雷……阮啸仙……苏兆征、邓中夏……这些广东的名人，今天都看到了。我们谈着这些人，杨其纲又谈起广东最活跃的名人——彭湃……他对于彭湃，描写的活跃了。使我对于这位"海陆丰农民领袖"，起了很大的幻想，而今天不看到彭湃（因为他代表广东省农民协会到东江去参加东征去了），不能不引为恨事。（回忆有误，此时彭湃在广州出席国民党广东省党部执行委员会第二

---

① 徐向前：《奔向海陆丰》，叶佐能编：《彭湃研究史料》（下），中共中央党校出版社2007年版，第652页。

② 中共广东区委：《广东农民运动报告》，1926年10月。

次会议。笔者注）

……（1926年）五一劳动节那天，在东较场群众大会的农工台上，跟苏兆征、李森、邓中夏、阮啸仙站在一起的一个我不认识的青年，这就是大名鼎鼎的彭湃，这全然是出（乎）我意外的……当阮啸仙为我们介绍"这是彭湃"的时候，我一时竟不知所措地呆了一下。我们热烈地握了握手。一个穿着广东特有的大襟的学生制服，腊肠裤，年约二十七八岁的青年，中等的身材，黄黄的，而且是扁扁的一张脸，外貌是多么平庸，但他就是数十万群众拥护的领袖！这简直是一个奇迹，很难使人相信的。但他的确就是彭湃，就是海陆丰的农民领袖，他显然具有火一般热烈的情感，你看他握别人的手的时候，多么有劲！声音很洪亮，而带着点粗暴，正和他的举动一样。在他身上，镇静，沉着，斯文，这些成分是找不出来的，但他的粗暴显然是热情的表现，所以他的粗暴不会给人以不良的印象。[①]

确实如此，1925年彭湃名声大震，是"广东最活跃的名人"。当时他任国民党广东省党部农民部部长，位高权重，但依然朴实。"脸上的表情也还是那么柔和的，没有一点得意自大的样子。"[②]

1923年营救余坤案胜利之后，彭湃发表了演说，大意是："农民千百年来都受地主官厅的冤枉和压迫，总不敢发声，今天能够把6个被押的农友放出来，这是谁的力量呢？有人说是我彭湃的力量，这是大错特错的；彭湃如果有力量，还要你们六七千人一起来吗？今天的胜利，是农会把六七千耕田佬团结在一起显示出来的力量，这个大力量使得地主官僚不得不怕，不得不放出农友来！今天的胜利告诉我们，从今往后大家应该更加团结，否则今日的大胜利，会变成将来的大失败！"

---

① 吴明：《彭湃印象记》，叶佐能编：《彭湃研究史料》（上），中共中央党校出版社2007年版，第368—370页。

② 钟敬文：《一个生死于理想的人》，叶佐能编：《彭湃研究史料》（下），中共中央党校出版社2007年版，第867页。

创作札记

在彭湃身上，我们真切懂得了"功成不必在我"，但"功成必然有我"的谦逊与人格魅力。

还有一次，一个国民党官员问东江老百姓什么时候才能天下太平，老百姓说让彭湃当皇帝天下就太平了。这话不知怎么传到彭湃的耳朵里，一次他在讲话时说："应该告诉国民党，没有他们的党皇帝蒋皇帝，天下就太平了。彭湃不能当皇帝，你们中间哪一个人也不能当。那么让谁当呢？让全体劳动人民来当！让人民群众来掌江山管社稷当家做主。"

4

周恩来与彭湃私交甚笃。柯麟回忆："1925年国民政府举行东征，讨伐军阀陈炯明。东征军的主力是黄埔学生军，在海陆丰有组织的农民的支持下，打垮了陈炯明的部队。东征军总司令是蒋介石，政治部主任是周恩来，彭湃负责农民运动。他们3人在东征时是寸步不离的，蒋介石离不开周恩来，周恩来离不开彭湃。他们经常在一起。"[①]

1925年8月7日，邓颖超从天津赴穗与周恩来结婚。8日，张治中在太平馆西餐厅设宴两席，祝贺周恩来、邓颖超新婚。当时的宾客有邓演达、陈延年、邓中夏、恽代英、陈赓、彭湃和李富春、蔡畅夫妇等。

1989年春天，邓颖超邀请张治中子女作客西花厅，她还对张一纯说："1925年我同恩来在黄

---

① 柯麟：《回忆彭湃》，叶佐能编：《彭湃研究史料》（下），中共中央党校出版社2007年版，第884页。

埔军校结婚，那时恩来是政治部主任，你父亲是新兵团团长。我们结婚很保密，除了你父亲，别人谁也没告诉。谁知你父亲一定要请客。他安排了两桌酒席……这件事我一辈子也不会忘记。"①

实际上，周恩来与邓颖超的婚宴是由彭湃买单的。当张治中出来买单时，发现彭湃借上厕所之机已经把单给买了。

5

吴明记述南昌起义失败后部队撤向海陆丰时的彭湃：

别的人都为疲劳与溽暑苦恼着，而彭湃，始终像一只活跃的野猫，似乎在他的脑筋中，不知道有苦闷、困难、烦恼的日子……在休息的时候，别人是静静地坐着，而他总是一跳一跳的很顽皮地玩着……一行赶到赣东石城、瑞金一带的时候，大家已经疲劳到不堪。而赣东的大山，连绵不绝，每个山岭都仿佛是愈走愈高，愈走愈险……（彭湃一路上）写着一些使人发笑的文章，例如"同志，快快走，走到广东吃月饼！""你的爱人在前面等你，你还不快快走吗？"一类，（他）有时还要在这些妙文下面画一些牛狗马羊之类，那简直画得太可笑……任何人见了，就是在极端悲哀之中，都要破泪一笑。因此彭湃在这一行人之中就被大众拥护为"快乐之神"了。②

当部队刚进入潮汕，这个"快乐神"就变成了"彭菩萨"。只要他站在大街喊一声，奔走响应的老百姓就会挤破街巷，可见他在潮汕地区的威信。从潮州到汕头原本连通有一条铁路，但起义部队到来之前，"听说潮汕路的工人把铁路破坏了，以阻止李济深从汕头运兵到潮海"③。起义部队抵达潮州急需这条铁路运兵，看到遭受严重破坏的铁路周恩来万分着急。彭湃找

---

① 张一纯：《我所接触到的周恩来》，裴兆启主编：《肝胆相照见真情——老一辈无产阶级革命家与民主人士的交往》，中国文史出版社1999年版，第229页。

②③ 吴明：《彭湃印象记》，叶佐能编：《彭湃研究史料》（上），中共中央党校出版社2007年版，第371—372页。

创作札记

彭湃曾经对人说，他的头脑永远像一个火炉，熊熊燃烧着。确实如此，彭湃是一个眼里有光、心里有火的人。

到周恩来，说修复铁路的工作交给我吧。第二天一早，杨石魂就跑来向周恩来汇报，说铁路已经修复了。原来经彭湃一发动，傍晚来了七八千农民，他们协助铁路工人忙了一夜，就完全把铁路修复了。

第二章　负重前行者，必有同路人
——彭湃的战友们

这块土地的历史，就是这块土地上的每一个人书写的。不仅仅是彭湃，还有一群人……正是千万个彭湃纵情山海，令万物生光。

在这片赤色的土地上，在这面血染的赤旗下，曾经聚集过那么多的赤魂，曾经倒下过那么多的赤魂。

一、"农运三雄"之李劳工
——海陆丰农民自卫大队的创建者

1

"李劳工身材高大，体魄魁伟，皮肤赭黑色，嘴角总是挂着幽默的微笑，锐利的目光热烈而又坚定地盯住对方。当你接触他那坚定的目光时，你会忘记了字典上还有'犹豫'二字的。"苏蕙在她的回忆录《彭湃和他的战友》中这样描述李劳工。

李劳工，原名克家，1901年8月1日出生于捷胜城，与彭湃、林道文并称为海陆丰"农运三雄"。高小毕业后当小学教员，时值五四运动前夕，得阅进步书刊，接触民主革命思想。1920年海丰蚕桑局招收学员，他乃弃教就学，志在致用。掌握蚕桑知识后，他即回捷胜向地主何念阳租荒地30亩试种桑田，勤力垦殖。经一年栽种，桑树长势甚旺。何念阳见利起念，提出升租。李劳工屡屡与之争辩无效，一怒之下砍光桑树，并发誓说："我不骑马不回乡。"后在海丰蚕桑局谋得一职，安身立命。1922年彭湃在海丰致力于农民运动，他起初表示怀疑，与彭湃长谈后，被其感召，即弃蚕桑而参加农运，并改名劳工，以示"工农劳动神圣"。他曾以李克家之名写有《海丰的农民运动底一个观察》一文，与彭湃的《海丰农民运动》有着异曲同工之妙。

文中曾详细谈到他与彭湃相识及参加农会的经过：

我和做农会运动的彭湃君原来绝不相识的。当彭湃君初起做农会运动的时候，我就很特别注意的。当时海丰的绅士和田主们骂彭湃的声浪，时时都打到我的耳鼓！同时一部分人如乡村农民却说道："农会是我们的救星！"更有一部分青年学生和他表同情。我知道彭湃自日本回来曾一度做过海丰的劝学所长，然后才来做农民运动。劝学所长虽算不着什么，但也是一个小小的官儿……怎样能够和农民接近？这怕是堕落无聊的失意者，挟一种野心来笼民罢了！

我当时虽然下过这个武断，但我没有亲眼去观察过，心里头总是免不了带着个很大的怀疑。后来，我以一农民的资格，加入农会，和彭湃叙谈了两三小时。那时彭湃穿着一件短袖的旧内衣，和一黄污的裤子，状很忙碌，毫不见着有官儿气……我问彭湃道："你是信奉社会主义的吗？还是社会主义的一派？"彭答道："社会主义我是相信的，其中马克思派是我深表同情的。"我又问道："你们办这个农会是不是本着马克思主义吗？"彭答道："现在农会还用不着主义二字；不过我们所奋斗的，是注重目前农民的痛苦；要之我们不是将农民来曲就主义；我们是采取一种主义去帮助农民！"……彭湃说罢，抽出农村的统计表来处处说明，实在觉着很可骇怕！此后，我对于彭湃的怀疑，不但渐次的打消了，而且对一般农民，更益引起了我热烈的同情心！我就决定离开蚕桑局的职务，来极力帮助农会。①

2

林务农回忆道："1922年末，李劳工和我在海丰县蚕桑讲习所就学，当时，我们都是20岁左右的青年，彼此对海丰的农民运动是异常同情的，但蚕桑讲习所中的学生，也如社会各个阶层一样，对农民运动的态度，有同情派也有反对派。有一天，李劳工对我说：'想去见见彭湃先生，并向他请教惠益。'对此我很赞成，于是由李劳工执笔写了一封表示对农运同情及要求谒见的长信寄给彭湃。不久，我们便接他的复信，定时约见。他当时住在'得趣山房'，海丰总农会也设在那里……彭湃非常热情地接待我们，令人感到亲切温暖……（他讲了一番话）在今天看来，是很平常的道理，但在当时却是精辟灼见，一针见血地抨击了'实业救国'的立论，澄清了我们过去存在着的'学会蚕桑技术，就能发展农村经济'这一实业救国的糊涂思想……从此，我们就在彭湃的感召下，决定了我们一生所走的革命道路……李劳工从此以后更成为彭湃的得力助手。"②

3

彭湃在他的《海丰农民运动》中也专门提到过他与李劳工的初遇情景。李同志是捷胜之第六区人，在蚕桑学校读书，一向与彭湃不相识，甚表同情于海丰的农会，有一天他即宣告退学，写了一封长信给彭湃，这封长信现在不知下落，其内容之主要点是说他对于农民运动的同情，要来和彭湃见面；彭湃即草一函请其来谈，当时李劳工同志和林务农同志等同来。劳

---

① 李克家：《海丰的农民运动底一个观察——和雨后君讨论〈海丰的农民运动〉》，叶佐能编：《彭湃研究史料》（上），中共中央党校出版社2007年版，第315—317页。

② 林务农：《良师益友》，叶佐能编：《彭湃研究史料》（下），中共中央党校出版社2007年版，第737—738页。

创作札记

有一个小插曲，可从另一个侧面说明李劳工的才干与能力。彭湃在《海丰农民运动》中详细记述了"七五"农潮后他和李劳工一行人去老隆找陈炯明，希望游说陈出面解救被关押的农会会员。其中有一段原话："'七五'农潮之后从老隆回汕头过了两天，陈炯明回汕头，我们也和他一路走。我们时时向他宣传，有一晚在途中岐岭的地方宿营，陈炯明与劳工同志谈论了一夜，到天将光才睡，劳工同志极力向他宣传。次日陈炯明对机要课员说：'李劳工是不是彭湃的党徒？'机要课员说：'他既同来当然是。'陈说：'这个是伟大的人物！'"

工同志等对于农民运动的计划贡献得很多，从此劳工同志成了农民运动的很负责任者。

随后，他深入区乡组织农会，成为彭湃的得力助手，声誉日著。1923年在海丰成立广东省农会，省农会执行委员共13人，其中之一的李劳工任农业部部长兼宣委。

正月梅花开，海丰出了阿彭湃。彭湃深知农民苦，带了共产红军来。二月起东风，彭湃战友李劳工。劳工做事真对板，为侪（我们）农民赶走穷。三月出彩云，彭湃战友林道文。道文能文又善武，埔仔出兵歼白军。

这是当年海陆丰盛传的一首民歌《歌唱三雄》中的一段，分别歌颂了彭湃、李劳工和林道文三位英雄，从中可看出海陆丰人民对他们的爱戴和崇敬之情。

4

"七五"农潮后，海丰县县长王作新宣布取缔农会，同时通缉彭湃，于是李劳工随彭湃到广州开拓革命新局面。

1924年，李劳工在广州加入中国共产党，由党组织选送入黄埔军校第二期学习。8月31日，孙中山视察黄埔军校，李劳工第一次见到孙中山。此后孙中山曾多次去黄埔军校演讲，李劳工受其思想影响很大。国共两党合作后，他即以共产党员身份参加国民党。

10月10日，广东商团军（买办阶级的反动武装）在广州发动军事叛乱，开枪射杀参加双十节游行的人民群众，致死20多人、伤100余人，还有数十人被逮捕。商团军还在市内建筑炮台，张贴"打倒孙中山政府""孙文下野"等标语，意图建立商团政府。在这危急关头，李劳工配合黄埔军校学生军及粤、桂、湘、豫等军，兵分五路，冲入商团军巢穴西关，经几小时奋战，终于平定叛乱。在战斗中李劳工表现突出，英勇顽强，大无畏的气概初现。

5

1925年2月初，国民革命军第一次东征，李劳工受周恩来指派，率先遣队进入惠海边区占据制高点。

2月28日，东征军在惠海农民武装配合下击溃敌军，进占海丰县城。党组织派李劳工负责训练海陆丰农民自卫军，任大队长。后被委派为黄埔军校后方主任和东征军驻海陆丰后方办事处主任。同年3月，海丰农民自卫军大队成立，李劳工担任大队长。

6月，东征军回师广州，陈炯明部将刘志陆重占潮州、汕头等地，9月，进攻陆丰。这时李劳工接到周恩来、彭湃的紧急通知："逆党刘志陆、罗觉庵所部数千人，在陈炯明的指令下，正沿广汕路南下，进犯海陆丰。前哨已到甲子、湖东等地，张威仍在狙击。接信后，立即前往田墘区池刀乡，那里有船只接应，速撤香港。火速勿缓。珍重！珍重！"十万火急的情况下，他置个人安危于不顾，立即布置陆丰农军大队到海丰会合，自己则暂留陆丰做善后工作。其时刘志陆部已进入陆丰境，李劳工遂觅山区小路回海丰。当越过海陆丰交界的大德岭时，因天黑迷路，误入城林埔，被陈丙丁扣押。

陈丙丁是当时反动民团的大队长，精通"莫家教"拳法，兼具"铜钱镖"绝技，有"武算陈丙丁"及"武状元"之称，是当地的头面人物，还是国民党东江保安司令蔡腾飞部将，因此，被陈炯明倚为家乡的"南天柱"。陈丙丁深知李劳工具有极好的军事才能，也曾企图说服他为己所用，但被李劳工拒绝。1925年9月24日上午，李劳工被押赴田墘郊外刑场，陈丙丁此时依然试图说服他，但他不为所动，当众揭露土豪劣绅的种种罪恶，宣传革命。陈丙丁于是将他杀害。就义前，他高呼口号，声震大地。行刑的刽子手连开数枪均未中要害，围观民众皆掩面哭泣。陈丙丁见状亲自操枪连发10弹，李劳工才倒在血泊中壮烈牺牲，时年仅24岁。

苏蕙在她的回忆录《彭湃和他的战友》里提到，李劳工被杀害后，凶手们常被噩梦惊醒，过着一夕数惊的生活。"时年秋末，第二次东征军进海丰，恢复了农会组织，镇压了反动派，老百姓都说是得自李劳工同志天兵神将之助，反动者们都谈虎色变，闻名咋舌。"

1956年，为纪念海陆丰农民自卫军的组织者和领导人李劳工烈士，海丰县政府在捷胜镇北门外狗地山上竖立"李劳工烈士纪念碑"。

创作札记

国旗为什么是红色的？因为红色是血的颜色，是火的颜色。那些倒在血泊里的人啊，那些把自己点燃成火把的人啊，你们给了我们一个光明的世界，一个奋进的时代。这一切，不正如你们所愿吗？

烈士安息。

二、没有生而英勇，只有选择无畏
——苏家麒烈士

1

苏家麒（1900—1928），幼名壬，字石生，海丰县梅陇镇石洲村人。苏家麒年少天资过人，勤勉有加，过目不忘，能文能诗，书法苍劲有力。1920 年在海丰县中学以优异成绩考入医学专门学校，时任海丰县长的翁桂清亲自送他和同时考取的柯麟两人抵广州。

在广州读书期间，苏家麒俭衣节食，平时穿着仅是中山装，但他勤奋好学，成绩优异，每次会考都与柯麟同居榜首。1924 年秋，苏家麒加入社会主义青年团，并被选为支部负责人和医科大学学生会主席。学生会组织学生到农民运动讲习所接受马克思主义教育，并特邀周恩来等人给学生讲授革命道理。苏家麒还在校刊发表思想性很强的文章，曾以"庸医害人"为题，以自己的亲身经历列举广大农村因经济破产缺医少药的惨况，为数极少的医生医术低下，每每贻误人命，整个民族更蒙受"东亚病夫"之辱，呼吁医学界要树立救国救民的思想，为民族争气。

1925 年，学校校董李树芬等人欲将医科大学的教育权转卖给美国的石油大亨，学生群起反对无效，苏家麒等在中共派来的周文雍、张善铭、杨石魂等指导下，组织学生抗议学校当局出卖教育权，并提出"打倒李树芬""反对奴化教育""抵制日货"等口号。在苏家麒等学生的努力下，廖仲恺执行政府令，决定收回公医大学并入广东大学，次年 6 月改名"中山大学医学院"（今中山大学中山医学院的前身）。由此，苏家麒被李树芬等人视为眼中钉，必欲置之死地而后快。

创作札记

翁桂清是陈炯明的亲信，他不赞成农会，但也不敢解散或禁止农会，所以 1922—1923 年间海丰农会得以比较自由地发展。

柯麟，曾用名辉萼，1900 年生于广东省海丰县。1920 年从海丰中学毕业后，考进广东公医医学专门学校。1924 年加入社会主义青年团，不久转为中共党员。1926 年毕业，1927 年赴武汉出席全国共青团代表大会，旋被派往国民革命军第四军，先后任二十四师教导队医官、军部医务处主任。他曾参加广州起义，起义失败后避难上海，开设达生医务所作为党的秘密联络点，并参加中央特科的工作。1929 年彭湃在上海牺牲后，柯麟配合党组织惩杀了出卖彭湃的叛徒白鑫。后因党组织要他到澳门照料叶挺将军，遂举家移居澳门。自 1935 年至 1951 年，柯麟在澳门一面为党工作，一面发展医务事业，创建了澳门开埠以来最大最好的镜湖医院。

2

1925 年 6 月 23 日，广东各界在东较场举行声讨帝国主义在上海制造"五卅"惨案大会。会后，苏家麒与其他学生和其他社会各界队伍浩浩荡荡举行游行，时任中共广东区委主要领导人陈延年、周恩来也在此游行队列中。下午 2 时 15 分，游行队伍行至菜栏街、沙基、西堤一带，沙面西桥旁的维多利酒店（今胜利宾馆）一名外国人首先用手枪向游行队伍开了第一枪，已经处于戒备状态的沙面内西桥脚的英法军队立即以机枪向沙基游行队伍扫射，当场死伤 200 多人。这就是震惊中外的"六二三"沙基惨案。当时苏家麒身背药袋，冒着生命危险去抢救死伤的同胞们，救治了百余人的生命。

3

1926 年年初，苏家麒由共产主义青年团转入中国共产党，是中山大学医学院的第一批共产党员，后担任医学院中共地下党组织主要负责人。苏家麒与柯麟既是同乡又是同窗，情同手足，过从甚密，与彭湃也常有往来。彭湃在广州期间多次留宿苏家麒宿舍，并与之彻夜长谈。

苏家麒在广州读书期间，还曾多次利用假期回到海丰故乡，协助彭湃发展农民运动和推动平民教育，为平民医院捐资献药。

1927 年蒋介石在上海发动四一二反革命政

变。4月15日凌晨，广州国民党军警在"士的党"分子带引下，到中山大学医学院宿舍按黑名单捕人，苏家麒不幸被捕。初时关押在南关戏院，当局要他写保证书就马上放人，但他拒绝了。同乡及车夫们闻讯非常着急，纷纷前来叫苏家麒跳楼逃走，但他不肯。这些同乡以往有病打电话给苏家麒，他背起药箱就去为他们免费诊病，或利用周末去看望他们，乡情之笃于此可见。

不久，苏家麒作为重要"政治犯"被解往南石头惩戒场，但每天都有人拖儿带女或携带水果饼干等探监。他们都说沙基惨案若无苏医生冒死相救，他们早已向阎王报到了，所以他们今天是来报救命之恩的。苏医生能救活他们百余人，可如今他们却不能脱苏医生于剑芒！所有探监者莫不痛哭流涕，流连不忍。

1928年2月10日深夜，中山大学医学院中共地下党主要负责人、广州爱国学生运动领导者苏家麒英勇就义，年仅28岁。

苏家麒就义前一天，见到李树芬手下到狱中认人，就已知必死无疑，于是连夜疾写家书两封，嘱狱中难友李志超日后能转交自己的家人。李志超后被释放，把遗书送到苏家。

致父母亲暨诸兄弟：

父母亲、叔父母尊大人暨诸兄弟们：壬浮生宇宙廿八载，于此时当中，费尽父母好多心血，用尽家庭几许金钱，又蒙兄弟手足之帮忙，方想学成。

外役社会，内维家庭，使老者有美，少者有方。何其志未成祸已至，事未果而身已亡。嗟嗟！父病不能医，死不能葬，子职大亏，不孝之罪何赎？

昊天罔极，劬劳之恩未报，只望来世。

大家爱我、惜我、鼓励我、希望我，万分感激。而今为我而忧而悲而伤心痛哭，乃天之罪也，大大对不住！人生自古谁无死？死有重于泰山、轻于鸿毛。死是渺小的，不怨天、不尤人，命运注定，在数难逃。已矣！

夫复何言，恳求原恕，千其勿悲勿哭。夜深了，行矣！且无言。

不孝壬绝书正月十九夜

致妻儿：

绿萍吾妻暨觉悟二儿：我一生读书，方想学成，尽人民的一份子，为国家、为民族，更为病者解脱痛苦，呻吟床第嗷嗷待救的病人得以复苏，走上新生里程。其次，限衣俭食，负债累累的家未能报答，是我罪咎。离多聚少，未履行丈夫之责任，未负爸爸任务，大对不住你们了，还连累你们凄凉痛哭、捶心流泪、大对不住。你其勿悲，自古圣贤皆有死，英雄亦有死，何独我也？人生里程，不外如是；请原谅我宽恕我，负起重大责任，咬实牙筋，担起母兼父职双重艰苦任务，教育两儿，务使成人，完成我志。

社会险恶，人心难测之。

书到之日，我已离开阴毒人寰，到了极乐世界。万望勿念我想我思我！哭至死去活来，其如两孤儿何？既死父，焉可死母？刻苦忍痛，节哀顺变，你其勿悲！夫复何言，永别矣！

家麒绝笔正月十九夜

4

苏家麒还有个胞弟名苏家驹，生于 1907 年 6 月 15 日。在胞兄苏家麒支持下，1926 年秋前往广州，考入黄埔军官学校（五期）。不久，苏家驹被编入国民革命军第四军军官教导团，并调往武汉中央军校。次年秋，苏家驹随团调防广州。此时，他已秘密加入共产党。1927 年 12 月 11 日凌晨 3 时许，爆发了以该教导团（团长叶剑英）为主力的广州起义。苏家驹所在的连队负责主攻珠江南岸之南石头监狱。起义失败后，他于 1928 年 1 月 3 日辗转回到海丰梅陇老家。其时，海丰已建立了苏维埃政权，苏家驹一到家便自告奋勇担当起训练赤卫队的教练。3 天后，苏家驹得知广州起义部队已抵达海丰与红二师会合，并已改称红四师，便当即前往报到。因新成立的红二师第五团（多为本县籍之赤卫队员精英组成）急需充实骨干，苏家驹又被调往五团任党代表，并随团转战普宁、惠来、陆丰、紫金等地。

1928年3月后，海陆丰苏维埃政府因遭国民党第四军、第五军、第七军和海军陆战队等联合进攻而退往山区。转战数月，因弹药和给养不济，牺牲者过半，加上其他减员，原2000多人的红军仅存140余人。党为保存革命骨干，安排非本地籍红军陆续撤退至香港。当此危急关头，苏家驹为掩护部队撤退，在战斗中严重负伤。为及时救治，部队曾通过地方党组织与其家属联系，意欲护送他回家掩蔽治疗。然而此时苏家驹的父亲苏作舟已去世，其家人因慑于白色恐怖而不敢接纳。10月10日，苏家驹因伤重牺牲于莲花山区的莽林间。牺牲前他用微弱声音对战友说："只要我还活着，就要为革命的胜利战斗到最后一刻！"战友将其遗体掩埋于海丰县埔仔峒一处山丘岩石之侧。

> 泣血枕戈，英魂不死。
>
> 生而英勇，死而无畏。

三、铁肩扛赤旗，热血写青史

——林铁史

1

在流经海城的龙津河河畔，有一处地方叫鲤趋埔。相传很久以前，一到夏季大雨滂沱时龙津河水暴涨，河里的鲤鱼就成群结队地游到一处地方栖息下来，非常奇特，久而久之，人们就把这地方称为鲤趋埔。在老一辈人的记忆中，鲤趋埔原是一片风景秀丽的草坪，这里树木森森，遮天蔽日，杂花生树，蝶舞蜂狂。当然，鲤趋埔在老一辈人的心中还有另一种含义，就是鲤鱼跳龙门的意思。有诗曰：龙津水涨鲤趋埔，拔翅傲游穿碧蒲；此

创作札记

第一次来到海丰，在林晋亭外孙、汕尾市红色文化协会会员邱汉钦以及叶君铭等人的带领下，笔者一行人首先就来到了海丰县城鲤趋埔林家。

一道历经百年风雨的残垣断壁，就是当年的林家祖祠小学。1903年，7岁的彭湃进入鲤趋埔林的林家祖祠小学读书。他的启蒙老师林晋亭先生就是在这里向子弟们讲述文天祥"人生自古谁无死，留取丹心照汗青"的诗句，正气浩然的家国情怀在彭湃幼小的心灵深深根植。

彭湃之孙、汕尾市红色文化协会会长彭丹也一再向我们强调：彭湃的革命思想形成的源头是什么？一个是他的母亲周凤，一个是他的启蒙老师，一个是日本早稻田大学。而启蒙老师就是指林晋亭。

地不容垂玉钓，龙门明日待飞瑜。

明末清初，海丰鲘门已成为省内外航海商客贸易的重要港口，经济活跃，一片繁荣。到清康熙中期，原来世居潮州澄海县的林氏后人林敬宇看到鲘门港的渔业生意很有发展前途，于是便从澄海县迁到鲘门从事渔行生意。但是好景不长，清朝政府为防止沿海百姓参加郑成功"据台湾抗清"，发布极为严厉的禁海令。无奈，在鲘门港做渔行生意赚得些银两的林敬宇遂携家人迁到海丰县城龙津溪西畔的鲤趋埔，购买土地，新建林氏家族两座颇具规模的庭院，一座称为笃庆堂，一座称为叙伦堂；同时又在附近新建了一座三进、面宽五间的林氏祠堂，从此林氏在海丰落地生根，开枝散叶。

林氏家族虽然富甲一方，但因缺乏功名而社会地位不高。鉴于此，林氏先祖开始注重族中子弟的文化教育，勉诫子弟勤奋读书，争取仕途功名；并专设书塾供本族子弟读书，也接受外姓的学生，陈炯明及彭湃都曾在林氏私塾读过书。寒来暑往，日经月纬，至清末，林氏耕读传家数代，科举名人辈出，历代科举中榜者竟有20多人。林晋亭的太曾祖、曾祖父、祖父均恩贡生，堪称世代书香。一个家族有这样的人文底蕴，在海丰史上实属少见。鲤趋埔林，是海丰名副其实的名门望族。

2

林晋亭，是鲤趋埔林家第九代，与陈炯明是同科秀才，而且都就读于海丰速成师范，陈炯明为林晋亭的学长。林晋亭参加过同盟会，具有资产阶级民主主义思想，与陈炯明一样，都是反对袁世凯称帝的。因政治理念相同，又兼同窗之谊，故他长期是陈的幕僚，可谓陈炯明最信任的人之一，曾任海丰高小校长、中学教员、教育会长、戒烟局董事等职务。陈炯明执任广东都督后，他做过陈炯明秘书、省审计处处长。他对于农会是很赞成的，这不仅因为他与彭湃有着师生之谊，而且他向来都很器重这个学生，并由此而赞成他的主张。"七五"农潮时，林晋亭也曾函电陈炯明，明确表态解散农会是不对的，请他释放被关押的农友并恢复农会。

关于这一时期的林晋亭，彭湃在其《海丰农民运动》中有所记述："此人虽然是陈炯明的党羽，是陈炯明最信任的一人，但他对于农会是很赞成的。他的赞成农会也不是激烈，是他与湃有感情的关系，并且他平时很看重湃，因看重湃，故重视湃所主张的农民运动，林亦有函电给陈炯明，请其释人及恢复农会，其主张较好。林另有很多函电去责骂王作新乱捕农民，解散农会之不对。""后林树声（即林晋亭，引者注）主张我们再向老隆跑一回，或可促陈炯明的注意，我们亦以为在香港久留是无用的，乃与劳工同志两人渡汕向老隆进发。我们跑了一个星期的路，到了老隆，再见陈炯明。"

3

林晋亭是林铁史的父亲。林铁史在林家同辈兄弟中排行第一，极聪慧，备受林家宠爱，视为骄子。他6岁时就读本族祖祠小学，启蒙老师就是他的父亲林晋亭。

1921年10月，林铁史受到彭湃游说感染，到彭湃就读过的日本早稻田大学学习。1924年冬，他接到彭湃的信后，从东京回到海丰，后从事农

创作札记

有研究资料说，彭湃早在日本留学期间就向陈炯明提出要培养人才就要派人出去。陈炯明接受了彭湃的意见，"后来有意识组织学生到日本和法国去留学，留学生中有福建的、有潮汕的、有海陆丰的，一批优秀的有志青年深受彭湃这一建议之惠"（黄鼎臣《怀念彭湃》）。而林铁史以及彭湃的五弟彭泽后来也得以东渡日本求学，是否与陈炯明的资助有关就不得而知了。

民运动和农民教育。

黄鼎臣回忆："1925年暑假我从日本回到海丰，那时我与林铁史都在日本留学，我是学医的，林铁史是在早稻田大学学政治经济学的。我们到教育局为要公费进行交涉。那时，刚好彭湃参加东征在海丰……他又对林铁史说：'我们是学政治的，现在参加革命运动是我们念政治最好的大学。'这样，林铁史便留下来参加革命了，并为此献出了自己宝贵的生命。"[①]

4

1927年春天，林铁史来到陆丰县当时的最高学府——龙山中学担任校长。他到任不久就开始秘密开展建党工作，积极组织革命力量。在他的领导下，陆丰党组织和革命力量都有较大发展。蒋介石发动四一二反革命政变后，共产党人奋起反抗，领导海陆丰人民举行了三次武装起义，林铁史参与起义的领导工作，并连续两次当选为海丰县临时革命政府委员。第三次武装起义后的11月13日，全国第一个县级苏维埃红色政权成立，选举产生了陆丰县苏维埃政府，林铁史当选为陆丰苏维埃政府执行委员兼秘书长，主持政府的日常工作。

11月8日，国民党残余武装力量逃匿到碣石，严重威胁新成立的苏维埃政权。彭湃和中共陆丰

[①] 黄鼎臣：《怀念彭湃》，叶佐能编：《彭湃研究史料》（上），中共中央党校出版社2007年版，第42页。

县委决定攻打碣石，并且派张威、林铁史连夜赶往金厢、碣石，动员组织工农武装配合董朗的红二师进攻碣石城。在动员大会上，林铁史慷慨激昂道："大家要翻身，要分到土地，就必须团结一致，打倒土豪劣绅，消灭碣石城里的敌人，取得最后的解放！"第三天凌晨，东南各区的赤卫队员携带粉枪、匕首、尖串、大刀等，以及武器装备较全的红二师官兵共三四千人，来到碣石附近的草洋集结待命。

碣石城外，随着彭湃一声令下，战斗开始了，队伍分三路进攻碣石：中路董朗、右路（海边）张威、左路林铁史，分别率领红二师将士和赤卫队员在枪林弹雨中攻城。一时间碣石城内炮火横飞，硝烟弥漫。随即，红二师在玄武山自得居设立攻城指挥部，彭湃、董朗、张威、林铁史在此部署攻城计划。碣石城，自古以来就是边陲兵防要地，历代朝廷都是重兵驻扎防守。城墙高大且十分坚固，红二师和赤卫队互相配合下虽然荡平了城外工事，但敌人龟缩城内不出，紧闭城门顽强抵抗，没法一下子攻破。指挥部决定采取围困办法，断其粮水，迫使城内的敌人弃城逃跑。最终攻下碣石城。

碣石一役扫除了后患，巩固了海陆丰苏维埃政权，随即全县开展了大规模的土地革命。林铁史主持这一时期的工作，殚精竭虑，尽责尽职。分到土地的农民无不欢欣鼓舞，拍手称快，共产党的威信日益提高。

5

1928 年 2 月上旬，红二师攻下紫金南岭后，稍作休整，兵分两路，其中一路奉命奔赴陆丰河田。当时，主持陆丰西北工作的林铁史早就想一举捣毁陆丰西北地区残留的反动武装，然而，没有正规部队的支持，他迟迟下不了决心。红二师的到来，让他信心倍增。2 月 10 日，新田、河口、河田等区数千名农民赤卫队员在林铁史的动员下，迅速集合，在红二师部分官兵的带领下，分成数路，向黄塘攻击前进。陈耀寰的保安队看到如潮水一般涌来的红军和赤卫队，没敢还击，放弃黄塘，逃入上砂。第二天，红二师及赤卫队，乘胜前进，一口气攻下黄布寨，之后又克许山下。

2月16日，红二师及赤卫队发起对欧田民团的攻击。上砂乡自治会深知唇亡齿寒的利害关系，主动派出100多人组成的民团，带着大量的弹药增援欧田民团。第二天黎明，红二师和赤卫队向欧田民团再次发起攻击。附近数千农民主动前来助战，一时间，螺溪全境红旗飘扬，喊杀之声此起彼伏。欧田民团看到此情景，不敢恋战，择小路狼狈败逃上砂。至此，海陆丰唯有上砂一隅依然被国民党反动派把持着。上砂乡是陆丰最西北的一个乡，此地山高林密，道路崎岖，交通险要，东与五云接壤，西通螺溪，南出下砂，北上五华，全乡居住着庄姓两万余人。为了维护其封建宗族统治，上砂乡有多间制枪厂，大量制造土七九弹枪等各类枪支，反动民团力量非常强大。如此，得到陈济棠支持的陈耀寰准备以上砂为据点，与红军和赤卫队一决高下。

接连取得黄塘、黄布寨、许山下和欧田的红二师及赤卫队，激奋昂扬，想乘胜前进一举拿下上砂乡，荡平海陆丰境内最后一个敌人据点。2月26日(农历二月初六)，红二师和各区赤卫队集中在螺溪乡书村，随着林铁史的一声令下，部队向上砂前进。当部队前进到石壁下时，两面山头突然响起了激烈的枪炮声，敌军猛然从山上冲下，把部队拦腰截断，部队大乱。其中一部分红军战士仓促间退入不远处的山涧富角沥、观音坳。敌人大队人马乘机包围过来，红军战士虽依然竭力冲锋、拼搏，然而敌人居高临下，火力凶猛，后续红军和赤卫队增援无望，只得撤退。此役，红二师共牺牲80多人。

2013年11月，陆河螺溪镇人民政府为血洒石壁下的全体红军战士立碑纪念，碑文如下：

红二师原系叶挺十一军部队，参加了举世闻名的南昌起义，南下广东海陆丰，整编为红军第二师，他们与工农大众结合，创建海陆丰革命根据地，成立中国第一个苏维埃政权。1928年2月，中国共产党临时中央政治局委员、东江特委书记彭湃，为了肃清残敌，巩固革命根据地，命令红军二师一部与西北地区赤卫队抵达螺溪，2月26日（戊辰岁二月初六日）在石壁下、富角沥两地，与窜入上砂的国民党海陆丰保安大队激战，此役红军有八十余位指战员壮烈牺牲。他们来自五湖四海，为保卫革命成果，雨淋白骨血染草，没有一个留下姓名。陆河县的老区人民为告慰忠魂，谨建墓立碑。

红军二师革命烈士永垂不朽！

陆河县螺溪镇人民政府

螺溪镇各安村民委员会

公元二〇一三年十一月一日立

6

1928年2月下旬，国民党军阀内讧稍缓，开始集中兵力分四路进攻海陆丰革命根据地。3月1日，国民党军队李振球率第三十一团占领了海丰苏维埃政府所在地海丰县城，同时驻扎在福建的国民党海军第四舰队也调派四艘大型兵舰急速出发，2日晚抵达汕尾一带，不断巡弋在汕尾至捷胜海面，截击红军从南部海面的退路。

在敌人的强势反攻下，中共陆丰县委和县苏维埃政府被迫撤出县城。县城失陷后，由西北、东南两个特委接替县委坚持指挥全县农运和武装斗争。林铁史作为西北特委负责人，领导农民自卫队在该地区坚持战斗，多次组织队员们配合红

创作札记

碑上面是正书楷字"红二师革命烈士永垂不朽"。碑文烫金镌刻在纪念碑的底座上的一块黑色大理石上。依着浅浅的山坡有一排白色的小小的墓碑，位列整齐，庄重严肃，透出一股英武之气；山坡的高处是一面水泥铺就的红色国旗，意喻在这里长眠的，是为了红色共和国而战死的英魂。

创作札记

1922年，在彭湃的领导下海陆丰的农民运动如火如荼地开展。这一时期，海丰城集结了一群有理想、热情、献身精神的青年志士，他们在风云激荡的岁月里呐喊、冲锋、勇往直前。在这些志士之中，鲤趋埔林氏子弟十分夺目耀眼：林铁史、林芳史、林文史、林通经、林新家、林庆家、林集家、林仲岳、林仲鹏、林照乘等10位兄弟子侄，或为传播真理，或为开拓红土，他们不畏生死，矢志舍身；以生命赴使命，以热血铸忠魂。

军部队攻打敌人。月末，红四师6个连向大安进发，林铁史率西北大队配合，在大安洗鱼溪与两倍于己的敌人相遇。鏖战数小时，两军血肉相搏，我方击毙敌人约百人，但也损失惨重：红军战士和赤卫队员近百人壮烈牺牲。

5月，噩耗再次传来：原陆丰县委主要成员及领导人在卧龙村被敌人包围，不幸全部牺牲。5月10日，在东江特委特派员主持下，重建中共陆丰县委，林铁史临危受命，任县委常委兼军委主任，负责全县军事工作，指挥全县的反"围剿"斗争。

7月6日，林铁史带领工农武装100多人前往碣石、金厢一带，传达东江特委暨新县委准备恢复乡村苏维埃政权、健全各乡党支部、组织夏收武装暴动的决定。碣石区委书记林翰藩陪同林铁史到九更寮、角洋等地开展工作。但不幸走漏风声，敌第五军四十七团迅速包围了整个村子。霎时，双方陷入激烈战斗中。敌人密集的机枪火力如雨点倾泻而下，炮弹爆炸的黑色烟火遮天蔽日……林铁史马上命令大家突围，自己留下断后。就在此时，一颗子弹击中他的头部，殷红的鲜血顺着脸颊流淌下来。他顾不上包扎，咬紧牙关指挥还击。血不停地流，直至他昏迷。最后他不幸被捕，英勇就义，时年仅30岁。

四、为救彭湃遗孤慷慨赴难

——林甦烈士

1

1932 年，广东国民党军队对东江苏区进行疯狂"围剿"，大南山斗争环境急剧恶化。

这年冬，中共东江特委政治保卫局局长林甦与另一位同志奉调前往中央苏区工作，此行，他们还带着彭湃的儿子彭士禄。

一路北上，船至丰顺县韩江隬隍渡口时，遇到国民党兵盘查，林甦见状，叮嘱年仅 7 岁的彭士禄按预定的话应答，认定船夫是"父亲"。这次，彭士禄逃过一劫，而林甦与另一位同志上岸后，再也没有回来……

2

林甦与彭湃有着生死共进的过命交情。

幼时他与彭湃为邻，两人从小一起玩耍、读书，形影相随。林甦的父亲林美藩靠经营手工糕粉食品店谋生，母亲吴氏为人厚道，善理家务。兄弟四人中，林甦最小。民国时期，海丰城文风甚盛，林甦从小接受书诗文赋的熏陶，国学基础扎实。中学毕业后，林甦考入福建厦门集美水产学校。1920 年，林甦回到海丰教书。

与此同时，好友彭湃正在筹谋救国救民的家国大事。一开始，彭湃寄希望于教育救国。在这一理想遭到重挫后，彭湃开始深入农村，发动农民运动。1922 年夏，"六人农会"成立，点燃了农运星火。林甦也就是在这时与李劳工、郑志云等青年知识分子加入到农民运动的热潮之中，成为了海陆丰早期农民运动的知识型领导者。

1923 年 7 月，广东省农会在海丰成立，林甦当选为省农会执行委员，并担任宣传部长。8 月 16 日，在"七五"农潮事件中，杨其珊等 25 名农会骨干被捕。林甦与彭湃、彭汉垣等人逃脱出来，在城东大嶂山上的道观召开了紧急会议。会议决定由彭湃、林甦、蓝陈润三人前往老隆寻求陈炯明支持，交涉释放农友事宜。

3

第一次国共合作后，林甦偕李劳工随同彭湃来到了广州。

林甦很快就加入了中国共产党，不久被任命为广东省农民协会秘书。因为工作关系，林甦需经常向中共广东区委书记陈延年汇报，工作优秀深得陈延年赞许。

第一次东征胜利后，海丰成立农民自卫军大队。此时，自卫军缺乏枪弹，身在广州的林甦立即召集农民运动讲习所的骨干成员开会，商量对策。1925 年 3 月 15 日，林甦带领刘琴西、邝继璜、黄连渊等农民运动讲习所武装考察团十余人，携带六五式子弹 3000 颗从广州出发，长途跋涉，10 天后到达海丰。当他们把子弹赠予农民自卫军时，彭湃紧紧握住林甦的双手，激动得无以言表。28 日《陆安日报》刊载道：

至二十五日早出发来县城，沿途所过乡村，或派传单，或演讲，一般农民大呼"农民万岁""海丰农会万岁"，极形欢悦。至黄昏始抵道山，即有彭湃委员长及农民自卫军等在该处欢迎。相遇之下，鼓掌欢呼，唱歌燃炮，一种热烈精神、激昂气概，足令人感慨不忘者矣。

4

"甦兄，这次来了就别走了，咱们一起搞农民运动。"彭湃拍着林甦的肩膀。

就这样，林甦留在了海丰，并且担任海丰农民自卫军大队党代表，李劳工则任大队长。他们的到来，无疑让海丰农民自卫军如虎添翼。

4月20日，林甦与杨其珊、郑志云前往广州参加广东省第一次农民代表大会。在会上，他们提出了"拥护农民利益""民选县长""取消杂捐""撤销驻防军队"等多项提案。

参加完代表大会，林甦马不停蹄赶回海丰，参与筹备海丰县农民协会代表大会。7月5日至9日，海丰县农民协会第一次代表大会召开，林甦高票当选为县农民协会执行委员。

10月上旬，国民革命军第二次东征。东征胜利后，东江农民运动蓬勃发展，彭湃有意识地把海丰农运骨干外派东江地区，期望他们在各县独当一面、擎旗发展。经过半年的辛劳工作，彭湃、林甦等人在东江地区7个县、62个区、2782个乡建立了农民协会，会员达27万多人。此时彭湃和林甦同时意识到把农会会员武装起来，组建一支由农民自己组成的军队的必要性和重要性。

自此，农军蓬勃发展起来。

5

1927年，震惊全国的四一二反革命政变发生，消息很快传到了海陆丰，彭湃等人义愤填膺。不久，中共东江特委成立，彭湃、郭瘦真、杨石魂、林甦、李彬、张善铭、何友逖7人为特委委员，负责指导东江的党务、政治和军事工作，组织讨蒋起义。4月20日，中共普宁县委集结三县4000多名农军，一场武装暴动如箭在弦。

终于，"四二三"武装暴动爆发了。起义农军很快围攻了普宁县城。4月26日，农军在平径山全歼敌人援兵一个连。5月1日，农军在海陆丰也发动武装起义。

广东的敌军意识到农军是一股强大的力量，于是集结大军强势来攻，惠、潮、梅各县农军不敌，撤往陆丰县新田区，合编为农工救党军。

6月下旬，救党军经江西进入湖南，因形势变化，他们与上级党组织失去联系，只与此前到达的北江农军及汝城农军会合，暂驻汝城。林甦、方临川、阳兴光、杨石魂等人临危受命，带着全军的希望去武汉向中央汇报工作。7月3日，林甦到达武汉，见到了周恩来。周恩来指示救党军不必来武汉，在汝城就地参加暴动即可。

不久，林甦被派回普宁，准备再次领导暴动。

6

1928年3月，夹在冬春之间的广东，尚能感到湿冷的春寒。

农民军终因敌众我寡而失利，国民党攻陷海陆丰，中共东江特委被分割在潮、普、惠地区。

"五三"兵暴失败后，海陆惠紫革命斗争转入山区和农村。6月，四县联席会议召开，会上，宣布成立了海陆惠紫暴动委员会，暴委主席为杨望，林甦则任暴委执行委员。

至年秋，林甦退至大南山，与彭湃会合，出任东江特委委员兼东江党校校长。林甦与彭湃会合不久后，彭湃接到中央调令，即日出发去上海。

临行前，林甦、彭湃与七弟彭述、堂弟彭承泽等在石洞内挑灯夜别。这一夜，他们聊了很多，感慨万千；触及少年同学、邻里旧事及家人境遇，无不噙泪，难舍难分。

"甦兄，这快一年了，发生的事情太多，我……我就是不知道三个儿子怎么样了……"彭湃突然黯然神伤起来。

林甦知道，彭湃是在担心家里的事情。在彭湃离别海丰、领导东江大暴动10个月的时间里，彭家发生了意想不到的裂变，凄风苦雨，噩耗不断。如今，彭湃的三个儿子还飘零在外，不知下落。

林甦一只手搭在彭湃肩膀上，几个铁骨铮铮的汉子，这会儿竟谁都说不出话来。不过，林甦深深将这事记在了心上，在后来的日子里，他无时无刻不在留意着彭湃家人的下落。他在等待机会，一个让彭湃一家团圆的机会。

不久，一个惊天噩耗如霹雳般惊撼了林甦。

那是 1929 年 11 月，林甦正与古大存、何石并肩率领红军艰苦作战，准备打通江西苏区。噩耗传来——彭湃在上海牺牲了！

听到噩耗的林甦悲痛欲绝，大放悲声："湃兄啊，我林甦发誓，此生就算拼上性命也要为你、为牺牲的同志们报仇！"

1930 年 5 月 14 日，林甦在中共中央机关刊物《红旗》上发表了《哭彭湃同志》一文："你虽死，你的精神永不死！失掉了一个你，还有无数千万的你继续地奋斗！"

其言哀哀，其情切切，足见彭湃之死让林甦镂心刻骨的悲恸。

山和水不再相逢，云和风却怎能两两相忘！

7

而此时，彭湃弟媳杨华通过地下党组织把彭湃儿子彭士禄从香港接到潮汕，辗转交给其丈夫彭述。彭述再把彭士禄送到潮安一带寄养。几个月中，为逃避国民党的"斩草除根"，彭士禄不断转移地点，认了 20 多位"爸爸"和"妈妈"。

眼看着彭湃的儿子辗转飘零，林甦心中很不是滋味。他与彭述计划，在适当的时候把小士禄送往中央苏区瑞金。

1932 年冬，林甦和另一位同志调往中央苏区工作。其时，彭士禄在潮安县金沙乡陈永俊家中隐蔽，林甦通过彭述等人接上了彭士禄，打扮成"番客"模样，北上中央苏区。林甦一行沿着中共中央开辟的交通线前行，准备绕过潮州，经大埔青溪到永定往江西。

冬天的清晨，雾气弥漫，林甦等人驾驶木船溯韩江水道而上。当驶经丰顺县留隍渡口时，林甦看见了国民党军队检查的岗哨，预感到危险，蹲下身小声地再次叮嘱彭士禄："你就按先定好的话回答，说是舵公的儿子，不认识我们。"彭士禄点着小脑袋。果然，船被喝令靠岸，国民党士兵盘查后认定林甦两人是外地口音，押其上岸审查，随后逮捕，送往梅县关押。而彭士禄安全脱险后，被舵公送回陈永俊家。

1933 年春，林甦被国民党反动派杀害，年仅 39 岁。

共同的信仰，一样的追求，巾帼不让须眉，壮举感天动地！我们无法忘记的陈月容同志，她是林甦的爱人，时任潮普惠县苏维埃法庭秘书，是中共潮普惠县委候补委员。1933 年 3 月间，国民党反动派"围剿"大南山时，她在战斗中壮烈牺牲。

逝者如斯夫，不舍昼夜。逝水如斯乎，伊人何在？韩江仍在，英雄已逝，可他的英魂却永远留在伟大的信仰与仁义里。

五、如莲

——蔡素屏烈士

世间万物，所有重逢都不如初遇。而蔡素屏，就是彭湃感情天地里的初遇。

1912 年，16 岁的彭湃娶蔡素屏为妻。他们的婚姻显然是父母之命、媒妁之言的产物。

蔡素屏生于 1897 年，出身海丰鹿境乡一个富商家庭，是个温婉贤淑的大家闺秀。虽是大户人家小姐，但自幼接受的是三从四德、女子无才便是德的旧式教育，没上过学校，15 岁和彭湃结婚时还缠着小脚。但她性情温婉，聪明贤惠，平时向哥哥学习古书，也略通文字。

关于彭湃的婚姻，容应萸在其《彭湃与建设者同盟》中有过这样的描述：

虽然没有可靠资料说明革命如何在彭湃身上发生影响，他对这件家庭作主的婚事有何种反应，但根据他曾坚持要他的新婚妻子放脚以及和她手牵着手在海丰大街上走的事实，可以设想，彭湃的反传统精神和具有自由主义思想色彩的性格在当时已经十分突出了。

彭湃和蔡素屏一定十分恩爱，因为有两件脍炙人口的轶事至今仍为人所乐道。彭湃在日本留学时，每当月满之夜，他必定抬头凝望一轮悬挂中天的皓月。他已和蔡素屏有约在先，大家都在此时凭栏观月，寄托情思，遥望彼此间的相爱之心。此外，还有人说，彭湃每天都要亲吻蔡素屏的相片。有一天晚上，他甚至把相片放在一个玻璃相架里，拿着入睡了。不料玻璃破了，还戳穿了他的手。这两段故事，反映了彭湃性格里柔情、易动情感，富于浪漫色彩的一面。[①]

家乡月是心中月，结发妻是心上人。

在彭湃的帮助和鼓励下，蔡素屏放了小脚，还叫了几个妯娌一道，提着书包穿街过巷到潮州会馆去上学。彭湃的教育局局长被革职后笃志搞农运，她虽不太明白，却依旧夫唱妇随，陪着彭湃到各地去宣传农运。有一次在海城的圩集上，彭湃站在凳子上向农民做宣传，蔡素屏就站在旁边作陪。当时海城的地主劣绅们莫不骂她辱没祖宗，不知羞耻，但她依旧不理不睬。她仰起头望着她的夫婿，明亮的阳光刺痛了她的眼睛，却也让她的心暖洋洋、亮堂堂的。

---

① ［日］容应萸：《彭湃与建设者同盟——论20世纪初中日左翼知识界的关系》，叶佐能编：《彭湃研究论集》（上），中共中央党校出版社2007年版，第488页。

创作札记

翻遍手头所有的历史资料，我都没能找到蔡素屏说过的一句话，哪怕是只言片语。

由是我想到了莲。莲的清香是从体内慢慢溢出的，莲的气韵是和阳光一起流动的。莲的一生都是那么平静自然，哪怕是在盛开。但是莲啊，你只要活过，盛开过，你那高洁的品质，就生生世世镌在如岩的光阴里了。从蔡素屏仅存于世的一帧照片中，可看出她有着轮廓秀美的鹅蛋脸，挺拔玲珑的鼻梁，线条分明柔和的嘴唇，眉宇间有一种不为衣食所忧的淡定与安然，端的是一位大家闺秀。更何况她还性情温良，举止端庄，默默支持自己的革命事业，这让彭湃如何不爱她？

当彭湃当众烧毁田契时，这种违背纲常的举动让家人愤怒，让众人觉得他疯了，但蔡素屏却一如既往，默默地坚定地站在丈夫身边。

1923年爆发"七五"农潮，县长王作新逮捕了杨其珊等20多名农会骨干并投入大牢，彭湃遭通缉避走老隆，并设法营救被抓的农友。农会群龙无首，在狱中的农友们没吃没喝，危难苦厄之际，蔡素屏每天从家中拿20多斤大米做好稀饭托人送进监狱去，就这样一直坚持了4个多月。

此刻，她不是彭家四少奶奶，她是农友们的四嫂，是农友们的主心骨。她只是一个普通的农村少妇，但她有一个胸怀大志、自带光芒的夫婿，而她又是那么的爱他。什么是爱？就是做他所做的，不问来由，不问结果。她只是依他就是了。

1928年9月21日，中国共产党党员、海丰县妇女解放协会主任、彭湃的结发妻子蔡素屏在广东海丰英勇就义，时年31岁。

蔡素屏被捕后，娘家人怜其年轻仔幼，用钱疏通关系极力营救，但她必须要写声明与彭湃离婚才可以保全性命。然而她坚贞不屈，宁死不从，坦然选择了为信仰赴命。

彭湃的孙女彭伊娜认为，她的奶奶蔡素屏烈士与彭湃一样，周身散发着信仰的光芒："能够让一个温婉贤淑的年轻母亲义无反顾坦然赴死的信仰，一定有着大善大美的内涵。我想仅仅出于对丈夫的爱和忠诚，是无法让奶奶做出如此抉择的，这就是信仰的魅力。""1928 年，蔡素屏奶奶被捕关押在监狱中，国民党军说只要她写一个'与彭湃断绝关系'的声明，就可以释放她，她没有这么做。当时她的大儿子 4 岁，二儿子 2 岁，三儿子我父亲刚出生。母亲保护孩子是天生的本能，但她没有选择生，而是选择了死。为争取绝大多数人的幸福，她坦然为所选择的信仰英勇赴死。"

六、"凤毛麟角"的人才

——赤山约农会会长黄凤麟

1

1923 年 7 月，广东省总农会在海丰成立，选出执行委员共 13 人，他们是执行委员长彭湃，执行委员杨其珊、马焕新、林甦、余创之、蓝镜清、黄正当（黄凤麟）、李劳工（李克家）、张妈安、彭汉垣（彭湃之兄）、万维新等。

黄正当就是海丰第一个农会——赤山约农会的会长。因为他办事稳重，考虑问题周到有条理，被彭湃赞之为"凤毛麟角"的人才，故为他改名黄凤麟。1922 年 10 月 25 日，黄正当被公选为赤山约农会会长时就正式用"黄凤麟"这个名字。

彭湃在写给李春涛的信中所提到的"他们（农民）是很聪明的人"，所指称的就有黄凤麟。

"六人农会"成立的次日，张妈安、林沛便陪彭湃首先到屿仔乡高楼村找黄正当。黄正当是张妈安的朋友，当年已 58 岁，年近花甲。他幼时读过几年书，在极为贫困的赤山屿仔中算是文化人，是中国旧式农村中常见的乡间小诸葛。他交游甚广，平素在乡里乐于助人，常为乡亲邻里办红白喜事。若是贫苦农民无力操办白事时，他便为其作保，到县城置办白事用的一应器物，所以在乡邻中很有威望。

彭湃等人到访，喜欢结交朋友的黄正当自然十分高兴。得知来意后，他便邀来堂兄弟黄正华、大池村的黄妈岁、池垒村的彭六、山头村的谢宝同等人一起到家座谈。这些人平时都是意趣相投的朋友，大家都了解彭湃的家庭背景，如今见他毫无架子，诚意待人，说起话来和蔼可亲、合情合理，于是都表示愿意配合他发动农民成立农会。彭湃说："说干就干，我晚上就来演讲，你们做好准备。"大家都赞同，决定当晚就在黄正当家门口召集乡亲听彭湃演讲。当晚彭湃来到高楼村时，黄正当已备好桌椅、灯火在等候了。

之后，彭湃在张妈安、林沛、黄正当等人的陪同下，一连十多天都早出晚归到赤山各村演讲，发动农民组织农会。白天他们到农民家中访贫问苦，与农民交朋友，帮助贫苦农民解决切身困难。

黄凤麟熟悉农村现状，也了解农民们的实际需求，他主动向彭湃介绍农民的苦衷和他们迫切需要解决的问题，并且提出了很多解决农民实际困难的建议。在协助彭湃创建农会时，他出谋划策，为彭湃出了很多点子。比如农会会旗的样式，图案由彭湃设计，但黄凤麟提出一个很重要的建议：会旗用黑红两色，意喻要把世代械斗的红旗派和乌旗派，都团结在农会的旗帜下。

1923 年 3 月在向法庭示威请愿行动中，在 6000 多个农民参加的动员大会上，黄凤麟紧随彭湃之后发表讲话。他鼓励农民兄弟不要怕地主豪绅和粮业维持会，并提出了两个斗争策略：粮业维持会的地主老爷们是有钱，但租谷在我们手里，不放人我们就不交租谷；另外不放人我们就把田地的田垄给挖了，让地主找不到自家的田地。这两个高超计谋直接打中了地主阶级的七寸。

这次行动的胜利推动了海陆丰农民运动的蓬勃发展。而这次行动的中坚力量，就是赤山约农会。

2

1923 年 8 月的"七五"农潮中，黄凤麟上台发表演说，此后被反动派视为眼中钉。他被王作新抓捕后，有一些农会会员被陆续放出，因为他和杨其珊等人是"要犯"，故入狱达 4 个月之久，不得保释，并惨遭毒打。出狱后因年迈体弱，他只能在家养伤，连陈炯明回海城为其弟奔丧他都没有现身，从此淡出政治舞台。

1928 年赤山二一四惨案当天，他侥幸逃脱。1928 年 8 月，他正藏匿于赤坑镇高螺村附近河涌的一条船里，一天，忽有一条木船靠近他藏身处，对他说："湃兄找你！"听说彭湃找他，他信以为真，激动得赶忙跳上船，却没想到这是一个骗局。两天后他的尸体在田墘内湖被人发现，只见其浑身伤痕，可知生前定遭毒打，然后才被沉湖溺亡的。当时田墘有个陈姓农民认出是黄凤麟，便到赤山屿仔告知其家人，并将尸体暂时安葬于自家墓地。1949 年后，黄凤麟后人才将其骨骸迁回赤山安葬，英魂终归故里。

2018 年，中共海丰县委党史研究室发文，要求搜集海丰县历史上尤其是那段红色历史中有影响有贡献的老同志的史迹，并提供了一份名单，其中就有黄凤麟。

黄凤麟，中国早期赤色农会会长，被彭湃称为凤毛麟角的人才，因过早退出历史舞台，渐渐行迹模糊，终至被湮灭，被遗忘。但无论如何，他生前是彭湃方阵的战友，死后，依然归队。这是历史赋予他的使命和光荣。

七、千金散尽终不悔

——红色富豪万清味的传奇人生

1

在海城东北、莲峰西南，黄旗岭、将军山及红花地丘陵环抱之间，高沙溪、红花溪千年悠悠流淌，冲积出一块丰沃的平原，名曰平岗。平岗方圆 20 多平方公里，近代属海丰县公平区，是通往陆丰、紫金、惠东、五华诸县的交通要冲。平岗西北部为莲花山脉，向东南部延伸出丘陵地带和台地。溯及明代，海丰北行驿道穿境而过，留下丰富的民间传说和人文遗址，曾经有过数十村庄，有着"三十六村"之说，人口达万余人。

而到了 20 世纪初叶，平岗因为出了彭湃母亲周凤，农运之火有了传播的原野；因为有了红色富豪万清味，农运之火燃烧日盛。

2

1871 年，彭湃的母亲周凤出生在平岗下军田村。因为贫穷，17 岁被海丰县桥东社"彭名合"富商彭辛纳为妾。

"彭名合"四少爷彭湃为周凤所生。彭湃少时丧父，深受母亲周凤的影响，心地善良。11 岁那年暑假，彭湃按祖父彭藩的吩咐随大哥彭银到平岗约收租，看见佃户穿的是补丁连补丁的破衣裳，吃的是红薯汤，整村几乎都是"镰刀挂起，有瓮无米"的悲戚状况。而他的大哥却还是逼着农民交租。彭湃忍不住高声说："不要交租了。"这话震动了在场佃户，也使他的大哥错愕不及。这件事当年万清味曾听说过，但他万万没想到，15 年后，当年那个语出惊人的毛头小子，竟然成为数十万农民敬仰的烧掉自家田契的"彭菩萨"。

3

平岗的万氏不是本地人，他们是自五华县迁徙至海丰县平岗约的。清末，他们凭借连山通海的便利条件，厚积薄发，发家致富。

万家掌门人万清味，幼名万亚球，生于 1878 年，生性好义，勤劳勇敢，借资本主义萌芽在海丰生发的时机，建榨糖寮、炼油厂、壳灰厂，开设内河码头，在平岗拉起船队走四方。其时，万家有从业工人 300 余丁口、商铺 13 间、木船 30 艘，家业鼎盛，在公平、海城、汕尾等商埠享有盛名。适"彭名合"在平岗兼并许多土地，每年收入田租数百石。因下军田村和赤岗村在历史传统上来往密切，身为平岗头面人物的万清味与周家又沾亲带故，同处一个社会阶层的彭、万两家自然来往较密。

时值清末，海丰爆发了黄履恭领导的三点会起义和洪亚重领导的三点会起义，一些向往社会进步的义士流血断头，震动朝野。正逢此时，陈炯明率领一批海丰进步青年在反清活动中奋起。民国创立后，海丰依然是地主阶级控制的社会局面。他们操纵乌、红两旗之间的流血械斗，加之天灾人祸，逼得不少人背井离乡，远涉重洋。

值此动荡危乱之际，人们需要一个"公道的联盟"来解决问题。1856年开始，英国基督教长老教会进入汕尾传教。1915年前后，万清味在与汕尾商家的往来中，接触到了长老教会长老王可均，并很快在兰大卫牧师的主持下，加入了长老教会。几年后，他利用自己在公平区的声望，发展了数百名客家会员，当选长老教会长老，成为海丰区长老教会的首领。

4

民国初年，另一位来自五华县的同宗改变了万清味的人生轨迹。他就是著名拳师万维新。万维新比万清味年长8岁，两人同为性情中人，故结为"义兄义弟"。万清味原本就有拳脚功底，此时与"义兄"相习，拳艺长进不少，称曰"万仙拳"。他常常腰间挎一对铁尺，包里藏一把铮亮的弯叉。这海陆丰特有的防身短兵器在他手中舞得虎虎生风，一出手即能将歹人一剑封喉。这时的海陆丰在时代巨变的剧烈动荡之中，尤其是广大农村地区，由于封建土地制度造成土地高度集中和地主豪绅的重租苛捐，农民更加贫困，整个社会处于两极分化之中。

1922年秋，赤山约农会成立之后，彭湃在客家拳师杨其珊的陪同下，来到母亲娘家平岗约发动农民运动。杨其珊找到同道中人万维新和万清味，万氏兄弟与彭湃相识恨晚，爽快承担了组织平岗农会的重任。

农会酝酿初期，以杨氏、万氏的徒弟以及练拳的农民兄弟和万清味的雇工为骨干力量，活动在桔子园至下军田村一带，然后向四周发展。接着，万清味找到青湖村的二女儿万伍及女婿黄水权，在万维新、黄潭桑、张遂等人的支持下，以黄氏宗祠为据点发动农民运动。初时，平岗农会会馆设在桔子园及下军田村等私屋，没有固定会址。万清味见状，捐出厂房仓库作为农会办公场所，并负责费用。1923 年 7 月，惠州农民联合会扩大为广东省农会，成立了广东省农会执行委员会，杨其珊、万维新、万清味等 13 人被选为执行委员，彭湃为执行委员长。

"七五"农潮之后，彭湃遭通缉，避走香港，农会组织被迫转为秘密活动。

5

第一次国共合作之后的 1925 年，东征军来到海丰，海丰县正式恢复农会，改称海丰县农民协会。平岗乡民强烈要求公开恢复农会。

4 月 26 日，海丰县第二区的旧圩、黄羌、平东、西坑等 104 乡的农民协会代表陆续到达公平圩集中，预备举行农民协会代表大会。农民自卫军及总会执行委员长彭湃等，带领海丰县农民运动讲习所第一届全体学员 45 人赴会旁听参观。会后，投票选举执行委员，由于万清味在公平一带威望较高，他与宋耀南、周裕珠、戴鸣凤、周裕阶、黄临文、张瑞等人当选第二区农民协会执行委员，万清味为委员长。

1925 年 11 月，在中共海陆丰地委海丰县第二区特支负责人林道文及杨望介绍下，万清味加入了中国共产党。

1926 年 8 月上旬，毛泽东主办的第六届农民运动讲习所即将结业，教务长陆沉带领 300 多名

创作札记

这里提到的第六届农讲所，由毛泽东任所长。1926 年 5 月 3 日开学，9 月 11 日结业。此届学员数量最多，来自 20 个省区，毕业后一般回原籍工作。据档案记载，这期间全体学员 300 多人于 8 月到海丰实习。

学员到海陆丰实习。适逢 12 日至 19 日，海丰县第二次农民代表大会召开。另外，各机关团体、第六届农讲所师生也分批列席会议。代表大会第四天上午，万清味担任大会执行主席。首先宣布开会，向国民党党旗、农民协会会旗和孙中山遗像三鞠躬，次之宣读孙中山遗嘱，由郑志云报告农民奋斗史，吴振民报告农军奋斗史。

16 日下午，在万清味的主持下，全体代表及各团体代表往农军总部慰劳农军。18 日，欢送彭湃及农讲所学生回广州。

这一时期的万清味，雄心勃勃，意气风发，亲历了海丰农民运动的兴起及各项政策出台的全过程，完成了从一名拳师、富商、长老教会长老向布尔什维克的蜕变，深得彭湃信任，也赢得农民协会同人和革命群众的普遍尊重。

6

蒋介石发动四一二反革命政变后，共产党在海陆丰先后举行了三次武装起义。1927 年 11 月上旬，万清味、邹纯率领第二区农军，在彭湃、林铁史的指挥下，配合红二师参与攻打碣石城的战斗；接着又在林道文的指挥下，前往攻打捷胜城并取得胜利。

海陆丰苏维埃政权建立后，万清味带领第二区 20 余名常备赤卫队员参加东江大暴动，担任红军翻译及后勤支前工作。1928 年 4 月初，中共东江特委在普宁三坑召开红二、四师联席会议，

创作札记

天地英雄气，千秋尚凛然。万清味以一通似形非形的"万仙拳"，把腐朽不堪的旧制度打得狼狈不堪，然后轰然倒地，蘸自己犹热的鲜血，染那世纪之初的曙色。

在海陆丰牺牲的烈士中，有名有姓在册的就有 4483 名，何以要写万清味？因为他的人生经历实在太富传奇色彩了：他是基督教长老教会的会长，一位信众甚多的宗教领袖；他家

财万贯，锦衣玉食，但是为了劳苦大众的利益，为了忠直信义，他散尽千金，甚至抛却身家性命。

本文所采用的素材，几乎都来自陈宝荣的《引枪为一快，从容赴泉台》一文。在此向作者表示感谢。

说起陈宝荣，在海陆丰可是一个响当当的头面人物，尤其是在红色文化的传承、红色历史的发掘这一块，可说是无人不知，无人不晓。但凡市里、省里乃至全国各地来海陆丰学习的、参观的、旅游的，官员也好、学者也好，他都是其当之无愧的座上宾。尤其是2016年以来，为了宣传海陆丰红色文化，他利用休息时间奔走于海陆丰的山山水水之间，采访了无数先烈后人，写出了许许多多高质量的红色文章，让海陆丰文史界的朋友敬佩不已。

决定红军主力回师海丰。彭湃、颜昌颐和袁裕继续留在潮普惠组织武装力量，准备再次暴动。此时，万清味负责东江特委的警卫工作，跟随彭湃，先后驻惠来林樟和潮阳雷岭。9月29日晚，彭湃与万清味等几名警卫人员在雷岭羊公坑村被敌人包围，在万清味和当地群众奋力保护下，他们翻越了几座山岭才安全脱险。10月上旬，根据党中央指示，彭湃、袁裕、许玉磬等离开大南山，后经香港往上海工作。临行时，彭湃嘱万清味回海丰开展武装斗争。

万清味回到海丰之后，与中共海陆惠紫临时特委联系上，并协助东南苏维埃特委会主席莫退负责筹粮工作。一日黄昏，万清味在高沙约粗石坑村储备好物资准备回村，但他万万没料到已经被叛徒出卖。他行至黄旗岭山口村的时候，国民党第五军十六师百余名士兵已在那里设伏多时，万清味虽奋力搏斗，击伤多人，但最终寡不敌众。

在海丰县城囚禁期间，敌人对他软硬兼施，并承诺只要他登报声明脱离共产党，就可以重获自由，并委以重任。他置之一笑。海丰商会闻讯后，向国民党海丰县县长钟秀南表示愿意出资担保，并派出代表到监狱探望说服万清味。万清味笑着说："我练过武艺，现在是共产党的人，懂得什么是道义与廉耻！你们的好意我心领了，如果国民党给足你们面子，就请拜托让他们买一把最好的枪，一颗子弹打死我就可以了！"

那一天秋风肃杀，万物萧瑟，冷得让时间都瑟瑟发抖。海城老车头八角松的刑场上，面对敌人黑洞洞的枪口，万清味选择了顶天立地昂首赴死。只见他向天大笑，胸口顿然开出一大朵灿然的血菊花，气绝而亡。

八、文武双雄之"降世诸葛"张善铭

1

彭湃的战友中有一位不可不提的智多星，那就是张善铭。

张善铭，广东大埔客家人，1918 年与中共早期叱咤风云的刘尔崧、阮啸仙、周其鉴等一起就读于广东省立第一甲种工业学校。这四人当时被称为"甲工"的"四大金刚"，其中张善铭以足智多谋而著称。

张善铭 1921 年 8 月加入中国共产党，是中国共产党最早期的党员之一，党龄比彭湃的还长。1924 年被选派到苏联东方大学学习，1925 年回国。

1926 年 8 月的一天凌晨，海丰县城郊的广东省农民训练所练兵场上，数百名学员集合完毕。全身武装的训练所主任赵自选正了正衣襟，面带微笑地对全体学员说道："今天上午，有重要人物登场作训令，大家都整理整理仪容仪表，把精气神都给我提起来！"

过了一会儿，彭湃带着一位相貌并不出众的年轻人走上主席台。彭湃风趣地说："今天来向大家作报告的不是我，而是我身边的这位青年才俊。他叫张善铭，毕业于苏联的东方大学，还担任过国民革命军第四军的政治部主任。"

台下爆发出一阵热烈的掌声。

张善铭分别向彭湃、赵自选及全体学员行了标准的军礼，接着，他用略带客家口音的普通话向全体学员作报告："海陆丰的农民运动搞得轰轰烈烈，在全世界都有很大的影响。我在莫斯科东方大学学习时，许多苏联的同志也在议论纷纷，认为如此浩大的农民运动让世界无产阶级革命有了一种新的气象。彭湃同志在从事农民运动中总结出一条真理：非有一支农民武装不可。因此他在海陆丰组织了一支有十多万人的农民武装。我和赵自选同志一样，都是受中共广东区委的指派，前来协助彭湃同志工作的。请大家像支持彭湃同志一样来支持我。"

台下又爆发了一阵雷鸣般的掌声。

张善铭的精彩演讲持续了一个小时。他虽然因患有肺病不时咳嗽，但他饱含哲理的生动讲话却打动了每个学员。台下除了不时爆发的掌声之外，几乎鸦雀无声，只有张善铭铿锵响亮的讲话声。

这是张善铭在学员面前的首次亮相，也是他在中国近代革命史这个大舞台上首次精彩亮相。

2

1926 年 12 月底的一个夜晚，寒风飕飕，海丰街头满地都是金色的落叶。这个夜晚，张善铭应邀来到海丰城东彭湃的书房。

见着张善铭，彭湃开门见山地说："我奉中央之命需到武汉参加党的第五次全国代表大会。广东区委决定由你继任中共海陆丰地委书记。"

"我到海陆丰才几个月，情况正在熟悉当中，且我身患肺病，恐怕要辜负组织的信任，不能胜任地委书记的工作。"张善铭连连作辞，他深知组织将这样的任务交给自己，责任重大，又事出突然，不由得紧张起来。

"别担心，你能行的。这几个月你在海陆丰的工作表现，我们都看在眼里。党正是缺乏像你这样的领袖人才。我走后，你要继续加强党对农民运动，特别是农民武装的领导，以不变应万变，你绝对没有问题的。"

1927 年 4 月 20 日，在海丰县城的一间教室里，中共海陆丰地委的紧急会议正在召开。

参加会议的各地负责人张威、刘琴西、杨其珊、林道文、林覃吉个个心情凝重，表情严肃。此时已是春深，却没有温煦惬意的春风。

张善铭沉重地说："4 月 12 日蒋介石在上海发动反革命政变，四处逮捕和屠杀共产党人。近日,在广州的国民党当局也步其后尘,向共产党人举起了屠刀,情况十分危急。我们在海陆丰不能坐以待毙,我们有十几万人的工农武装,我们要行动起来,以革命的武装反抗反革命的武装。我们必须要制订一个武装起义的计划。"

大家商议之下,作出了东江地区的各县农军于5月1日凌晨举行武装起义的决定。

海丰和陆丰两县按计划在5月1日凌晨举事。张善铭指挥数万工农武装拿着粉枪、尖串,甚至扁担、铁耙,由农村浩浩荡荡地向县城进发。国民党军队惊恐无措,闻风而逃。工农武装占领县城之后,各县党组织按照原计划成立了临时政府,接管政权,恢复社会秩序。

5月9日,敌军反扑而来,张善铭当机立断指挥农军退守黄羌和新田一带山区,海陆丰地委迁到黄羌圩下寨邱氏公厅。

当时的黄羌圩是海陆惠紫多县交界的贸易市场,且四面环山,仅有石阶山路与外界相连,在军事上易守难攻。而且,作为山货和海产品的交易市场,赴圩的海陆惠紫潮梅等地群众络绎不绝。这些群众都是贫苦的农民,是彭湃搞农运的忠实拥护者。

在这里,张善铭把重建农军和抗租工作搞得热火朝天。他还运用从东方大学学到的军事知识,把各县群众主动反映的当地政治军事形势绘制成地图,作为指导革命斗争的依据。为了方便工作,张善铭住进了上横街的黄羌曲馆。每天晚上前来曲馆听曲唱曲的各地群众很多,张善铭经常与他们促膝交谈,宣传革命道理。有一次,农军中有一对张姓青年男女私下谈情说爱被父母发现,女方的父亲找到张善铭要求制止其女与同姓男子恋爱,说他们这样会败坏了家风。张善铭笑嘻嘻地请旁人打起竹板敲起锣,然后自编自演唱起了客家山歌道:"阿妹姓张哥姓张,火烧樟树满山香,革命路上同志恋,现代社会新风尚。"在场的群众都为之喝彩,女方的父亲终于点头同意。

3

1927年9月8日，秋阳高照，秋风送爽，黄羌圩郊的大榕树下红旗招展。

这天，中共海陆丰地委在这里召开大会，热烈欢迎驻守公平圩的国民党军队投诚的全体官兵。这是一件令人欢欣鼓舞的大事。各村农会组织了许多会员前来参加，当时仍聚集在黄羌的各地农军也全副武装列队参会。

张善铭、黄雍、农军常备队队长林道文逐一上台说欢迎的话，台下农军和群众掌声一浪胜过一浪，热烈的口号声此起彼伏。到晚上10点，欢迎会转为第二次武装起义的动员会。当天正值农历八月十三，明月皓洁，清辉满地，会后，林道文随即带领农军和投诚部队向海丰县城进发。

1927年9月17日，海丰县城终于被农军攻克。

农军的胜利给海丰人民带来了希望。张善铭趁热打铁，随即组织成立了海丰县临时革命政府。

这个时候，海陆丰地委到底该以哪里为根据地？深谙军事战略战术的张善铭很清醒：我们虽然攻占了县城，但从全局来说革命力量还很薄弱，我们不能离开农村；相反，我们应加强农村的力量，使农村成为长期开展革命斗争的根据地。他立即组织人员将缴获的金银、布匹、粮食等战略物资及时运往黄羌圩的朝面山。一时间在县城通往朝面山的小路上，挑担的人员川流不息，持续多日。

果不其然，9月25日，张善铭就接到了敌人开始组织反扑的情报。他马上命令海丰县临时革命政府和农军常备队撤回黄羌，建立巩固的革命根据地。

10月9日，南昌起义军1200多人进入黄羌朝面山，不久，起义军改编为红二师，但仅仅只有两个营的兵力。红二师将一个营部署在与陆丰县城相邻的大安圩，另一个营部署在党政军的所在地黄羌圩。

10月27日夜，黄羌圩上横街的文武庙里灯火通明，红二师师长董朗与张善铭、林道文等正在研究农军的训练问题。

突然情报人员闯了进来:"据多方情报显示,明日在海丰县城的国民党军队和民团1000余人将分两路进犯黄羌圩。"董朗思考了一会儿,说:"我师在黄羌的兵力才一个营500多人,加上1000多人的农军常备队,敌我双方的兵力相当。但我师与农军还没有开展配合作战的训练,所以我们一定要避免与敌人正面硬拼。"

张善铭说:"彭湃同志即将从香港回海丰,东江特委已决定发动第三次武装起义。敌人这次是倾巢而出,如果我们能利用这个机会全歼敌军,比强攻县城要好打得多。"

张善铭的话让大家紧绷的情绪放松下来,纷纷提出了自己的作战方案。经过缜密思考,最后张善铭支持了董朗的"空城计"。

会议结束后,张善铭按部署将全体群众撤离至丫髻山。这一举动被当地群众以为红二师指挥部正在做撤离准备,感到没有靠山,顿时人心惶惶,街市一片混乱。

张善铭走街串巷耐心地跟群众解释:"黄羌圩要演一场诸葛亮的'空城计',大家只是到山上看一出好戏而已。乡亲们不要舍不得一些坛坛罐罐,特别是商店里的酒要留足。"

果然,10月28日下午,撤离的群众前脚刚走,千余名敌军后脚就进了黄羌圩。他们见整个圩镇堆满了各种物资又空无一人,欣喜若狂,到各家各户偷鸡抓狗饱吃了一顿大餐后,借着酒意昏昏入睡。

半夜,1000多名农军在红二师的带领下从四周山坡以排山倒海之势冲了下来,打得敌军不得不向县城方向逃窜。张善铭等人带着红二师和农军一路追击,一举攻占县城,第三次武装起义取得大捷。

此后,大埔后生张善铭就被根据地的群众称作是"智多星""降世诸葛亮",名声远播海陆丰。

九、文武双雄之"五华阿哥"万维新

1

如果说智多星张善铭是彭湃身边不可多得的一名谋士，那么五华阿哥万维新则是彭湃身边一员骁勇的战将。

粤东流行一句话："没有梅县人写唔赢，没有兴宁人讲唔赢，没有五华人打唔赢，没有紫金人打唔成。"这句话形象概括了粤东各地人的性格特征。五华人又被统称"五华阿哥"，做石匠、铁匠的居多，"没有五华人打唔赢"，说的就是五华人性格直爽，爱拔刀相助打抱不平，骨子里有一种不服输、顶硬上的精猛之气。

万维新便是五华阿哥的代表。

2

出生在五华县安流镇鲤鱼江村的万维新，年轻时酷爱习拳，在江西龙虎山拜师练就了一身好武艺。更可贵的是，他还精于中医医术。民国初年，万维新迁居海丰县莲花山崎岭村下乡，先后在海城下围、公平青湖、附城新山、汕尾等地教拳行医，声名鹊起，人尊称其为"万仙"，称其拳术为"万仙拳"。

1922年年初，万维新与同是五华老乡的古大存结识了同是习拳出身、来海丰从事农民运动的陆丰人杨其珊。在杨其珊的引导下，他参加了农会，并认识了彭湃。

万维新高强的武术与诚信的品格深得彭湃赏识，两人相见恨晚，不久即结成生死与共的拜把子兄弟。后来，他成了彭湃的贴身护卫。

彭湃妻子蔡素屏的娘家在鹿境乡新北村，与万维新的家新山村相邻。彭湃和蔡素屏回鹿境乡发动农运时，每每经过新山村都要与万维新见面聊聊农运的事。

3

1923年1月1日，海城龙山妈祖宫人头攒动，第一次农民代表大会在这里举行，宣布海丰总农会成立。会上彭湃被推举为总农会长，杨其珊、万维新等13人被推选为海丰县总农会执行委员。万维新等人的魄力、执行力可见深为彭湃赏识。

当年的6月26日及8月5日，海丰接连遭受台风、洪水灾害。农民损失惨重。万维新带领农会人员深入农村各处实地调查，并报告广东省农会，为农会"至多交三成租"的口号提供了事实依据。

随后著名的"七五"农潮爆发，农会被政府强行解散，海陆丰农民运动陷入低潮，只能以秘密方式展开活动。这期间，"十人团"是个不得不提的组织方式。"十人团"意即：全县建立一个总团，总机关设在得趣书室，团长由杨其珊担任，书记是陈修，成员有彭汉垣、林沛、万维新等。总团的成员每人又再发展十人，成为分团，分团的成员每人又再发展十人。这样一直发展下去。万维新领导的一个分团设在崎岭，他在那里传授武术，并秘密成立农民武装。这支武装力量对后来东征军收复海丰起到了很大的作用。

"七五"农潮后，彭湃和林甦、蓝陈润三人赴老隆游说陈炯明释放被俘的杨其珊等人。途经紫金时，彭湃还告诫紫金农会要吸取海丰"七五"

创作札记

我不知道彭湃曾多少次来过我的家乡紫金，而作为土生土长的紫金人，我第一次到彭湃的家乡汕尾的情景，却历历在目。

1984年7月的一天，我随伯父来到海丰。海丰与紫金有着非常亲密的关系，从地理位置来看，一个是沿海县城，一个是山区县城，它们毗邻着。海丰县城到紫金县城有170多公里，但当年紫金的苏区与海丰的公平镇却仅仅相距20多公里。尽管海丰说潮语，紫金说客语，但翻开中国近代史就会知道，海陆惠紫人民一直都水乳交融，难分你我。史载：海丰县及紫金县在清代同属广东省惠州府，民国初年先后隶属广东潮循道、东江绥靖委员公署。中华人民共和国成立后，两地同属东江专区，后属惠阳专区。由此可见，不管是之前的潮循道，还是后来的东江专区、惠阳专区，海丰人同紫金人在近现代都是一家人。

海丰以海产出名，其中海丰的咸鱼在紫金特别畅销。20世纪五六十年代，紫金人总是挑着竹制品如斗笠到海丰去卖，卖完斗笠之后，他们就会在海丰当地贩些咸鱼回来紫金卖，这样一来一去也就有了最初的贸易形式。

我的伯父是海丰汕尾人（当时汕尾属海丰管辖）。伯父带我回海丰的时候，他家里的很多亲人都热情招待我们。海丰的一切风俗让我觉得好奇，当时伯父第一次同我说起了海丰是彭湃的故乡，我惊讶不已。当时我还小，但已知彭湃是革命先烈，是大英雄。自此以后，"海丰就是彭湃，彭湃就是海丰"这一印象铭记至今。

由于紫金与海丰的地理位置相邻，近百年

农潮的教训，尽快建立农民武装，这样农会才有保障。此后，彭湃还派了有丰富农运经验的万维新到紫金炮子乡等地指导农运工作，使紫金南部地区的农运迅猛发展。

4

1925年2月27日，东征军第一次东征克复海丰县城，许崇智、周恩来率领的东征军抵达海城。彭湃在此时建立了中共海丰支部，经他介绍，万维新加入了中国共产党，成为海陆丰地区较早一批入党的人。

此后，万维新协助彭湃重建共青团海丰支部，成立海丰农民自卫军，恢复农会活动，举办农民运动讲习所等，还协助彭湃成立中共海陆丰地方委员会。在海丰党组织领导下，工农运动日益高涨，国民革命运动达到了一个新的高潮。

同年，在万维新的号召下，他的家乡鹿境新山村农会成立。由于他平时为人仗义，又乐善好施，深得村民的信任。在他的一番努力下，会员迅速发展至500人左右，成为海丰县较早成立农会的乡村之一。他按照彭湃的要求，很快成立了农民赤卫队。武术高手万维新自然而然成了赤卫队的武术总教头。在他的训练下，农民赤卫队的战斗力得到了很大的提高。后来万维新多次带领农民赤卫队参加海陆丰武装起义，事实证明，新山村的农民赤卫队是一支特别能战斗的农民武装。

5

1927 年的 5 月、9 月、10 月，彭湃领导海陆丰人民发动了三次武装起义，并于 11 月中旬建立了全国第一个县级苏维埃政权——陆丰苏维埃政府。这个时候，万维新已经是东江特委委员，并担任调查部部长，协助东江特委书记彭湃继续领导农民运动。

1928 年 1 月底，中共海丰县委因"二八事件"而改组，万维新兼任中共海丰县委兵士运动委员会委员。3 月，国民党反动派调动大批军队围攻海陆丰红色政权。因敌强我弱，海陆丰苏维埃政权退往海陆丰北部的朝面山区。此时，万维新大腿长疮，行动艰难，便一直隐蔽在海丰北部山区吊贡村。6、7 月间，红四师师长徐向前因病住在万维新家中。因万维新精通医术，经过他的精心调养护理，40 多天后徐向前终得病愈。

1928 年 8 月，万维新的家被国民党反动派烧毁殆尽，万维新只得带着妻儿四处逃难。最终由于叛徒出卖，万维新被捕。

这一年的冬天，寒风凛冽、万物萧索，冬至过后的一个昏暗时刻，一把冷冰冰的刀插进了武林英豪、农运骁将万维新的胸膛。

前彭湃将革命火种从海陆惠紫一路点燃过来，照亮了东江革命前行的道路。

创作札记

今天，当人们踏足在这片红色土地，不禁在想：在长夜迢迢何时尽的年代，这里曾经涌现过多少像万维新这样的侠肝义胆、铁骨铮铮、有担当有信仰的热血男儿！他们有的整装待发视死如归，有的倒在血泊长眠于此，有的在黑冷的长夜苦苦寻找光明。他们是一群真实的人，一群值得书写的人。

十、哭君不忍再回头

——许冰烈士

1

1929 年 8 月 24 日，彭湃自知即将就义，给爱人许冰写下了绝命书："冰妹：从此永别，望妹努力前进，兄谢你的爱！万望保重，余言不尽！你的湃。"

许冰，原名许玉磬，1907 年出生于广东揭阳县榕城镇，1925 年加入共青团。1925 年年底至 1926 年夏，在揭阳筹建妇女解放协会，任该会主席，1926 年加入中国共产党。

1926 年夏秋之间，许玉磬来到汕头，初时就学于岩石教会女子中学。但她是一个追求进步、渴望社会变革的热血青年，被当时风起云涌、势如破竹的农民运动所感召，来到彭湃领导的广东省农民协会潮梅海陆丰办事处工作。据说当时她的亲人来到汕头找她，骂她不识好歹，丢掉了自己的大好前途，劝说她重回学校读书。她当即决绝表示：我第一是共产党的人，第二才是你们的亲人，并拒绝与他们见面。1926 年冬，她与彭湃结为终身伴侣。

罗明回忆彭、许二人结婚时的情景：1926 年冬，"彭湃在我离开汕头之前和许玉磬结婚，他们的认识和恋爱有一个过程。彭湃在到揭阳营救杨石魂时，认识了许玉磬。那时许玉磬是个学生出身的青年团员，热情积极，又勇敢，还能写一手好字，给彭湃留下很好的印象，他们一起到了汕头。消息传到广州，陈延年知道后亲笔写了一封信给我，要我劝说彭湃，担心影响彭湃的工作，建议立即将许玉磬调到外地去。我觉得很难处理，找彭湃谈话，说你和许玉磬的事情要慎重，你认为许玉磬这个人怎么样？能不能经受严酷的考验？彭湃很坚决地说，许玉磬这个人很好，我和她结婚不会影响工作，而会有利于工作。我去找许玉磬谈话时，许也表示一定要革命到底。我把情况写信向陈延年汇报。后来彭湃和许玉磬在汕头结婚，婚礼是很简单的，他们结婚后不久我也调离汕头了。后来的事实证明，许玉磬是经得起考验的好同志"。①

2

唐有章，原红四师警卫连党代表，海陆丰苏维埃政权的见证者。他回忆说："第二次见到彭湃是在当年（注：1928年）阴历除夕在陆丰南圹召开的会议上。那次会上他提出攻打甲子的方案，决定趁除夕敌人不备之际一举而克之。为此他建议组织敢死队，以红四师警卫连为尖兵，四营做后盾。他即席掏出一张白纸，自己首先在敢死队名单上第一个签名，随之他夫人许冰和我们红四师连级以上干部个个参加签名。"②

1928年1月23日凌晨4时，也就是春节当日，彭湃指挥红军和赤卫队攻下甲子城。敌守军因欢度除夕，当时尚在梦中。红军在南塘、甲子四乡的赤卫队配合下，突然号声枪声四起，敢死队迅速登城。当敌人惊醒时红军已打开城门，大部队呼啸而入。守军慌忙弃城向葵潭逃跑。

同一天，海陆丰人民欢庆春节。彭湃爱人许冰后来还写了一篇文笔锦绣、文采灵动的散文《海陆丰赤色新年的回忆》，记述的就是这年春节的所见所闻。

3

老百姓口口相传，说许冰骑白马，使双枪，剪短发，精明能干，枪法很准，百发百中，十足的女侠形象。

---

① 罗明：《我认识的彭湃》，叶佐能编：《彭湃研究史料》（上），中共中央党校出版社2007年版，第378页。

② 唐有章：《大南山上与彭湃共处的七天》，叶佐能编：《彭湃研究史料》（下），中共中央党校出版社2007年版，第742页。

创作札记

彭湃爱好文学，这点与许冰有共通之处。他们之间不仅是政治理想一致，更是才华的相吸。他们的结合，除了信仰一致，相同的浪漫情怀也是很重要的元素之一。

爱之于彭、许二人，不仅是日常生活中的一蔬一饭，更是一种浪漫，一种情怀，一种梦想。

创作札记

最浪漫的三个字，不是"我爱你"，而是"在一起"。大南山时期是革命斗争最艰苦卓绝的岁月：苏维埃政权失陷，红军几乎全军覆没，彭湃偕许冰带领最后一部分红军和农军退据大南山，坚持武装斗争。可即便这样，彭湃身边的许冰，还是笑得那么烂漫，那么幸福，那么青春无敌。

1928年2月，国民党反动派调动大批军队围攻海陆丰革命根据地，革命政权宣告结束，中共东江特委和彭湃等率领红四师等革命武装转移到大南山建立新的革命根据地。大南山位于潮阳、普宁、惠来等县的交界处，冈峦起伏，云雾笼罩，条件非常艰苦，但她始终陪伴彭湃左右。

李录，大南山锡坑乡赤卫队队长，当年常常跟随彭湃在大南山工作，出生入死。他在1983年参写的回忆录《他永远活在大南山人民的心里》中，写到彭湃时就有很多关于许冰的细节：

1928年农历正月初九（即阳历2月1日，原文如此，实为1月31日，引者注），彭湃及夫人许玉磬带领红四师十一团到我们普宁县来协助地方武装攻打果陇等反动据点，建立苏维埃政权，开展土地革命。策马征途，足迹遍及大南山西部及北部边沿地区的乡村。

……

正月十五日，打下和尚寮反动据点后，彭湃和许玉磬带领队伍从十八乡凯旋，什石洋村的农民事先闻讯，备了几担柑，一早到他们必经的新圩桥头来迎接。在大家欢呼声中，队伍来了。每一个战士走过，农民便奉献给一个柑子，以示慰劳。战士接过柑子，笑脸点头，深表谢意。军民热烈鼓掌，一片欢腾。

彭湃和他的爱人，一骑赤马，一骑白马，鱼贯地来到桥头，含笑地向欢迎的人群招手致意并介绍说："这是我的老婆许玉磬。"

送柑的人……出之对他们夫妇的热爱，想多给他们每人一个时，他俩忙作辞谢的手势，边笑边走边说："谢谢你们！谢谢你们，一个够了！"

……

玉磬待人和蔼，妇女们起初叫她"彭湃奶"，她急忙劝止道："叫同志嘛，大家是一家人，都像同胞姐妹一样。"

玉磬对农家小孩特别爱惜，驻什石洋村时，有一次，一个妇女背着小孩到溪边洗衣，孩子哇哇地哭着，母亲心情不好，一边洗衣，一边骂小孩。玉磬见了。忙接过孩子，带他到附近小店去买糖果，孩子吃着糖果，逗一逗，笑了。

驻牛角湾村时，有一次玉磬抱着农民罗阿泉的小孩逗着玩，不注意小孩拉屎，沾了她满身。阿泉骂他的老婆："怎么好给同志添麻烦，还不快点把同志换下的衣服拿去洗了。"玉磬连忙说："这算什么，我自己去洗好了。"

李录等人又回忆道：

直到1930年农历十月，在大溪坝一次会议上，一个后脑勺挽着一个发髻，作农妇打扮的女同志上台讲话。她介绍彭湃在上海死难的经过。虽然她眼角禁不住泪花闪闪，但却没有被悲痛压倒，捏着拳头，挺胸昂首，用铿锵的声音高呼："要为彭湃烈士报仇，为一切死难的烈士报仇！"

这时，陆地听到彭湃的死讯，大家一时呆住

创作札记

很显然，许冰是抱着赴死的决绝回到大南山的，她把旧物分送给人就说明了这一点。万事无不尽，徒令存者伤。她回去不到两年就牺牲了。

了，感到像刺心锥骨一样的沉痛，会场上一片沉默，但过了片刻，又如烈火焚胸般地一齐从心里发出了"为彭湃烈士和一切死难烈士报仇"的呼声。

事后，大家说，那天登台讲话的叫许冰，是彭湃的夫人许玉磬。[①]

哦？她就是许玉磬！李录他们简直不敢相信。两年前她还像一个年轻英俊的男子一样和彭湃并肩战斗，可现在的她满目沧桑，显得比以前憔悴了，但比过去更加沉着和坚强。她重返大南山后，曾到从前她住过的那些农民家里去访问，并赠送了一些纪念品，表示她与大南山人民有着血肉相关的浓厚感情。

4

许冰和彭湃生死不渝的爱情感天地，泣鬼神。

她遗存下来3张照片。一张是1927年3月，她随彭湃到武汉出席中国共青团第四次代表大会时与彭湃及友人的合照。她站在彭湃身边，一副五四时期的女学生模样：月白色的短上装，黑裙子，稚嫩的脸上还有点婴儿肥和拘谨的神态。一张是她与彭湃在大南山时所照，她剪一头短发，有种文艺青年的超凡脱俗，与彭湃穿同一款衫裤，看起来竟像是情侣装；她俏皮地依偎在彭的身边，脸上是盈盈的爱意和满足。短发，青春，活泼，你可以感受到一个年轻女子与爱人在一起时的满满的幸福感。另外一张可能是她被捕后所照，发髻显得有点散乱，目光倔强萧索，面容憔悴哀伤。彭湃牺牲8个月后，许冰在《红旗》发表文章《纪念我亲爱的彭湃同志》，字字椎心泣血，句句肝肠寸断：

料不到我亲爱的彭湃同志不牺牲于冲锋陷阵和敌人决死战的疆场战斗中，而死于党内的叛徒为升官发财的幻想而告密！竟于去年八月卅日在上

---

① 李录、李朝乙等：《他永远活在大南山人民的心里》，叶佐能编：《彭湃研究史料》（下），中共中央党校出版社2007年版，第782页。

海遭帝国主义买办资产阶级国民党阴谋之下暗地惨杀了！这是中国革命史中多么不幸、多么痛心、鲜红悲惨的一页呵！

……

我彭湃同志虽然死了，但他光荣的历史、伟大的战绩、英勇的精神不能磨灭！一般革命兄弟都为他的牺牲表示十二分的哀悼和叹惜！何况冰和他四年结合的历史大半同出生入死于枪林弹雨中，怎不为他的惨死而椎心泣血呢！可是半年来的悲哀已给了我的教训：一切敌人完全不会因我的悲哀而消灭，心中的创痕也没有因我的痛哭而填补，深仇大恨丝毫不会因我的热泪狂流而报复！

从今以后只有掷却一切的感情，继续我彭湃同志的精神，遵从他的遗嘱"冰妹：从此永别，望妹努力前进，兄谢你的爱！万望保重！余言不尽！你的湃"。踏着他的血迹坚决地到群众中间去磨利我的刺刀，杀尽一切敌人——帝国主义军阀豪绅地主买办资产阶级，来纪念我亲爱的彭湃同志！安慰我彭湃同志的忠魂！①

镂心刻骨，停云落月。她的悲痛是带血的，她的挚爱是刻在骨头里的。她是这么写的，也是这么做的。1929年彭湃在上海因叛徒出卖被捕牺牲后，党组织决定让她暂别伤心地，去莫斯科学习，但被她拒绝了。她坚决要求回到已被敌人包

创作札记

关于许冰，目前可查的资料并不多，仅存世2篇文章《海陆丰赤色新年的回忆》《纪念我亲爱的彭湃同志》和3帧照片，以及当事人一些碎片化的回忆。但现实中的许冰，确实是一位奇女子，她持双枪，骑白马，善诗文，还写得一手好文章。

但也有人说，彭湃牺牲后她还写过一首《怀念彭湃同志》："风萧萧兮秋意深，步高山兮独沉吟。思我哥兮泪沾襟，天地人间兮何处寻？"如果是，应该是彭湃牺牲后她重返大南山时所写。

是又如何？不是又如何？青鸟不传云外信，徒见冰心绕君心。

---

① 许冰：《纪念我亲爱的彭湃同志》，《红旗》第92期，1930年4月12日。

围了的大南山根据地，那片赤土是她和彭湃最后战斗过的地方。1930年，她回到大南山，担任中共东江特委委员。1933年在普宁大坝村被捕，同年在汕头英勇就义。

十一、忠肝赤胆威武英烈
——农运领袖杨其珊

1

在海陆丰的英烈图谱中，让我印象最深刻的，莫过于一张威严而充满正气的脸庞：国字脸，目光如炬，不怒而威，眉宇间一股浩然正气。他就是彭湃的亲密战友，曾任中共第五届中央委员、东江苏维埃政府委员、海陆紫县苏维埃政府主席团成员杨其珊。

海陆丰一带的人们崇尚武德，杨其珊是武林高手，在民众中有极高的威望。江湖侠义，忠肝义胆，是他传奇一生的真实写照。

先让我们回到"七五"农潮的历史现场。

1923年夏，海陆丰两县接连两次遭受强台风袭击，农业生产损失惨重。据当时报载，"时值久雨，潦水未退，妇孺无地隐藏，相率呼号，奔突于途"，一片"镰刀挂起，米瓮无米"的悲惨气象。农民坚决要求减租，而地主豪绅的粮业维持会却坚持不肯减租，并密谋用武力镇压农会的减租运动。

"至多三成交租，再多我们也交不起。"8月15日，农会在海丰县城举行减租誓师大会，到会农民2万多人，彭湃和杨其珊等农会领导人在会上先后演说。

8月16日拂晓，县政府的反动武装突然包围了总农会，杨其珊一闻枪声，一骨碌爬起来，三拳两脚就把冲到面前的几个敌人放倒。

尽管杨其珊身上有两件特别的武器：一件是

带把的烟斗，另一件是围在腰身上的布腰带（这腰带湿水后可当棍与人近身打斗），但无奈几支乌黑的枪口对准了他。杨其珊等25名农会会员终因赤手空拳、寡不敌众而被捕。所幸的是彭湃等其他农会会员得以翻墙逃出。

1924年1月，在彭湃等人的艰苦营救下，杨其珊等人才被释放出狱。

彭湃在《海丰农民运动》中对当时发生的情景有如下的记述：

七月五日拂晓，王作新之弟王益三（为县署游击队长），率领游击队并钟景棠部，及警察保卫团勇三百余人，由城内出东门，经龙津桥，距桥东埔农会所在地不过三百米左右，乃分两路，一包农会之后方，一包农会之前门。枪声甚密，子弹已由前门飞入办公厅，此时农会内已知敌人进击，不能抵御，纷纷从瓦面逃走。有陈梦同志，打开大门用尖串向进入之敌兵一击，正中其身；敌由大门冲入，未及逃脱之职员及会员杨其珊、洪廷惠、黄凤麟、郑渭清、陈梦等共二十五人皆被捕。敌兵用枪头将职员乱打一场，唯有杨其珊同志素长拳术，人人都晓，敌兵打了七拳踢了八脚，都不到身，故不敢摩（摸）他一下。一切器物，抢掠一空，并将会所封闭。当农会同志二十五人被捕过街巷时，地主劣绅及其走狗打掌称贺。押至衙署时，王作新坐堂审讯。王作新问杨其珊道："你是不是农会的会长？"

杨答："是！"

王问："彭湃利用你们去造反，经我三令五申，你们还敢作怪，你知罪吗？"

杨答："彭湃不是利用我们，是我们农民去利用彭湃，因为彭湃所做的事，不是为他自己的利益，他是牺牲自己利益为农民谋幸福的。至说彭湃造反，我也承认，但是王县长的造反，要比彭湃更加厉害！彭湃帮助穷人救穷人，果是造反，那末（么）你帮大地主资本家在这凶年来压制穷人，岂不是大造其反吗？"

王大力拍案道："你真该死！你们胆敢提倡共产共妻，快些照实招来！"

杨答："共产不共产，这是看社会的进化如何，不是我们去提倡就会共产，不提倡就不会共产！招不招不大要紧。至提倡共妻一事是有的，可不是我们，而是你们发财的做官的。你们天天嫖娼宿妓，这不是你们所提倡的共妻吗？还有一层，好像王县长都有两个老婆，这就是共夫；共妻共夫都是你们提倡的，都是我们早晚所应该打倒的！"

王气得要命，再拍案的说："打！打！"

其珊同志被打的体无完肤了。

这一身好武艺的杨其珊，是广东省陆丰县新田（今陆河县新田镇）人，后移居海丰公平大湖村务农，入赘小溪峒（现称埔仔峒）黄土岭村。少年时，他曾跟着堂叔父杨育月前往福建少林寺学武术兼学医，故而练就了一身好武艺。成年之后，他以开武馆和行医为业。

1922年，当彭湃带着搞农民运动的任务来到小溪峒时，彭湃与杨其珊一见如故，相见恨晚。杨其珊二话不说，撸起袖子就投入到彭湃的农民运动中。

2

负重前行者，必有同路人。

1923年1月1日，彭湃在县城召开各乡农会代表大会，宣告海丰县总农会成立，彭湃任会长，杨其珊是副会长。从此，他就成了彭湃的得力助手，主要是到各区乡农村宣传发动，办农民学校，排解农民内部纠纷，办农民医药房……之后，杨其珊相继出任了海丰总农会副会长，广东省农会执行委员、部长，海丰县苏维埃政府委员等职务。1925年，杨其珊加入中国共产党；1927年，参与领导海陆丰三次武装起义，任中共第五届中央委员会委员等职。

彭湃能委以杨其珊重任的原因，除了杨其珊为人干练稳重，有勇有谋，更重要的是，杨其珊与彭湃有着相同的人生信念。

1923年3月中旬，他与彭湃一起召集了6000多名农会会员举行集会，把被粮业维持会强行加租并无理扣押的 6 名农民解救出来。

这场阶级的较量农会赢了，农会力量随后迅速壮大。1923 年 5 月，海丰县总农会迅速发展到潮阳、普宁、惠来、潮安等县。

一时间，彭湃领导的农民运动像汹涌澎湃的巨浪，迅速席卷东江各县。1923 年 7 月，惠州农民联合会改组为广东省农会，会址设在海丰县城，彭湃当选为委员长，杨其珊当选为 13 个委员之一，并任财政部长兼交际部成员。

1925 年至 1926 年，在彭湃的领导下海丰县的农民运动出现了蓬勃发展的态势，全县建立了 9 个区农会、2 个分区农会、779 个乡农会，会员发展到 25 万多人，农会数和会员数均列全省前茅。

中国共产党于 1927 年 4 月底至 5 月上旬在武汉召开了第五次全国代表大会，杨其珊以其在海陆丰农民运动中做出的突出贡献被选为中央委员。57 岁当选中央委员的杨其珊，在历经多次与敌人残酷的斗争后，变得更加睿智，对党的信念更加坚定。特别是 1927 年以后，在彭湃的领导下，杨其珊的领导才能更加凸显。

自南昌起义爆发后，中共中央指示广东省委广泛发动武装暴动，策应南昌起义军进入东江。中共海陆丰县委立即予以响应，于 9 月间发动了海陆丰第二次武装起义，1927 年 9 月 17 日占领了海丰县城，成立了海丰县临时革命政府，杨其珊又当选为 7 个主席团成员之一。他凭着多年开展农民运动的经验，着手建立区乡苏维埃政权、没收并分配土地、扩充工农武装、镇压反动势力等。这些工作的开展，使海丰的农运局势呈现一派欣欣向荣景象。

3

1932 年 6 月，蒋介石调集数十万大军第四次"围剿"工农红军，轮番"围剿"东江革命根据地。海陆惠紫苏区首当其冲，杨其珊及其战友只好带领队伍到深山隐蔽起来，过着极其艰苦的游击生活。他们居无定所，食不果腹。饥饿、疾病、敌人的搜捕如影随形，流血和牺牲如家常便饭。

《陆河文史》第八期关于杨其珊的遇难有详尽描述：

创作札记

万禄，杨其珊的徒弟和警卫。1957年，陆丰人民广场召开宣判大会，枪决万禄。

这一声正义的枪响，九泉之下的杨其珊听得清清楚楚，这里的一草一木，这里的山山水水也见证了。

枪声告慰英灵逝，敢问苍天饶过谁？

历史可以作证，一位忠肝赤胆的农运领导人，彭湃的亲密战友，中共第五届中央委员会委员，他的名字虽然已被时间之水洗濯得斑驳不清，但仍依稀可辨，他就是杨其珊。

万禄利令智昏，于1933年9月26日下午在激石溪暗径村石壁寮亲手杀害杨其珊，犯下滔天罪行……

当年激石溪被国民党军队四处合围，杨其珊与万禄被困在暗径村后山的石壁寮上，断粮多日。杨其珊身患风寒，吩咐万禄设法下山讨粮。万禄下山后在弓排村遇见村民陈宝，陈宝说："你还跟着共产党杨其珊？现在到处都是国民党兵，共产党部队打散了，仅存一个杨其珊，还有什么出路？还给他寻食？国民党出告示，抓住他杀死他有五百大银重赏。"万禄在陈宝的蛊惑下，动摇了革命立场，随后，万禄联合陈宝、陈浪父子和陈妹五四人一起阴谋行动。

9月26日上午，万禄带了点粮食回到石壁寮，陈宝、陈浪、陈妹五三人随后跟上。进食后，杨其珊略显精神，因卧床几天未洗澡，叫万禄煮水给他冲洗，冲洗时杨其珊把佩枪拿给万禄，万禄自己的手枪在回到石壁寮时子弹被杨其珊下掉了。万禄在杨其珊的水桶下面放很热的水，杨其珊冲洗时发现水温太热，叫万禄加点凉水，万禄乘送凉水时，靠近杨其珊，用杨其珊的手枪连开数枪，将其杀害。

随后，万禄、陈宝他们四人把杨其珊尸首抬到海丰县公平镇去领赏。国民党把杨其珊的尸体在公平四大宫示众，后抛尸公平镇坡头岭，被革命人士陈赞收葬。

赤土篇

第三章　星火燎原，熔烧热土

必须让我们的后人知道，在中国的乡村，有这样一些人来过，走过，生过，死过。这些人是我们的前辈，尽管已渐行渐远，但他们经历过的苦难和奋争，仍是我们永远不可忘却的沉重记忆。

一、了解当时中国农村状况的教科书
——彭湃的《海丰农民运动》

1

《海丰农民运动》是彭湃于 1924 年至 1925 年间陆续写成的。最早以《海丰农民运动报告》为题，刊登于 1926 年《中国农民》第 1、3、4、5 期。后收集形成《海丰农民运动》一书。

《海丰农民运动》是一部真实的历史记录。它详细地论述了海丰农民的政治地位、经济地位和文化状况，记述了彭湃本人从 1922 年至 1924 年在海丰从事农民运动的全过程，深刻地总结了海丰农民运动。

据彭湃的战友赖先声在《在广东革命洪流中——回忆 1922—1927 年的斗争》中说："彭湃同志所写的《海丰农民运动》一书，是他自己亲身领导海陆丰农民开展斗争的一部实录和经验总结。当 1924 年彭湃同志在广州主持广东省农民协会，开办农民运动讲习所时，陈延年同志极力鼓励他写成这本小册子，边写边在省农讲所讲授，传授农运斗争经验，有声有色，引人如身临农村广阔的战场。我也帮助他校正这本小册子，延年同志还做了最后的校订工作，始行在国光书店出版。"

这就是《海丰农民运动》的成因。

如果我们今天回过头去看那段历史，彭湃的《海丰农民运动》绝对是必读的书本之一。它详细地记述了1922年到1924年间彭湃领导的海丰农民运动，生动翔实，有理有据，对当时的农民运动有普遍的指导意义，促进了当时革命斗争的发展。当年《海丰农民运动报告》在《中国农民》连载后，又编进《农民问题丛刊》，于1926年9月印出单行本，后来又作为《广东省农民协会丛书》之一出版，由周恩来题写书名，陈延年亲自校改。

1927年，毛泽东同志在武汉主持中央农民运动讲习所时又指定这本书作为教材再次翻印。他在《农民问题丛刊》序言（《农民运动》1926年第8期）写道："这部书内关于广东的材料，占了八种，乃本书最精粹部分，它给了我们做农民运动的方法，许多人不懂得农民运动怎样去做，就请过细看这一部分。……使我们知道中国的农民运动乃政治争斗、经济争斗，这两者汇合在一起的一种阶级争斗的运动。"中共中央领导人瞿秋白说它是"中国农民运动第一本最有价值的著作"。它不仅是中国共产党关于农民运动的教科书，对后来毛泽东写的一系列关于农民问题的文章（如《湖南农民运动考察报告》）也产生了重要的影响。

正是彭湃对农民的同情、对农村生活的熟悉、对农村贫富对立的把握、对农民困苦生活根源的分析、对农民革命觉悟和作为力量的信仰，使他能够成为20世纪初叶发生在中国的并改变了中国历史天际线的农民运动的旗手和领军人。

2

《海丰农民运动》被公认是优秀的记叙文，文字生动流畅，叙事张弛有度；虽才4万余字，读来却令人不忍释卷，可读性极强，完全可以当作一部具有历史和现实双重意义的生动感人的纪实文学作品。

但不论当作历史资料来看也好，或者是当作纪实文学作品来看也罢，我想以下两点是千真万确：第一，它形象地刻画了20世纪20年代地主阶级和农民阶级的对立状态，以及当时农民运动蓬勃发展的形势；第二，它生动地反映了知识分子工农化的道路以及从事群众运动的各种历练。

二、海丰农民运动的背景和底色

1

海陆丰，海始于此，陆止于斯。

海陆丰位于中国南部广东省的东南海岸，地处东江流域，西北以群山为界，东南以南海为门。唐朝以迄设海丰县、陆丰县，经历多次分分合合。海陆丰物产地富，"丰"字就是来源于此。它盛产大米、番薯、水果、盐、山货和海鲜。但实际上，海丰农民的生活现状是苦厄悲惨的：农民怕地主绅士和官府好像老鼠怕猫的样子，终日在地主的斗盖、绅士的扇头和官府的锁链中呻吟过活。何谓地主的斗盖、绅士的扇头？原来海丰的地主向农民收租时自制一租斗盖，系极坚重的木，长约一尺七寸，宽约一寸半。如佃农交的谷不好或短交，地主就用斗盖打他，轻者出血，重者可以毙命。佃农有不如绅士之意，乡绅可随便用扇头敲打佃农。

2

以20世纪初的海丰县为例，全县人口40余万人，7万余户，其中5.6万户是农民，这些农户中的成分可分为以下三种：纯自耕农，约占20%；半自耕农，约占25%；佃农，约占55%。

本来自耕农及半自耕农是可以自给自足的，但自外国资本主义侵入以来，勾结军阀连年发动战争，苛捐杂税尤其是军饷让农民不堪重负，乡村生活日陷困难，不得不卖掉土地以应付生活之必需，于是沦落为佃户。20

世纪初每村还有自耕农十数户，20年后，只有两三户了。据彭湃观察，20年前乡中有许多贡爷、秀才等读书、穿鞋的斯文人，现在不但没有人读书，连穿鞋的人都绝迹了。佃农们为贴补生计，除了耕田之外，或种山，或植果子，或养牛猪鸡，或上山砍柴割草，或为船夫，或为抬轿挑工，但所获甚微，杯水车薪，无奈之下只有将田地、屋宇、农具、牛羊等典卖出去，甚至借高利贷等。这种典卖借押的结果还不足以维持生计，那就只能卖尽妻儿来抵租债了。

官逼民反，民不得不反；民若一反，官必来剿。据《海丰县志》记载，当地农民的造反和骚乱每个朝代都有所见，特别是清代。在太平军和民间社团三点会的支持下，1845年间，一个名叫黄履恭的农民率领贫苦农民袭击并占领了县城。1900年秋，三点会的一位名叫洪亚重的失业农民又率领数千人揭竿而起攻陷县城。虽然很快遭到政府和士绅的镇压，但是"履恭兄进城"和"亚重兄造反"等故事世代相传，流行极广。反抗残暴当权者的传统在群众中根深蒂固，源远流长。

彭湃在少年时也深受这二人的影响。据时人回忆，1903年暑热难耐的夏天，有一天几个老人在谈论黄履恭大兄周济贫苦农民，农民打进海城惩办贪官恶霸和农民加入三点会的故事，以及3年前洪亚重大嶂山起义劫富济贫，后来被官家抓捕坐囚笼，农民暗中送水送饭的故事，少年彭湃听得入了迷。

辛亥革命后尽管推翻了清王朝，但是中国的半封建半殖民地的社会性质未发生实质改变，反而还出现了许多封建割据的军阀，战云时起，弹雨横飞。海丰虽然僻处海隅，但封建地主阶级与军阀相勾结，农民生活异常困苦。

3

陈炯明是海丰县城人，早年参加同盟会，追随过孙中山先生。在海丰，民间的秘密结社非常盛行，三点会最为突出。它聚起农民举行暴动，反抗

创作札记

旁观者清。日本学者容应萸在《彭湃与建设者同盟》一文中写道："在中国的历史上，传统的朝廷，即中央政府从未能有效地直接治理一般乡村和城镇的事务，地方上的权力向来都掌控在各地的统治阶级手中。哪些人属于地方的统治阶级呢？官吏、地主和商人，他们在地方自治方面起着重要的作用。绅士阶级的大多数本身也是地主和商店老板，官员们则用任职期间取得的钱财购买更多的土地和地产，总之一个地方的统治阶级就是一个纵横交错的宗法体系和管理体系。"因之陈的家族成为海丰最有权势的家族，就是顺理成章的事了。

官府，为辛亥革命的胜利起到了很大的作用。而陈炯明正是在辛亥革命中得到了三点会的支持。辛亥革命后，在各种政治力量角力之下，胡汉民和陈炯明在广东取得了成功，陈被任命为广东省军事副长官，次年升任军事长官。但是陈炯明并没有感谢三点会等农民组织，也没有让农民在政治上获得什么利益，相反他在家乡海丰城南门建造了当地人称"将军府"的公馆，在原来反动政权的机构上面又增加了一道更为威严的衙门。谁都知道"将军府"是陈炯明的第二行署，主持者为其六叔父陈开庭，人称陈六太。自此，海丰凡行政、司法、教育、苛捐杂税、派勒军饷以及商场买卖甚至死了猫狗都要经过将军府这一道衙门的，教育局、法庭、县署等都形同虚设。海丰的陈氏家族自然随着陈炯明的如日中天而鸡犬升天。

不几时，海丰就新增了无数军阀、官僚、政客及新兴地主阶级（即地主兼军阀）。劳苦大众不但不能逃脱地主的斗盖、绅士的扇头、官府的锁链，反而还增加了新兴地主的护弁及手枪之恐吓。从前农民与地主发生争议，地主不过是禀官究办，现在新兴地主阶级因为有武装，竟可直接用枪强迫农民交租和强派军饷了。仅举两例：有一年，员笏乡租耕陈家之田的农民因凶年还不清租，陈家凶神恶煞的护弁就抢去妇女的头饰和小孩的衣服，以及米和谷种后扬长而去。事后佃农设香案对天发誓，以后世世代代都不耕陈姓之田，饿死也要辞田。但地主却说："你耕也好，不耕也好，秋天我是一定要向你收租的！"

陈家除了仰仗政治上的势力榨取了不少的金钱，敛财还有一招：陈家让家丁做了几十支竹签，上写"将军府"三字，就插在田头，然后出布告晓谕农民，谓凡有竹签所插的田地如有契约的就来认回，没有的便归将军府所有。而事实上，一般农民的祖宗遗下来的土地虽有土地契约，但因年代久远，保管不合法，或为虫蛀，或所遗失，流年过往春耕秋收，岁岁年年周而复始，哪得时间去想这契约的事，故大部分是拿不出契约的。农民要到将军府请求说辞，但这"比入皇帝殿尤难，差不多要先拜候绅士，专托一些贵族、官僚、政客，道道去用钱，才能去见陈六太。这是农民绝对做不到的，所以有契约的亦等于无。因为以上原因，一般农民就敢怒而不敢言的屈服了"！

4

海丰境内有个地主最多的大乡叫作鹿境乡（为什么最多？原来当陈炯明被广东革命政府逼迫到淡水、赤石一带时，海丰一班地主绅士就把家财细软等搬迁到鹿境乡下避难，笔者注），鹿境乡有一个地方叫作高沙约，全约有百数个乡村，万余人。这个地方的土地通通都是鹿境蔡姓大地主所有，不但农民耕田要纳租，住屋还要纳租，地主对待农民像奴隶一般。该约有一个租馆，每年蔡姓地主都派有壮丁数十人，向农民催收租谷。租馆里有长梯、麻绳、锁链、藤条、木板等刑具，农民如有还不起租或还不清者，就把他禁在租馆里，甚者吊起来，叫作"猴子吊"。等到他的父兄妻子想尽各种办法，用钱来赎才放下来。轻者则用藤条或木板来抽打，直到他有钱来赎。再轻一点的就拉农民的猪牛来抵租，或搬走家具或农具如锄头、犁、水车等抵押。更有甚者，就是等农民于菜市买了鱼菜回家时，田主伏在路边伺机抢走以抵租。故农民一般都不敢从租馆附近经过。

以上就是发生在 20 世纪初叶由彭湃领导的农民运动的背景和底色。下面我们转入正题，回到当初的历史场景，做个忠实的现场直播者。我们直播的脚本，就是被毛泽东称为"农民运动大王"的彭湃于 1924 年至 1925 年间陆续写成的《海丰农民运动》。

三、彭湃点燃的第一颗农运火种
——海丰赤山约农会

1

赤山约位于县城东郊，包括 28 个村庄，分布在龙山、屿仔、安东 3 处。屿仔乡由池坐、大池、高楼、丰太、山头、下山、溪墘围、下围 8 个自然村组成。彭湃故居就在从龙舌埔去屿仔乡的路上。这座中西合璧的房子是彭湃亲自设计的，让人想起翠亨村的孙中山故居，两者的样式有着异曲同工之妙，可能是那个时代的时尚所致吧。这座堂皇的房子的不远处，有一间低矮的小平房，名曰"得趣书室"，当年就是彭湃家的棋牌室，六人农会就是在这里成立的。向导黄振雄对我们说，从彭湃的家往东三里就是赤山屿仔乡，当时的赤山人到县城必须从彭湃家门口经过。这让赤山约机缘巧合地成为了中国近代革命史上一个绕不过去的醒目的地标。

1922 年 6 月，彭湃在他家附近的天后宫门口的榕树下宣传、发动农运，在那里宣讲了十多天后，农民们开始对他的话产生了兴趣。终于有一天，一个姓彭的年轻农民鲁莽地对他说："你彭大少爷不愁吃不愁穿的，闲着没事口花花地说这些废话有什么用呢？我就是你彭家的佃户，你彭家能不收我的租吗？"彭湃正待说话，旁边一个二十五六岁的年轻农民说了一句令彭湃大喜过望、眼前一亮的话："就算彭家可以不收你的租，那其他地主呢？还不是照样收租？所以大家要一条心，都不给地主交租才行。"彭湃暗喜道：这就是我要找的同志啊！他马上问那农民叫什么名字？农民说叫张妈安。而这个张妈安正是赤山人。7月，彭湃欣然邀请张妈安和他的朋友到"得趣书室"座谈。海丰农运史乃至中国农运史上著名的"六人农会"由此诞生了。这六人就是：彭湃、张妈安、林沛、李老四、李思贤、林焕。

次日，"六人农会"中的张妈安、林沛便陪彭湃首先到屿仔乡高楼村找黄正当。彭湃等人到访，喜欢结交朋友的黄正当自然十分高兴，早已备好桌椅、灯火。得知来意后，他便邀来堂兄弟黄正华、大池村的黄妈岁、池坐村的彭六、山头村的谢宝同等人一起到家座谈。虽然彭湃这年才26岁，而黄正当已58岁，但他们却都尊称彭湃为"彭兄"。彭湃说："说干就干，我晚上就来演讲，你们做好准备。"大家赞同，决定当晚就在黄正当家门口召集乡亲听彭湃演讲。

这天晚上来了60多个村民，很成功。于是黄妈岁提议第二天晚上到高楼村西邻的大池村黄氏宗祠门口演讲。黄妈岁是大池村人，他的大嫂就是彭湃的堂妹。大池村人口不多，仅有百余人，但村子位于高楼、池坐、下公村的中间，宗祠门口的晒谷场大，能容纳几百人，选择这里作为演讲场地最适宜不过。果然次日晚彭湃来到大池村的时候，已有很多人在宗祠门口等候了，其中还有不少外村人。第三天晚上，彭湃带来了留声机，还表演了小魔术。乡民们兴趣盎然，孩子坐在前面，女人坐在中间，男人站在后排。彭湃演讲后，又逐一耐心解答农民的提问，解除他们心中的疑惑。这一晚来了200多人，当晚就有人表达了想加入农会的意愿。

于是彭湃在张妈安、林沛、黄正当等人的陪同下，一连十多天早出晚归，到赤山各村演讲，发动农民，组织农会。白天他们到农民家中访贫问苦，与农民交朋友，常助贫苦农民解决切身困难。很快，彭湃就赢得了赤山农民的信任，他们有什么愁苦都愿意向彭湃倾诉，并请求彭湃帮助解决。

大池村的老辈人很多都记得这样一件事：当年大池村有东西两个门楼，同属一个祖宗。但西门楼前座的东西厢房是东门楼的，于是便有了路道纠纷。为此，彭湃亲自调解，向当事人做工作，双方终于重归于好。事后双方还在西门楼东侧墙上立碑为证，上刻："路道由人经过，地权各自所有。中证人：彭湃。"虽然后来路碑被毁，但此事一直传为美谈。从此大池村人积极投入农民运动，最早成立了大池村农会。

2

黄正当等人熟悉农村，也了解农民们的实际需求，知道彭湃是真心实意为贫苦农民谋利益的人，便主动向他介绍农村的现状、农民的凄惨以及他们迫切需要解决的问题，并且提出了很多解决农民实际困难的建议。

那时候赤山约是海丰城最穷困的地方，90%的农民是佃农。人们一年四季都是以番薯为主食。农民家的孩子上不起学，家里有人患病无力医治，老人去世无钱操办白事，邻里之间出现纠纷寻求解决，还要被地主、团把总从中勒索，吃尽苦头。彭湃虚心听取黄正当等人的意见，择善采纳，并对一些可行的建议马上着手推进。比如开办农民夜校、开展农民教育就是在赤山最早实施的。

1922年11月18日，彭湃在写给李春涛的信中说："可以慰藉彭湃的，还是赤山的农民……他们是很聪明的人。他们对于农会的组织都具有很热烈的情感，他们现已渐有了阶级的觉悟。他们现已渐能巩固自己阶级的营垒，他们还能向别约宣传，教导别约快起。"

很快，包括赤山屿仔乡8个自然村在内的28个自然村的农民都发动起来了，彭湃成了贫苦农民的靠山、领头人。

3

山一程水一程，时间行者的步履不停歇地走到了1922年的9月间。这时赤山约报名参加农会的已有500余人，彭湃决定于10月的某日召开赤山约农会成立大会。

但当天来开会的只有350多人，且屿仔乡的人最多，所以就选了屿仔乡的黄正当为赤山约农会会长。

赤山约农会的成立，实际上掀开了中国近代农民运动史上新的一页。赤山约农会意义非同一般，它区别于任何旧时代的农民组织，正如一星之火，迅猛地燎遍了整个海丰大地，在苦难深重的旧中国燃起了一片无涯际的红火。它是第一个比较成熟的基层农民协会，不仅选出了领导机构，发表了宣言，还组织了农民互助的福利组织，规定会员要缴纳会费，等等。加入农会是非常郑重其事的：首先由其本人到农会提出入会申请，并交会费2角银，然后由彭湃等与之谈话，讲明农会的要旨，然后发给一会员证，上面印有"不劳动，不得食，宜同心，宜协力"12字组织原则。海丰一带盗匪为恶，贪官横行，"苛捐杂税多如毛，家在深山也难逃"。但自从有了农会，农民拿着农会会员证便可以畅行无阻，挺直腰板做人，大胆提出减租，而"伪警和捐税佬见了农会证，真如邪鬼见了张天师的符，再也不敢借口勒索了"。

创作札记

带我们实地走访赤山村的，是黄振雄老师。他是受彭丹会长之托，来给我们讲一讲赤山约农会的历史。因为赤山约农会是彭湃发展的第一个农会，而黄振雄的家乡就在赤山村。还有一位是赤山村村委会主任，一个年轻精干的农民，恍惚间觉得他像是当年跟着彭湃干农运的农会会员。

四、燃起无涯际的赤火

——海丰农民协会的成立

1

成立于 1923 年的海丰农民协会，是中国第一个县级农会，为全省和全国农民树立了光辉的榜样。1923 年 8 月农会遭陈炯明强行解散，1925 年 11 月，国民革命军第二次东征攻克海陆丰，海丰农民协会得以重建。这是一段可歌可泣的红色华章。

1923 年的元旦，在海丰总农会的成立大会上，各乡代表共 60 余人，代表全县的 10 万农会会员。他们在会上选出彭湃为会长，杨其珊为副会长。

会上第一次打出农会会旗，启用农会大印。会旗由彭湃亲自设计，由黑红两色组成。由于海丰一带各乡各姓之间乌、红旗帮派时常发生械斗，即便是自己的岳父或兄弟与自己不同旗色，也照杀不误。所以农会用黑红联合旗，意喻不论乌旗还是红旗，从今往后都是农会一家亲，用从前械斗的勇猛精神联合起来争取减租、求解放。

农会的大印是圆形的，因为官印都是四方的，凡是官家出的告示都盖着血红的四方印，农民既怕又恨，故农会的大印是圆的。

成立的当天，农会还举办了全县农民新年同

创作札记

海丰总农会的"图农民生活之改造、图农业之发展、图农民之自治、图农民教育之普及"的政治纲领，必然引起农民阶级的共鸣。

什么是初心？看看吧，这就是彭湃为农民谋利益，为贫苦大众谋利益的初心。

乐会，各乡的狮子曲班都来助兴；到了开会时，会场设在桥东林祖祠门口的草埔，到会者会员 6000 余人，非会员 3000 余人。各乡都来了许多鼓乐队、曲班、舞狮队等，喧闹非凡。当天发放农会会员证 2000 余份，收会金 400 余元，极一时之盛。而之后的入会者也日以百计，前来农会咨询事宜的有时一天竟达 300 余人。

2

彭湃深知，农民是最讲实际的，只有让农民得到实际利益，才能启发他们的阶级觉悟。于是海丰总农会成立后立刻做了 11 件维护农民利益的事：

一是防止农民互相夺耕。因为没有地的农民很多，为了租到土地或租到好地，佃农之间往往会出现互相夺耕的现象，而地主往往找各种借口加租，达不到目的就收回土地转租给别人。这种事放在以前是常有的，多是农民吃哑巴亏，或是引起流血械斗。但农会定出了条例：凡已是会员者，未经农会批准不得夺耕；如地主对会员加租易佃时，凡未经本会之批准，无论何人都不得认批耕作，如有违反严重处罚；如果会员被地主加租并收回耕地时，农会可出面，向附近的会员磋商让耕。地主呢，也不敢对农会会员加租，但是马上想出对策，说原佃户（即会员）不好，无论如何不给原佃户再耕。对此，农会马上出一新条例，即所谓的同盟非耕：地主如不租地给原佃户，参加农会的农民一律都不得租种这家地主的土地。地主怕时间一长田地荒废了，不得已，只能让原佃户耕作。条例发布之后，会员与会员间完全没有了夺耕之事。李克家（即李劳工）在《海丰的农民运动底一个观察》中说："这个办法实行之后，从来田主阶级升租和吊田的绝大自由权已消去了大半！农民对于耕地却增加了许多的感情，安心于工作和下肥了。这种办法对于农业的发展上，不能说是无所补助。"

二是取消城市土霸的码头费。从前农民到县城收运粪肥，粪船要停靠城边的河岸。县城的市霸就强收农民的码头费，每只船 2 毫，如不缴纳，就把舵取走；如去赎舵，还被勒索数元。农民到农会诉苦，农会二话不说，以其人之道反治之：城里的土豪市霸等路经乡村，或有城市的船在乡村停靠，各乡也收取过路费，不给就不让过。这样一来，码头费也就无形中取消了。

三是成立仲裁部，调解农民之间的争端。仲裁部主要是做和事佬，为会员调解纠纷。"农会勉励工作人员：我辈应当牺牲私人的利益和健康，替弱者奋斗！这是我们义务之所当尽的！""一切会员拿来的酬谢礼物，是我会的违禁品，极耻辱的东西！""以后到农会和解者日多，这也可以省却农民许多烦恼的讼累和讼费。"①

四是成立济丧会。由会员自愿参加，有百余人。原来在海陆丰一带有个"生人吃死人"的恶俗，就是家里死了人，亲友邻居村人都要来大吃一顿，如果丧家不这样做就要被斥为不孝子孙。这种陋习逼得穷苦人家只得典当变卖，或者借高利贷来应付，地主趁机敲诈勒索，穷人深受其苦。彭湃对此深恶痛绝，成立济丧会的本意是无论哪个会员的父母或自己死了，由济丧会会员每人拿出2毫钱作为帛金。说来也巧，济丧会成立的第一天就有一会员的父亲死了，于是各会员拿出2毫钱，共30余元，同时会员一致前往行礼致祭，极尽哀荣。谁知到了第五天又有一会员的父亲死了，济丧会的会员无法负担，乃先由农会代

创作札记

不管婚姻纠纷还是命案等，农民们一有争执，都愿到农会仲裁部寻求解决。在农民看来，农会仲裁部是农民的法庭，农会则是农民的地方政府。

① 李克家：《海丰的农民运动底一个观察》，《新琼崖评论》第19、20期合刊，1924年10月16日。

出 30 元。到了第七天有一个会员死了，再由农会代出 30 元。就这样，济丧会成立还不到 10 天，就死了五六个人，于是宣告暂时停办。

五是在海丰大街开办了一间农民医药房，热心农民运动的医生吕楚雄、刘恩泉夫妇将自己开办的大街西药房改为"农民医药房"，刘恩泉则担任接生婆，会员生孩子不收费。凡持会员证看病不收诊费，药价仅收一半，大约两三毫钱，而非会员则照全价。李克家在《海丰的农民运动底一个观察》中写道："农会设有农民药房，有男女医生，农民如有发生疾病，无论门诊外诊，概不收费，取药仅收半价。该会养用马两匹，已备医生紧急之用，而省病家的轿费。医务非常发达，大得会员的欢迎，农会的威信更在农民中大大提高起来。"

六是总农会将番薯市、糖市、菜脯市、地豆市、牛圩、菜市、米市、柴市、猪仔市、草市等的管理权即市权全部接管。原来海陆丰一带的农贸集市向来不是一揽子买卖，而是各有分工：买卖大米的到米市，买卖糖的到糖市，买卖菜蔬的到菜市，以此类推；而想入市买卖交易的，要交类似今天的市场管理费。当时每市的市场管理权都在地主土豪手里。仅番薯市每年就至少有 500 元的收入，如各市加起来，每年可收入三四千元。如何将各市的市权收回到农会手里？代表们商议后决定先交涉，如市霸不肯交出市权，那农会就先将番薯市移过别处，其余各市限 3 日内跟

创作札记

为了抨击这种"生人吃死人"的封建陋俗，彭湃还写了一首《无道理》的诗歌："无道理，无道理 / 死了一个人 / 吃饱通乡里 / 太不该，太不该 / 地主来讨债 / 孝子哭哀哀。"

进。具体做法是：先由农会制出一杆公秤，由农会派人到番薯市去管理。果然市霸们不干了。于是农会公告全县农民，绝对不准到原旧市摆卖。此举农会果然又获胜利。这笔收入后来作为农民医药房经费以及办农民学校之用。

七是办农民学校。彭湃非常重视农民的教育。民国以来，文明风盛，海丰虽有国民小学、高等小学、中学、师范等，但只限于地主乡绅的子女才能得到受教育的机会。至于农民，只是负担这些学校的税负，当时海丰全县的教育经费约百分之八十都是来自农民的捐税，"可悲的是，农民竟不知教育是甚（什）么东西，全县的农民能写自己的名字者不到百分之二十，其他百分之八十连自己的名字都不会写的"。

但农民怕新学如怕老虎，谈起新学就变脸色。为何呢？彭湃当过教育局局长，深谙其中原因，他决心革旧立新，打出一个新口号，叫作"农民教育"。农民教育与新学根本不同之处在于，不教毫不实用的"之乎者也"之类的八股文，而是专教农民算数、珠算、写信、写食料及农具的名字，这样便够了。所以，农会成立农民学校，主张办"农民教育"。农会替请教师，指定校舍，规定学生读书不用钱。学生上学完全不用钱，教育经费从何而来呢？除了教员的薪酬从市场管理费中拨付部分外，就是由学校出面向地主批耕，农具、耕牛、种子、肥料由农会出钱，学生的父兄则负责耕田、种田。禾稻成熟了就由学生的父兄去收割，除交租外，余下稻谷送给先生做薪金。这样一来，原本失学在家的农村儿童就可以入校读书了。另外还开设了十余所农民学校、夜校，由农会教育部统一安排教师、教学内容等。

八是发动农民种山松。彭湃了解到，农民在未减租及没得到永佃权以前，认为土地不是自己的东西，所以连肥料都不肯放。海丰县有一个蚕桑局，每年都苦口婆心去劝农民种桑养蚕，但农民怕种桑失败没有稻谷还租，田主会收地，故皆不敢去种。很显然，生产关系严重妨碍了生产力的发展，土地的权属问题妨碍了社会的发展。彭湃还有一个很超前的理念，就是要培养农民的公有观念。如何做呢？由农会发起种山松。当时海丰各乡大大小小的山不少，但只是杂草灌木，并无树木。有些城里的资本家觉得种树有利可图，于是想去种山，而农民情愿撂荒也不肯，但农民本身又无能为力。海丰总农会于是决定，由农会出资买松苗，农会会员出工去种，所有的山松归全县农民所有，负责种植、养护的会员可多得一些分配。经过一番游说宣传，各乡农民都积极种山松了，也不要什么森林警察，因为山松人人有份，所以人人都是警察。

李克家在《海丰的农民运动底一个观察》中说："该会对于林业已经着手进行，如海丰西北部山岭……由农会出资，乡民出工，通通经营起来。据该会农业部的报告，乡民常因缺乏资金和管理人去经营山利，所以广多的山岭都是光光的赋闲。""若由农会出资经营而且作为农民的公产，乡民非常欢迎。且各乡负有看护的责任，森林警察可以用不着了。该会的计划预定明年海丰各农户出银二毫，约可得 6000 元作为购苗金，并由各乡派工栽植于海丰东北干燥无味的山岭；不上数年，可以变成青翠欲滴的幽林，并且气候雨量也因时而调和，而下游的水患可减其暴力，农民的收入也较为丰裕。"

九是筹办农民银行。由于农民阶级和地主阶级之间的斗争白热化，势同水火，地主阶级断不肯将钱借给农民，每当青黄不接的时候去向地主借钱，地主皆闭门谢客。为此，农会宣传一旦减

创作札记

彭湃的社会主义公有制思想在这时仅仅是小试牛刀，到了 1927 年苏维埃政权全盛时期，他把这个思想落地变为现实：在朝面山里办了一个集体农场。非常精彩，在本书中有专章介绍。

创作札记

农会并不仅仅满足于为农民争得经济利益,《海丰总农会临时简章》中提出的"图农民之自治"的主张,很显然是更高层面的明白无误的政治诉求。因为自治不仅包括经济上的自治,还包括政治上的自治。如"会员与田主发生争议时,即须报告本会,由本会派遣代表与之交涉""本会对于会员间争端,当本自治之精神,极力和解之""本会如遇无赖之徒到会员处勒索时,当向前与之理论"等,这些规定都使农会具有了政权的部分职能,使乡村的政治权力逐步由衙门及乡绅之手转移到农会。正是由于农会撼动了以地主阶级为首的统治阶级的政治根基,这才为1928年统治阶级血腥绞杀农会埋下了伏笔。

租得到效果,就着手办农民借贷组织,以解燃眉之急。这也应该是彭湃想办农民银行的初衷。

十是领导和组织农民救灾自救。

十一是领导和组织农民减租减息。

五、堆成山峰的凉笠
——农会解救余坤案纪实

1

话说海丰县城内有一个名叫朱墨的地主,平时喜欢结交官府,巴结权贵,是个典型的新兴地主阶级代表人物。这一年,他把余坤等6个佃户叫来,说是要加租。余坤等觉得毫无道理,加上有农会撑腰,故置之不理。朱墨大怒,嗾使家丁到余坤等人家中无理取闹。余坤愤然报告海丰总农会,说朱墨平时就苦待佃户,现在还无理由加租,想辞田不干了,农会准其所请。朱墨得知后异常恼怒,因为他知道农会会员的田如辞退,附近农民是不敢接耕的。他随即叫余坤等6人把所耕之田的3石谷种悉数交出,余坤等也如数交出。可朱墨转头又向法庭起诉,说余坤等6人交出的耕地面积不够。余坤接到告票后到农会报告,农会告诉他:你在堂讯时对张泽浦(法庭书记员)说,以后传讯可通知农会,即传即到。开庭当日,农会派人与余坤等到庭,诉之实情。张泽浦听后对朱墨说:"你告余坤等人毫无证据,既无证据，便是诬告。"遂宣告退庭。

朱墨败诉后捶胸顿足："地主与农民打官司从未有失败的，这次我竟失败，一定是农会作怪，如不早日扑灭农会，将来势必有更大祸端！"一时间，海丰城内的地主豪绅皆感震惊。其中一个叫陈月波的，是广东原教育厅厅长陈伯华、公路局局长陈达生的胞兄。此人还是海丰封建保守势力的代表人物，当时民主革命思想和资产阶级文化在海丰的传播都会受到他的阻挠破坏。他在海丰城里的政治势力炙手可热，除了陈炯明就是他了。一天，他召集地主士绅保安团等500余人于城内朱祖祠开会，陈炯明的六叔父陈开庭也来了。"到会的人都是长衫马褂，金丝眼镜，金镖金链，面团团肚胀胀的。"

看人都到齐了，陈月波首先发言。他先是指责农会实行共产"共妻"，还"蛊惑勾结法庭欺负地主"；并将矛头直指彭湃"县蠹彭湃者，煽惑无知农民，希图不轨，若不早为对待，他们随便可以作反"。这时，地主王作新（很快他就被陈炯明任命为县长）提议：农民既有农会，我们也应成立一个组织，以抗衡农会。朱墨首先赞成，提议组织一个田主会。在官场左右逢源、深谙官场规则的陈月波不同意，他认为"田主会"这名字一听就跟政府挂不上钩，要跟农会对着干，必须要得到官府的支持。他建议叫"粮业维持会"，告知政府如减租减到"粮不能完，国库恐慌"，社会必生乱，所以"粮业维持会"抵抗农会是为政府着想的。众皆一致赞成，并推陈月波为会长，王作新为副会长。陈月波鼻子里哼道：全县田租仅附城就有十万余担租，如每担每个田主缴纳会费一元，就已有十余万元，这十几万的银元都能把农会给埋了。大地主十分赞成，小地主诺诺但也不敢十分反对，遂通过。

随后，老谋深算的陈开庭又提出一事：张泽浦受农会指使，不顾业主血本，我提议如果他还不把余坤等人判罪，我们就给他点颜色看看。于是一班人气势汹汹来到海丰分庭，见到张泽浦，陈六太爷劈头盖脸就是一顿臭骂，叫他马上把余坤等人抓起收监。张吓得连连允诺，粮业维持会这班人才散去。

张泽浦遂派人到农会传余坤等人堂训，出庭当日，农会派了一部分会员前往旁听，谁知途中有人来报，说粮业维持会找了一帮流氓烂仔百余人候在东北两城门，怕是要打架。为了避免无谓的打斗，农会决定余坤等6人先去，其他人在农会等候消息。谁知余坤等6人到了分庭，粮业维持会来旁听者竟有七八十人，张泽浦慑于淫威，未经详细庭讯就草草判了，把余坤等6人收监，并加以镣铐。

2

农会闻讯后群情激愤，开会表决"明日向分庭请愿"。于是，连夜派出40个农友，分东南西北四路通知各乡于第二日上午10时在海城龙舌浦集会。赤山约28个乡都紧邻龙舌浦，故第二天一早，赤山约的农友在各村农会会长的带领下，纷纷从村里走出来，渐渐汇成一股人流奔向龙舌浦。接着县城附近12个约的农友们也纷纷到来。不到10时，龙津河畔彭湃家门前的空地上人头攒动，已集结了6000多农友，人手一旗，龙舌浦成了旗的海洋。

彭湃首先发表演讲说："农友无罪却被分庭枉押，我认为这不是余坤个人的事，而是我们全体农友的事。余坤如失败，十余万农友皆失败，余坤如胜利，就是十余万农友的胜利。生死关头，我彭湃愿带头前往分庭请愿，望各位农友也与我一道前往。"接着总农会副会长黄凤麟发言，他说道："现在地主们已经放言，说仅是附城他们就可收十万余担租，每担租收银一元，就有十余万元来跟我们农会打官司。但众农友不要怕，别说他们有十万租银，就是万万租银也没用。因为租就是谷子，谷子放在我们农民的家里，若地主真要与我们干起来，我们就不还租，所以十万租银是在我们农民手上，而不是在地主手上。我们把五万租用来做饭吃，五万租来跟他们斗，地主哪里有租呢！众农友不要怕！如果地主真的要跟我们斗，小弟还有一个极好的方法：我们将田的各小墅都挖了去，连成一大片，那样地主就认不出自家的田在哪里了。到那时不用我们去打地主，地主与地主都要打起来了。"众人听后皆欢呼，声遏云天。

散会后，农会准备了6000余人的午粥。农友们喝完粥正准备出发，突然阴沉沉的天空一声春雷炸响，淅淅沥沥下起了雨。雨势渐渐加大，形如瓢泼。春旱已久，雨贵如油。农民们见状大喜，认为是好兆头，群情更为激昂。进发的队伍犹如陡涨的龙津河水，浩浩荡荡通过大街，涌向县衙门法庭。

到了分庭门口，县公署已派了法警武装把守门口，农民不管三七二十一就冲进去了，法警也不敢开枪。20个农民代表围住张泽浦，提出几点要求：（1）将枉押的农民立即释放；（2）烧鞭炮奏鼓乐送被枉押的农民出狱；（3）张泽浦向农民道歉。张泽浦看到汹涌的人群既无奈又害怕："关押农友是六太爷硬要做的，我也是迫不得已的。另外你们来了这么多人，我怕你们劫监狱。"彭湃即刻答复说："可以，我让农友离开监狱门口十步。"张不得已，只好放人。

"余坤等人出狱时，群众把他拥着狂呼狂跳，连衙门的栏杆及吊灯等都被毁烂了。""此时6000余农民高叫'农民万岁'及'打倒地主'之声震动全城。及行至大街，雨更淋漓，农民更加欢呼，游行各街时，有学生在街头大呼'农民万岁'，并用红布写着'欢迎出狱农友'。"之后彭湃发表了演说，大意是：农民千百年来都受地主官厅的冤枉和压迫，总不敢发声，今天能够把6个被押的农友放出来，这是谁的力量呢？有人说是我彭湃的力量，这是大错特错的；彭湃如果有力量，还要你们六七千人一起来吗？今天的胜利，是农会把六七千耕田佬团结在一起显示出来的力量，这个大力量使得地主官僚不得不怕，不得不放出农友来！今天的胜利告诉我们，从今往后大家应该更加团结，否则今日的大胜利，会变成将来的大失败！

刘景汉回忆："我曾亲自听到彭湃叙述当时的斗争场面。他兴奋地富有自豪感地说，当农民兄弟拥（涌）进县衙门后，取了头上戴的凉笠，堆叠

创作札记

堆成山峰的凉笠，让彭湃看到了阶级的力量。他更坚定了投身农民运动的决心。

创作札记

古大存，当年工农革命军第七团团长，中华人民共和国成立后曾任广东省副省长。这个当年五华山区的青年农民，就是到汕尾挑盐巴时看到彭湃把农民运动搞得轰轰烈烈，势如破竹，到处是一派欣然景象，才决定跟着彭湃搞农运，并在五华点燃了第一把农运之火。过后他曾说过：五华的农民运动是我挑担挑回去的。

在县老爷公案前，就成了几座山峰！"①

这次请愿及示威的胜利，让农民们充分认识到农会是代表农民利益并为农民奋斗的组织，农会的声势迅速传扬到附近各县。于是各地纷纷要求成立农会，入会者也纷至沓来。由于紫金、五华、惠阳、陆丰等县会员太多，海丰总农会改组为惠州农民联合会，之后又发展到潮州、普宁、惠来一带，这时成立广东省农会就是水到渠成的事了。

3

这边厢农会如日中天，如火如荼，那边厢粮业维持会的一班土豪地主却被六七千农民上街示威吓得不轻；同时农会还放出风声，说地主如再敢作怪就铲去田基，这更使得地主们噤若寒蝉，不敢乱说乱动。维持会会长、老奸巨猾的陈月波这时想一走了之，他想了个金蝉脱壳计。原来这陈月波是个迷信鬼神的神棍，天天不是求神就是求卦，前不久他还祈求神灵保佑他尽快灭掉农会。这天他找了一班同道中人，在城老爷庙中扶乩，说是请求菩萨赐个良方妙策来对付农会。请来的扶乩者自称是元天上帝，他一下乩便写了几个字"农会必定胜利"，旁观者见了大惊失色。

次日，陈月波召集粮业维持会开会，劈头就是一句"我要辞职"。接着他煞有介事地说："昨

---

① 刘景汉：《回忆彭湃一些革命活动》，叶佐能编：《彭湃研究史料》（下），中共中央党校出版社2007年版，第684页。

日扶乩，元天上帝的乩文说'农会必定胜利'，并有一首诗，我记不太清了，但最后一句是'任凭汉育去生机'（汉育是彭湃的旧名）。我又问元天上帝我该怎么办，元天上帝叫我去香港。天意不可违，所以我过两三天就要过香港去。"隔了两天，陈月波果然去了香港，粮业维持会也就作鸟兽散了。

六、"至多三成交纳"

——1923年大灾之后的农会

1923 年夏秋之际，海陆丰两县连续两次遭受台风袭击，狂风暴雨又兼海潮上涨，农作物几乎无收。据当时报载："时值久雨，潦水未退，妇孺无地隐藏，相率呼号，奔突于途。官兵追至，圈而捕之，镣铐投狱中，恣意搜屋掠物……"到处都一片"镰刀挂起，米瓮无米"的悲惨气象。

对此，彭湃于《海丰农民运动》中也有详细记述："旧历六月某日半夜，狂风大雨骤作，少顷，风势来得更加凶猛，房屋倒塌之声不绝，从窗外望出去，很大的树都有被风拔起来了。天将明，洪水也涨起来了，外边男女叫救之声也不绝，风虽止雨水两日仍未退。""各乡区农民纷纷来农会报告受灾情形，或请问对于纳租办法，每日约达五六百人，农会为之应接不暇。"

农会立即组织救灾队赴各灾区援救农民，或去慰问和调查，或去帮忙修筑堤岸、农田排水等。

海丰一带素来有一旧俗：每遇灾年，农民便去请求地主去实地查看灾情，田主愿减则减，不愿减就将收成与农民对分。所以在农会尚未做出任何决定时，农民还是依照旧例请地主到田里看看，或减或分。农会也认为可行。可是，没几天农民又来找农会说："我们一早就去到田主的家里请他看田，等候了半天才开门，开了门又伺候了半天少爷才在床上翻翻身。到等他起来刷刷牙，洗洗面，穿穿衣，食了一餐饭，喝了几口水，吸了几口烟，和他的老婆爱妾讲几句笑话，才出来见我，这时已经差不多日下西山。

少爷见我便问：'你来做甚（什）么？'我答：'今年田稻遇风灾……'这句话尚未说完，他叱道：'不要多说了，回去吧，年丰好收获为什么不来报告？年凶你就来！快回去，明日派人去看。'可是数日都不见有人来看，你再去催他也是这样的答复，田中的禾稻很多都出了芽，怎么办？"

而地主方面，知道如今有了农会撑腰，农民肯定不如往年一样任由欺凌摆布，故既不敢去乡间收租，也不敢有其他动作来顶农会的头炮，所以多静观待变。而官厅、绅士、商人、学生也议论纷纷，但也没有好的办法。

彭湃立即主持召开了在海陆丰两县工作的省农会执行委员会议，商讨解决办法，但会上意见分歧很大。第一派的意见认为：现在农会组织没有十分巩固，虽然农会的最终目标是实行减租减息，但现在提时机还未成熟，可采用自由减租的方法，有农会做后盾，估计地主不敢过分逼租。第二派的意见是：虽然依本来计划要在三年后才实行减租减息，但现在情况特殊，减租已势在必行。遭此灭顶之灾，农民为了活命必与地主强力抗争；另外地主也没有武装，官府也只有少数警察而已，何况这些警察平日已是怕农会势力如鼠之怕猫；县长王作新新官上任，为了政治形象也未必敢冒天下之大不韪，做出对农民不利的事情来。第三派则认为第一派的主张不啻与地主妥协。这次是海丰史上空前的大灾，几乎所有禾稻都被风打水浸，损失百分之九十以上，自由还租完全是骗人的鬼话，不啻猪仔向老虎求情。而且如果真的采用自由减租的办法，农民必会对农会失去信任，故主张全部免租。

免租口号在此时提出未免过激，但如果采用自由减租的方式，地主与佃农之间估计也难达成一致。综合三种意见，农会最终议决：最多交租三成，收获不及三成者照数减之，如全无收获者则免交。

农会随即又召开农民代表会议，到会者百余人。会议通过了"至多三成交租"的决议。8月15日，农会在海丰城举行减租誓师大会，到会农民2万多人，彭湃在会上作了报告，群情为之激奋，高呼"农会万岁"，声浪震撼海丰城。一时间，"至多三成交租"的口号连小孩子都满街喊了。

为了使减租运动做到家喻户晓,农会派了大批宣传员到各乡去开会宣传,并督查实际工作。海丰县农会还写了《为减租而告农民书》到处张贴,大意如下:地主的田地本不是钱买来的,是他们的祖先占夺我们的。姑认为是用钱买的,但是他买田的钱一次过投下去,便千千万万年有租可收、有利可获了。可农民耕田是年年都要下本的,如种子、肥料、牛租、农具、饭食等,是要很大的血本才有谷粒产出来的。今年不幸,遭此风灾水祸,地主的田地毫无损伤,可我们所下的血本全被大风吹了,被大水冲了,我们的血本已无存,地主哪里有租可收!我们须与地主抗争,主张至多三成交租!

七、走近历史现场:"七五"农潮始末

1

大灾之后,一班无权无势的小地主已遵照农会"至多三成交租"的主张而收租,但以土豪、大地主为主的利益集团却公然与农会作对,县长王作新、保卫团局长林斗文、劣绅丘景云等还联络地主在县署开会,恢复粮业维持会。

回到 1923 年 7 月 10 日,林斗文之侄林某去北笏仔乡收租。这是个仅有 30 余户的偏僻小乡,林某虚张声势地吓唬乡民说"学租是官租,官租是无减的",不料该乡虽小,可乡民的胆子不小,竟将林某围起来痛打了一顿。林某不服,到县法庭验伤告状。县长王作新马上派了武装游击队 20 余人到北笏抓人,一进村就放枪示威,乡人四处奔逃,妇女小孩号啕求救。最后绑了 3 个乡民回到县城,不加审问就投于狱中。农会闻讯后即派代表与王作新交涉,但王作新不理。农会遂决定 8 月 15 日召开农民代表大会,通报实情。

县长王作新于 8 月 15 日得到消息后,贴出布告,谓:是日"匪首"彭

创作札记

农会组织广大农民实现减租而斗争的坚决行动，使海丰县县长王作新和地主豪绅十分震惊，当晚即策划扑灭农会。8 月 16 日，即农历七月初五凌晨，他们出动军警 300 多人突然围攻海丰总农会，逮捕农会干部 25 人，并通缉彭湃，取缔农会。这就是海丰农运史上浓墨重彩的一章，史称"七五"农潮。

湃希图造反，四乡人民勿为所愚而自招重祸。又派警察到大路口把守，不准农民来县参加大会。但布告被农民撕了，王作新大惊，急忙将警察和游击队分头部署于县府及四个城门。到了 10 时，农民已聚集达四五千人。12 时宣布开会，到会者竟达 2 万余人。彭湃、李劳工、黄凤麟、杨其珊、彭汉垣等人相继演说，皆痛快淋漓，说至农民的深重苦难，台上台下哭成一片。最后三呼"农民万岁"，声如雷震，乃告散会。

这时王作新已逃跑，游击队、警察也相继逃跑。

当天晚上，有个叫黄琴轩的县议会议员来找彭汉垣（彭是县议会议长），见农会人都散了，马上告诉王作新。王连夜召集绅士地主商量应如何对付农会，到会者一致主张必须彻底消灭农会，以绝后患。

8 月 16 日（农历七月初五）拂晓，王作新之弟王益三（县署游击队队长）率领游击队及警察，并国民党钟景棠部共 300 余人，兵分两路，一路包抄农会的后门，一路攻入农会的前门，一时间枪声大作，子弹横飞。此时还在农会的彭湃等人纷纷翻墙逃走，但仍有杨其珊、洪廷惠、黄凤麟、郑渭清、陈梦等 25 人被捕。

2

当晚彭湃、彭汉垣、蓝镜清、张妈安、李劳工等人逃脱后，回去县城肯定是不可能了，商量来商量去，决定由彭湃带几个人去老隆找陈炯明。虽然陈炯明无论从阶级利益还是家族利益来讲，都不会赞成农会的，但由于海丰农会如日中天、似烈火烹油，他作为家乡人无论如何不能不做出个姿态。故他曾对人表示说很佩服海丰农会，且很佩服彭湃，并说过"我回去海丰一定要减租，你们可努力进行"等话。这次到老隆去见他，彭湃希望陈炯明能答应农会提出的条件：一是释放被捕农民，二是恢复农会，三是惩办粮业维持会王作新等人。

此议众皆赞成，于是决定彭湃、林甦、蓝陈润三人赴老隆，即日起行。

山长水远，翻岭穿涧；昼夜兼程，餐风饮月。就这样，彭湃等人足足走了4天才到老隆。

3

彭湃等人到了老隆，即以海丰农民代表的身份求见陈炯明。之后双方展开了一段针锋相对、唇枪舌剑的对话，很有意思。彭湃在他的《海丰农民运动》中对此有精彩描述：

陈炯明问："你们弄出乱子呢！"

我们："乱子不是我们弄的，是他们（指王作新、钟景棠）弄的，陈先生你知道海丰的风灾水祸大到怎样呢？农民苦到怎样呢？"

陈："大到怎样，苦到怎样，也是应当照旧例主佃来分割，断不能任你们提出三成就三成，难道你是皇帝吗？"

我们："我们不是皇帝，相信你也不是皇帝，地主官厅也不是皇帝……皇帝的旧例陈先生都可以把它推翻了，而不是皇帝的分租旧例，我们不可以推翻呢？我们推翻凶年主佃分割的旧例是很有道理的，不是糊涂的！我先问先生，业主和田佃是不是要很相爱的才对呢？是不是业主出田，佃户出种的本钱，合起来好像商家合股去做生意的一样呢？"

陈："这自然！"

我们："但是生意做去，亏本或遇灾难的时候，是不是要两相吃亏才公道呢？譬如甲乙两个股东，阿甲不管生意亏本不亏本，总是要取回自己的原额本钱，且要迫阿乙还他的利；阿乙此时本钱既已损失，又要还阿甲的利息，这岂不是不公平到极点吗？"

陈："这是对的！"

我们："地主一次出钱买一丘田，交给农民去耕，农民就年年春春要用许多种子、肥料、农具、工食的费用才会有谷生出来；所以地主以田为本钱，农民以种子、肥料等耕田必要的东西为本钱，正如股东做生意一样，但是遇着风灾水祸的时候，地主的田——股本是不会消灭的，农民投在地面的股本就没有了。这个时候农民应向地主算账，叫地主补回他的损失，不应该由地主倒来迫农民赔偿他的利息。陈先生所主张的分割，就是把农民残余的血本让一半给地主做利息，况兼海丰此次农民罹灾，为海丰开天辟地以来未曾见过的，要主张农民和地主分割，不啻叫农民去死个净尽罢了！所以农会主张三成缴纳，还是昧着良心与地主妥协的，所以农民大会把它加上二个'至多'的字，说'至多三成交纳'，这是革去几千年来地主苛刻农民的恶例，和先生赶走清朝皇帝同一个道理！"

最骄傲最自恃聪明的陈炯明，听了这些话也点点头，说："是，是！"

见陈炯明有些松动，彭湃等顺势提出请求：（1）释放无辜被捕之农民；（2）恢复农会。陈推辞说"这完全是我的叔父及王先生（指王作新，他是陈炯明的老师）所为，我是怕他的，你要知道，现在的'新社会'是'绅社会'，不是'新社会'"。不过他还是起身去起草电报。不一会，陈炯明拿着电稿来给彭湃看，大意是："海丰王县长览，凶年农民要求减租，事属正当，业主要求分割，必令农民损失过重。农会提出三成交纳，也不能一律如此；应组织农租公判会，业主农民各派代表参加。并函知粮业维持会为要，炯明。"

陈炯明推托不过，不得不答应电令王作新释放狱中农友。同时，针对陈炯明希望拉拢自己、使农会为其所用的想法，彭湃将计就计，故将各地农会建立、发展情况随时电告陈炯明，表面上似是尊重他，实则是对其示威。陈炯明虽对农会的壮大十分不满，但又不得不慑服于彭湃的号召力和个人权威。资料显示，陈炯明曾多次拍电报给彭湃，表示对彭湃的"钦佩"。

次日彭湃等人折返海丰。谁知回去后才发现：对陈炯明发来的电报，王作新根本置之不理，判了杨其珊、黄凤麟等农友关押半年。很显然，解散农会是与陈炯明暗中支持有关系的，电文不过是他敷衍彭湃及农会而已。经过分析，彭湃认为希望陈能出面说话释放农友是做不到的，而此时发起暴动也是有害无益，如被当局指为乱党而一网打尽，那样农会就真的是陷于万劫不复的境地了。

当农民得知彭湃等人回到了海丰，纷纷登门来找，迫切要求恢复农会，原因有三：

（1）有农会的时候，地主不敢随便加租、吊田等，一班平时欺压农民的地痞混混都怕起来了；而农会解散之后，他们就开始了反攻倒算。

（2）有农会的时候，军阀抽派军饷也不敢硬派，如农会出面还可取消或减轻，甚至连陈炯明的兵也怕农会。士兵只见到农会会员态度比常人强硬，而且手里有一张盖了红印的纸片，不知拉了他将来会有什么麻烦，就放他去了。而农会取消后，农民就只有任人宰割了。

（3）有农会的时候，农民之间发生纠葛时，会由农会出面排解调停。农民只要掏出农会会员证，表示自己是农会会员，事情就容易得到解决；如打官司，法官只要看见农民把农会会员证夹在呈词内，就不敢胡乱断案冤枉农民，而农会解散后就不得不求助于绅士官厅，难免不被勒索。

当时农民要求恢复农会的呼声很高，很强烈。甚至当有人问农民："你们人还押在狱里没放出来呐，还敢搞农会？"农民就回答他："生为农会人，死作农会鬼，杀头也是要干的！"

4

1924 年年初，陈炯明电告彭湃："翌日可抵县城。"原来陈炯明胞弟陈炯光猝死，陈炯明是赶回来奔丧的。陈炯明最可靠的军队便是其弟陈炯光部，陈炯光既死，陈更陷于末路。彭湃决定利用其回乡之机，争取陈公开承认海丰农会的合法地位。农会紧急开会，商讨结果是：恢复农会如得到陈的首肯，肯定对将来开展工作有利。故当他回海丰的时候，我们应组织欢迎队伍欢迎他。因陈是个极虚荣极爱面子的人，所以欢迎的人越多越好。彭湃遂组织各乡农民到离城二十里的新寮桥去"欢迎"陈炯明，农会还组织会员燃炮、敲锣鼓、高唱歌曲以吸引群众，引得五六百人赶来看热闹。此时，农会趁机发给每人一支小旗，组成欢迎队伍列于道旁。陈炯明见来"欢迎"的人如此之多，心中颇为得意，频频脱帽向农民点头示意。农会会员趁机提出恢复海丰农会的要求，陈炯明居然满口应允说："工商学都有会，农民哪可无会。"

关于陈炯明返乡一事，彭湃在《海丰农民运动》中有过翔实有趣的精彩描述：

我们把通告发出了，可到了欢迎这一天，到者不过寥寥十数人耳。我们粘了千余枝小旗，却没有人来用，这就是因为农民去欢迎陈炯明是不大高兴的，所以没有人来。此时乃将附近泥水工人（农民之为工者）用农会之命令抽出三十人，每人给一毫钱，共凑成五十人左右，携大小旗跑到离城二十里之地方，名叫新寮桥，因陈炯明要从此经过的。这个时候以海丰偌大的农会，仅五十人来欢迎，未免笑话。我们乃在附近唱歌、演说及燃炮，村中农民听见燃炮声及唱歌声，邻近数乡村男男女女小孩都来听了，大约五六百人；我们演说了好久，乃将带来之小旗子分发听众，并着其排列于路旁，听众要看陈炯明生来怎么样，也愿暂留一留。少顷，陈炯明来了，看见来欢迎的农民甚众，无限欢喜，脱帽向农民点头，刚刚出狱之同志杨其珊向前述欢迎词说："六百余人是各乡农民的代表，欢迎总座回梓，请许农民立会。"陈炯明说："工商学都有会，农民那可无会。"

陈炯明回海丰数日来都耽于料理丧事，无暇过问农会事。于是农会骨干便乘这个机会到各乡去活动，在陈的眼皮底下恢复了农会。

5

1924年正月的一天，陈炯明约见彭湃。

彭湃到了博约山房的二楼，只见陈炯明坐在左边的窗角，两边挨排的就是陈开庭、王作新、林卓存等人，全都是一班反对农会的地主及绅士。

王作新首先开口道："彭君你是个好人，我很拜服你，但是你做事未免太过激了，比如提倡什么减租、暴动。"

彭湃针锋相对："我是不是好人暂不说，我只想说做事过激的不是我，而是你们！何必呢？今年大灾农民的损失谁都知道，地主血本在土地，是不会损失的，农民的血本在地面，是被风打去了的。帮助受灾的农民少纳地主的利息，和帮助地主去勒索受灾的农民到底是谁过激呢？你们还向总座诬告说农民造反，还不顾民意解散农会，又把20多个农民关了半年，这难道不是你们过激吗？"

王作新又道："农会私造数千尖刀、铁串，这不是造反是什么？"

彭湃反驳道："尖刀、铁串可以造反，这话只可以去欺骗小孩子罢了。农会确有尖刀、铁串，但也只是自卫，并没有去杀人抢劫。如果你非说有，那就拿出证据来！"

陈炯明此时插话道："前辈应该教导后辈，即使后辈有错也不应该采用过激手段。"

彭湃转向陈炯明继续说："还有应该让总座知晓的：自农民被捕之后，王作新就派人到蓝镜清家勒索了20元，这是拿得出证据的。还有其他农民被勒索的也都列出单子，总座可慢慢去查。还有，王作新命人到被捕农友

创作札记

在揭示黑暗现实的同时并不绝望和退缩，而是积极地奋起抗争。绝不妥协，绝不放弃真理和正义，这就是彭湃，这就是彭湃所代表的一种时代精神。

家中去恐吓说要枪毙他们，他们的家属哭哭啼啼到王府去哀求，王作新说如交五六十元就放人，否则不放，这是有证据的。还有一个农民因还租的事与地主发生冲突，被警察送到县署后，罚了他数十元答应放他回去，谁知走到警署门口又被警察拦住罚了他数十元才肯放人。以上种种事实三天都还说不完。"

陈炯明马上道："如果真有此事应该查办，这等于贿罪！"

看气氛不对，陈炯明先起身离去，其他人也悻悻然散去了。

<h1 style="text-align:center">6</h1>

创作札记

彭湃的《海丰农民运动》全文4万余字，其中与陈炯明本人有勾连、有交集的就达万余字。这些文字朴实流畅，传神生动，近距离观察和剖析了一个军阀的面目及内心，可以作为一篇旁枝横逸、形神俱佳的散文来读。实际上，我在海丰城看到将军府时，脑子里就不时跳出当年彭湃在此舌战陈及一班城中官僚士绅的情景。

其实就在陈炯明刚刚回到海丰时，一班地主与绅士就已经去讨好陈炯明的老母亲，要她出面让陈炯明下令解散农会。陈炯明说好，但不必用武力。次日王作新就在城里各处张贴布告，内容是："农会提倡共妻共产，造谣惑众，前已经本县长解散，兹复有不法之徒又在外招摇，宣传农会，实属不法至极。顷奉总司令面谕，克日须将农会解散，如敢故违，定必严加究办，仰各乡农民知照……切切此令。县长王作新。"

农会无奈又一次转入秘密状态，彭湃被迫离开海丰，前往香港。自此海丰农民一提到"陈炯明"三字，皆咬牙切齿。

八、"农旗蔽野，欢呼雷动"

——国民革命军东征时期的海陆丰

1

1924年下半年，海丰曾经轰轰烈烈、势如破竹的农民运动进入至暗时期。直到1925年2月国民革命军进行第一次东征，彭湃随东征军进入海丰，光明终于重现。

3月3日，海丰3万多农民在"农旗蔽野，欢呼雷动"中召开了欢迎东征军大会。在会上彭湃宣布恢复农会，毫无悬念，他担任县农会执行委员会委员长。这之后海丰农民运动便有了一日千里之势。

这时的海陆丰，呈现出一片蓬勃向上的革命景象。

1947年，彭湃的同乡、曾参加过彭湃领导的农民运动的苏蕙在《"农民大王"彭湃的二三事》中谈到海丰农会恢复后的社会面貌的巨大变化："这时农民已成为海陆丰的主人，一切曾经欺辱过他们的土劣，必须受到他们无情的裁判，一切曾经白眼过他们的人必须向他们低头。他们表现了创造者的力量，他们表现了能够掌握政权的威力。在这翻天覆地轰轰烈烈的运动中，彭湃同志看到了自己辛勤播下的种子已在地面上开花结果，他感到欣悦，感到兴奋。他在全县农民庆祝胜利的大会中，检阅这个10万多人的队伍工农革命军——农民自卫队、工人纠察队、少年先锋队、儿童团、农会、工会、妇协会、商会等团体。他们各有传单标语和宣传队，五光十色的旗子到处飘扬，口号的响声冲彻云霄，镖枪、镰刀互相辉映，这个伟大的场面真个教统治者胆寒。"①

---

① 苏蕙：《"农民大王"彭湃的二三事》，《彭湃研究史料》编辑组：《彭湃研究史料》，广东人民出版社1981年版，第361页。

2

1926 年 11 月 16 日，曾留学苏联的《少年先锋》记者杨白撰写《"小莫斯科"记游》一文，文笔生动跳脱，观察细致入微，成为留给后世了解海陆丰工农运动和彭湃革命功绩的一篇重要历史文献。现择录如下：

当苏俄十月革命九周［年］纪念前十天，我要到海丰去参观，有朋友对我说："海丰经过几次革命之后（几次东征），进步得很快，农工运动，以及一般群众运动，都弄得很好，有点莫斯科的精神，所以人家常加以'小莫斯科的海丰'之称。"我游过之后，觉得她这一回给我许多新的印象，使我回忆起从前旅寓莫斯科时种种情形，拿来相对照，果然仿佛有些相像。因草此以志思感，并奉告喜游莫斯科的新青年。

工农的乐园

谁都知道，现在俄国的莫斯科，是另一个世界，她从帝国主义统治之下，掘出六分之一的地方，来建设无产阶级的乐园——工农的国家。你看！请你由马鬃看到海丰城，又由海丰城看到公平，转看到汕尾，哪一块地方，不撞见工友农友的小乐园——农会工会？哪一班的农友工友，不在他们的小乐园当中，过他们艰难奋斗却是乐也陶陶的生活？

东方的红军

有一点事情，说起来煞是惊人，尤其是帝国主义的走狗们。这是什么？就是那班类似俄国的红军的农军，及农民组织的保安队。他们在从前革命军东征的时候，还是普通的农民，已经帮助革命军打击逆党，现在他们把土匪打得落花流水，土匪看见他们，好像老鼠看见猫子一样。然这班农军及保安队，并没有自己骄矜的态度，他们很能够得着民众的同情，全县四十万人民的生命财产，现在都赖着他们自己保卫自己呵！

故 宫

凡是游过莫斯科的人们，总会记得有一座高楼巍峨的俄皇宫殿，现在拿来做苏俄政府办公的地方（第七期本刊曾有画片介绍过）。请看一看这个"小莫斯科"城内，光耀辉煌的国民党党部呵！工农会所呵！海陆丰日报馆呵！青年农工俱乐部呵！通通是陈炯明、钟景棠这班寨王的"故宫"，游客到此，真可引起许多今昔之感。

十月革命之"小莫斯科"

霹雳一声，苏俄十月革命（九周［年］纪念）的伟节，第一次在海丰出现了。自县以下的九个区，都有很热烈的纪念会，统计参加共有七万余人。我这天在海丰城，也参加这个大会，略讲一讲"真"莫斯科的情形，民众很热烈地拍掌赞成（不是车大炮），高呼"十月革命万岁！""列宁主义万岁！""中国民族解放万岁！""世界革命万岁！"等口号，响遍行云。游行的时候，是由马克思路至十字街，又由中山路转至列宁路。其余小小的街名我现在一时记不清楚了。最先持着旗帜、戴着斗笠、赤足徒手、高呼口号，三千余人很整齐地排在前面的，便是那班士大夫平时看不起的农会农民。继着便是英勇的农会细佬哥——农会劳动童子团（三百余人），其次为工会工友，及工会劳动童子团，再次为商会，为农军，妇女，为学生，为教职员。在这个场合当中，我们可以看出海丰的民众，通通是革命化了。他们已经能够联合起来了。他们的群众，通通能够跟着农民运动来干革命了。

这种热闹而又严肃的群众，纪念苏俄十月

创作札记

"无产阶级要通过暴力革命夺取政权"，这是马克思主义的一个基本原理，但中国共产党在成立后一个很长的时期内都没有把武装工农的问题提上日程，直到1925年才开始号召农民建立自卫军。

1925年年初，国民革命军第一次东征，在广州的海陆丰籍苦力在周恩来、彭湃指导下，组成东征军先遣队。海丰克复后，成立了海陆丰农民自卫军。农民自卫军建立后，由于抗击陈炯明余部反扑、剿灭土匪等战绩赫赫，周恩来和省农会多次予以赞扬。1925年11月，受国民政府命令驻防海陆丰。至1927年春，农民自卫军已发展至4000多人，其中有枪支、可随时征调作战的1000多人，常备队400人。1928年8月，彭湃在慰劳农军时指出，海丰农军"能觉悟,能守纪律,忍劳耐苦,为民众斗争……是全国的模范军"。农民自卫军就是杨白在文中所称的"东方的红军"。

创作札记

文中的第二处"故宫"应该是指红宫。红宫原为孔庙,海丰县苏维埃政权在此召开成立大会之时易名"红宫"。孔庙由几座建筑组成,大成殿之后为建于清乾隆十三年(1748)的崇圣祠,崇祀雍正元年(1723)追封孔子以上的五代祖先为王爵,故亦名"五代祠"。

创作札记

文中提到的位于红宫五代祠东侧那座"与莫斯科之平民医院精神相似"的平民医院,如今还在。

穿过红宫东庑旁边的侧门,就可以见到那座两层楼房的平民医

革命,反映到我脑海中来,追想到十月革命七周[年]纪念时大莫斯科列宁街上群众的神情,以及十月革命八周[年]纪念时广州的民众大会,何等相肖!又何等热闹有趣!

不要钱的医院

在南丰工厂后边,有了一间平民医院,是专门医治贫苦的平民的;里面设备当然还是欠缺,可是这种免医费的平民医院,现在又有多少处?这种事业总可以与莫斯科之平民医院精神,亦有些相似,不过大小罢了。医院内附设育婴堂,有几个保姆在那儿抚养着没有父母的孩子,人家生了小孩子,不能养育的,便可送到这里来。

除了上面的事情以外,还有许许多多的情形,与莫斯科相像的,《少年先锋歌》《国际歌》常从一班民众当中呼出,现世两大伟人列宁与孙中山的事迹,几乎多数的人都知道;人民对于革命的热狂的盛情,何等高涨。凡此种种景象,不能胜举;够了,也不必再举了。

3

1926年9月,毛泽东在为《农民运动丛刊》所写的序言《国民革命与农民运动》中,曾对这一时期的海丰大加赞扬:"陈炯明的故乡,历来土豪劣绅、贪官污吏猬集的海丰县,自从有了5万户25万人之县农民协会,便比广东任何县都要清明——县知事不敢为恶,征收官吏不敢额外括

钱，全县没有土匪，土豪劣绅鱼肉人民的事几乎绝迹。因此，乃知中国革命的形势只是这样：不是帝国主义、军阀的基础——土豪劣绅、贪官污吏镇压住农民，便是革命势力的基础——农民起来镇压住土豪劣绅、贪官污吏。中国的革命，只有这一种形势，没有第二种形势。全中国各地都必须办到海丰这个样子，才可以算得革命的胜利，不然任便怎么样都算不得。全中国各地必须都办到海丰这个样子，才可以算得帝国主义、军阀的基础确实起了动摇，不然也算不得。"

当时苏联驻华的一个军事顾问写道："海丰县农会的活动组织得特别好，以彭湃为首的共产党员在这里起着领导作用。""在政治上，政治的中心不是县政府而是县农民协会，一切的行政都要看县农民协会的意见"，"党在农村是很有权威的，农民大都愿意加入CP，他们都知道农会是共产党的，或者以为农会就是共产党。国民党呢，农民都不愿意加入，因为他们说国民党是带毡帽穿鞋袜的都可以加入的"。

另一个苏联顾问写道："这里的全部政权属于共产党人领导的农民。他们进行了大量的有意义的工作……农会表现了惊人的团结和坚强。农会是强大的。"

4

在敌方档案《海陆丰赤祸记》中，关于彭湃1925年随东征军返回海陆丰后恢复农会一事也有

院。平民医院肇建于清末，坐落在五代祠东侧，为带前廊中西合璧建筑，面阔五间，横长20.13米，进深11米，占地面积221.43平方米。东侧还有一列与之平行的纵式平房。起初，平民医院为慈善性收养孤儿或弃婴的场所，叫作"育婴堂"。海丰苏维埃政府仿照苏联莫斯科平民医院的模式，将妇孺医院扩充为综合性的平民医院，设有妇产科和西药房。

记载：

民国十三年（1924），中国国民党改组，主张"联俄容共"，时彭湃任广东党部农民部长要职。十四年，国民党军东征，彭湃做向导，乘机回县……首先恢复农会，并召集农民组织自卫军数百人，任李劳工为大队长……彭湃据海丰县后，即设立农民运动讲习所、农军训练所、军事教导队等，罗致许多无力升学青年，实施训练，限期毕业，分发两县及普、惠各地，指导农民之各种组织设施。

美国人罗伯特·B.马克斯在《世界是能够变革的——大革命时期的广东农民运动》一书中写道："农民总是把彭湃看作是他们力量的源泉，在他们的心目中，彭湃成了彭大王或彭菩萨。农民运动的存在及其力量，从很大程度上取决于彭湃的领导和威望。"

这个美国人在书中讲到这样一件事：1926年1月上旬，一个进普宁城出售农产品的农会会员在一些琐事上与方姓家族的商店掌柜发生了争执。方姓家族的人将这个农民的蔬菜扔在地上，并打了他一顿。事后百多个农民闻风赶来给他撑腰。他们在县城里见到商人就抓，那些曾经以织布印染为生，但后来被县城商人开办的工业打掉了饭碗的农民捣毁了方姓家族的一家布匹店，并将当时正在漂白布匹的纺织工人抓了起来。当天下午民团和警察（都是方姓的人）对县城里的农民大打出手，之后在"打倒方姓人"和"打倒城里人"的口号下，农民包围了县城。汕头是靠普宁最近的一个城市，并且驻有军队。方姓家族的人向那里发了几封电报，说县城受到了土匪的围攻。农民也发了电报，说明进攻县城的是农民而不是土匪，但广东国民政府仍派军队去镇压。

然而当军官们看见农会的会旗时，他们拒绝采取任何军事行动，只是命令双方停火。遗憾的是"大批的农民在这次战斗中伤亡"，这一事实让农民对普宁农会丧失了信心。鉴于这种情况，广东农会汕头地区办事处决定派彭湃前往普宁去排解争端。接到消息后农民们欢欣鼓舞奔走相告，并着手筹办一个大规模的欢迎会。毋庸置疑，由于害怕彭湃来到后会领导农民闹事，地主们只好仓促同意和农会举行谈判，于彭湃到达的那天早上就先与农会达成了协议。

普宁农民取得了胜利，但他们不认为这个胜利是他们自己取得的，而是彭湃。他们坚定地认为，彭湃是自己的靠山，是农民心目中的皇帝、万岁爷。"普宁农民看到了变革世界的可能，认为圣灵已降临大地，乾坤将要扭转。"①

蔡洛等著的《彭湃传》中说："1925 年 2 月 1 日，广宁农军、铁甲车队、卫士队包围江姓炮楼。彭湃亲自率领农军工程队 12 人，在铁甲车队的掩护下挖掘地道，准备将地道挖到江姓炮楼底下，然后安放炸药，一举将炮楼炸毁。第二天地主武装明了我方意图，遂派出突击队数十人向农军工程队猛扑，又以土炮及炸药包猛烈袭击地道洞口。土炮及炸药就在彭湃附近爆炸，但他毫不畏惧，仍然坚持指挥挖掘地道。2 月 3 日下午，地道终于完工，安放的炸药威力很大，掀起的泥土能抛到几百米以外，但炮楼并未倒塌。彭湃由于废寝忘食夜以继日已三天两夜，本来就已十分疲劳，加上看到炸楼没有获得成功，立即晕倒在地，经过抢救才苏醒过来。"

创作札记

正是这种忘我无畏的牺牲精神，让海陆丰人民心甘情愿跟着彭湃，生死与共，以命相随。

---

① 中共广东省委党史研究室编：《纪念彭湃论文选》，1981年，第339页。

九、万里同风，天下为一

——中国第一个苏维埃政权在海陆丰诞生

1

在中国共产党领导的众多武装起义中，有三大著名的起义，那就是南昌起义、秋收起义和广州起义。而与三大起义有交集的起义——三次海陆丰起义，是彭湃领导的。其中第一次是 1927 年 5 月，比南昌起义和秋收起义都早；其后，又与南昌起义军第二十四师余部编成的工农革命军第二师、农民自卫军及农民群众再次举行了两次武装起义，占领了海丰、陆丰两县全境。1927 年 11 月 18 日至 21 日，海丰工农兵代表大会在海丰学宫大成殿召开。之后宣布成立海丰县苏维埃政府。红二师四团军乐队奏响庄严的《国际歌》。

这是中国第一个真正意义上的苏维埃政权。由于它仅仅存在了四个月，史上称为"四月政权"，但它的历史意义却在于：这是中国近代史版图上一个重重的赤色标记。

2

海丰学宫又称文庙（孔庙）。据清代乾隆《海丰县志》记载，清雍正九年（1731），按其时制度规定，凡省、府、县城内必建孔庙、城隍庙、忠义祠、节孝祠、关帝庙等建筑与衙府相配套，故建此孔庙。一个数百年来供奉着"万世文章祖，历代帝王师"，尊帝皇、守三纲的崇高无上之地，竟成了中国第一个颠覆封建纲常的苏维埃政权的开元之地，改朝换代之新气象，天地为之震撼。

当工农兵代表大会定于此召开后，会场四周和街道墙壁当时都要刷成红色。据时人回忆，当时红场来不及全部刷红漆了，彭湃就命令让人拿红布遮盖一下，因此后人把学宫改称"红宫"。之后，彭湃又在此地兴建了红场大门和司令台，如今大门门额上的浮塑"红场"两个大字，即为彭湃手书。

1927年11月19日，在海丰县工农兵代表大会上，彭湃自己也在台上这样讲述红场布置的情况："我工农革命军占领海丰，海丰的情形便焕然一变。这几天开大会，更加不同。满天的红旗招展，马克思马路、列宁马路、中山马路，两旁都写着红色的标语。我们的会场、墙壁，样样都网着红布，居然把全城变作红色的海丰。一般贫苦民众，个个兴高采烈，欢欣鼓舞，俨然是过新年一样。"

3

1928年3月1日出版的《海陆丰苏维埃》一书对此次大会有如下描述：

海丰各处农民、工人以及贫苦民众在代表会开幕以前数天，都热闹异常，兴高采烈，如舞狮、歌唱、鼓乐……无处不鼓乐喧天……人人喜形于色，欢呼欲狂。很明显地表现出他们以为既得土地耕种，又解脱一切债务契约的锁链，好像已至无上极乐之国一般。到开代表会的那一天，更有一番特别的情景，自会场以至各马路各机关，都是红灯红旗红彩照耀满目，而各马路上的清洁齐整，均由民众自动地扫除得一尘不染……会场的布置尤为庄严，中悬马克思、列宁的遗像，两旁则设军乐队及参观台，草地上铺满了席和松针，各处结满了红布的花结，到处都感觉到焕然一新的意义。

这次代表大会的意义：第一，使工农兵及一切贫苦的民众与各代表更明白地了解土地革命与苏维埃政权的意义……第三，使一切民众明白此次没收土地、夺取政权，现在还不能说是胜利和永久的巩固，只有更积极地前进，更坚决的斗争……才有胜利的保障……第四，使民众和代表更明白只有共产党才能真正领导工农民众作英勇的斗争，只有共产党才是真正代表工农贫苦民众的利益，一切工农贫苦民众只有团结在共产党旗帜之下，才能得到永久的胜利和解除一切的锁链。

敌档案《海陆丰赤祸记》也对这次大会有记载：

共产党东特委为谋求发展苏维埃计，决议召开东江农民代表大会于海丰……及谋东江大暴动，十六年十二月一日，开始作大规模之筹备，定于一九二八年（十七年）元旦开幕……第一次筹备会议决定，以红宫为大会会场。在筹备期间，当然以布置股工作为最忙，连日修缮会场，设置席位，新筑主席台一座，全场粉成赤色，一切铺张扬厉，应有尽有。由会场门口，西至苏维埃政府面前，东至龙津桥之马克思路、列宁路、卢森堡路、李卜克拉西路，完全用红布盖顶。时全县染布商店，均奉命加工染红布，以供应布置之用。会场前门，高搭牌楼一座，分三层，饰以华丽纸劄，令人为之目眩……

开幕之日，各代表及来宾三百余人，依次入席，音乐大奏（董朗带来，全队三十余人）……行礼后，首由党魁彭湃作政治报告。其报告时间，一日不足，继之以夜，会期三日……每当鼓掌欢呼之时，声闻数里……

彭湃爱人许冰曾写过一篇散文《海陆丰赤色新年的回忆》，发表在1929年2月7日的《红旗》上，记述的就是这次春节的所见所闻。原文不长，对当时人民的精神面貌、社会风气有着生动新颖、情感饱满的精彩描述：

记得在去年的这个时候，工人都休业一星期，大家都乐得做他们自己的玩意儿，糊灯笼呀，做纸花呀，预备初一晚要举行提灯大会，还有舞虎狮呀，做大戏呀，锣鼓和串炮整天地响着。自马克思路以至列宁街通通是红色的，一路标贴的口号，更是说不出它一种"艺术化，革命化"，远远望去比上海的南京路还要强十倍，热闹处较各大公司大减价还要挤得紧。虽然这样热闹,但也再看不出有一个穿长袍、着裙子的少爷或小姐,个个好像学生穿制服一样,都是本地工厂出的土柳条布,短衫裤;他们都是鱼呀,肉呀,鸡呀,鸭呀,成大球地背着挑着,喜气洋洋地一路唱着《国际歌》《少年先锋歌》。

各个农村中的男妇老幼,都是穿着很朴洁的衣服,个个都是面团团一层不可言喻的喜气,大家都忙着做糕果呀,采山花呀,把各家的门户扎彩像衙门做喜事一样。每一个乡村都有许多的音乐锣鼓奏着。一群小孩子,每人手执一根红木棍,高呼着口号,做他们的体操。还有一帮妇女们"婶呀""姆呀""姑呀"地招呼着:"我们初一日大家都要早些起来,一同到城里去开会,顺便去苏维埃政府及工农兵俱乐部玩耍。"

兵士的营盘里更是和现在军阀统治下的绝对不同,一般工友农友都一手拿了满篮的年糕鸡鹅果品,凡他们所有的东西,无不亲自送到军营给兵士吃,表示他们的亲爱。他们经济公开,官长与兵士同样的食宿待遇,还有零用费;士兵自己还建设有"俱乐部",里面风琴、留声机、乐器、古玩、图书、秋千、网球、摇桥……凡一切取乐、运动的东西,无不具备。他们的规则不是机械式的,得空就是尽量地享乐。

旧历新年初一那一天,集会就是在一个百亩阔的红场,地下铺满青松,将红布扎了三四个演讲台,分三个座位,中间就是工人和兵士,右边就是妇女,左边就是农民。到会的人数整整有十万,满空红旗招展,真形容不出它一种庄严和威武。十点钟到了,鸣锣开会,就有一位工农兵苏维埃的代表起来说话。

这是我去年在赤色的海陆丰参加这一大会时所亲眼看见的事实,我是永远不会忘记的。

4

更令人意想不到的是,当时红二师竟然还有一个编制比较完备的军乐队,队员都是一些年轻的战士,他们来到海陆丰后给海陆丰人民的文艺生活增添了新的东西。每逢群众性的集会游行,军乐队都到场奏乐助兴。据当事人陈世民、于汉存等回忆,说每当苏维埃政府组织星期六共产主义义务劳动或修建红宫、红场时,红二师军乐队总要沿街吹奏《国际歌》《少年先锋歌》等,各界群众便自动排队走向劳动场地。红四师中则有20多位蒙古族和朝鲜族的战士,大概是黄埔军校的学生,他们经常活跃在各种集会和联欢会上,演唱蒙古族民歌和朝鲜族民歌。

这其中就有一位名叫金山的朝鲜族士兵,后来他在黄羌根据地坚持武装斗争,最后九死一生,侥幸生还。

苏维埃时期,海陆丰一带还流行一首《十二月革命歌》,也叫《点灯笼歌》,是按当地流传久远的民间戏曲《桃花娘过渡》曲调谱写的革命歌曲,也从一个侧面反映了苏维埃时期一派生机、百姓安居乐业的社会风气和精神面貌:

正月点灯笼,国际旗下满地红;继承列宁去奋斗,工农兵士万古传。

二月君行舟,妇女解放得自由;今天妇女真正好,夫妻相好永无忧。

三月君行山,铲除军阀贪财官;建立苏维埃政府,是俺穷人后壁山。

四月掺后园,杀尽民团保安队;打倒土豪大地主,还有今日大翻身。

五月人扒船,外地军阀乱纷纷;要求大家来暴动,人人加入赤卫军。

六月热毒时,工农受苦尽惨凄;要求共产早实现,正有今日出头天。

七月跳粉墙,战争前线打潮阳;为我群众去生死,手持尖串去换枪。

八月跳烟墩,前锋战士是红军;大家同志要落力,打倒介石白派军。

九月秋风寒,工农结义埔仔山;日夜风霜真艰苦,想将起来心不安。

十月去探姑,大家兄弟来奋斗;好得共产早实现,正有今日免还租。

十一月冬节边,家家厝厝做红丸;打倒封建恶势力,铲除旧岁换新年。

十二月去探兄,世界革命工农兵;大家兄弟要团结,革命道路一直行。

5

海陆丰两县工农兵代表大会上宣布成立苏维埃政府后，彭湃作了政治报告，通过了"没收土地案"等8项政治纲领。两县广大农民立即掀起了分田分地，收缴地主的田契、租约、债券的热潮。

为了组织没收和分配土地，海陆丰苏维埃政府设立了土地革命委员会，区政府设立土地科，分田之前区乡派出人员将区域内应该参加分配的人数进行核实，重新丈量土地，做出分配方案。然后以行政村为单位，召集各户代表进行酝酿。插红旗准备分田时，县土地委员会或土地科派出委员和工作人员亲自主持乡村分配。仅20多天的时间，海丰全县就按照彭湃等提出的分田原则把土地分给了农民，并由政府发给土地使用证。

海丰广大贫苦农民祖祖辈辈盼望"耕者有其田"的理想，终于在苏维埃政府和彭湃等领导下实现了。

据1928年2月统计，海丰没收和分配的土地占全县土地总数的80%，陆丰没收和分配的土地占全县土地总数40%。在没收和分配土地的同时，进行了焚烧田契和铲掘田垄的工作，苏维埃政府勒令地主豪绅交出一切田地契约、债务文书，限日送至汇齐并登记，然后当众焚毁。地主豪绅"莫不战战兢兢地将数百年的契约送到苏维埃政府"，一般农民对焚烧契约均极欢喜。据中共海丰县委的统计，至1928年1月14日，仅海丰一县就焚烧土地契约471188张，焚烧租簿58027本。当时的中共中央刊物《布尔塞维克》有这样一段报道："一切田界——地主所有的界限完全取消，一切地主私有的田地和剥削农民佃户的田契、租约、债券等完全当众销毁；一切田地都归乡村苏维埃收归公有，分配给农民耕种；一切当铺的财物完全没收，无价发还典质的贫民；一切反革命派的豪绅地主的财产充公，作为工农兵苏维埃政府的费用，用来救济贫民，从事公共建设，扩充工农兵政府的革命军队。这可以说是中国破天荒第一次的苏维埃"。[①]

---

① 罗浮：《中国第一个苏维埃》，《布尔塞维克》第8期，1927年12月12日。

1927 年 11 月 17 日，中共广东省委复电东江革命委员会、工农革命军第二师，称赞："赖诸同志之努力，使本党红旗飞扬海陆丰、紫金县境，数十万穷苦农民同得闻风兴起，为铲除豪绅地主奋斗，本委员会甚为嘉慰。"

1928 年年初，中共中央临时政治局会议通过决议案，指出："这次暴动开始于 10 月底，一开始便有极大的规模，而且在土地革命的性质上，也是空前的深入，极有组织，极有活动力量。中国革命之中，这是第一次由几万几十万农民群众自己动手实行土地革命的口号，第一次组织成工农兵群众的无限制的政权。"

6

在中国建立苏维埃政权是有一个过程的。早在 1920 年，共产国际召开第二次代表大会时就提出了在殖民地半殖民地国家建立工农苏维埃的问题。但是由于后来实行国共合作，这一要求未能付诸实施。直至八七会议召开，共产国际改变了过去的提法，指示中共建立苏维埃。紧接着中共中央于 1927 年 9 月原则通过了关于建立苏维埃政权的问题，并发出"在革命斗争新的高潮中应成立苏维埃"①的号召。

对于彭湃在海陆丰打起苏维埃旗帜的做法，周恩来在《关于党的"六大"的研究》中曾给予充分肯定。他说："我看十一月扩大会议的错误方面多于正确方面，正确方面是放弃国民党的旗帜，打出苏维埃的旗帜。事实上在十一月扩大会议以前，海陆丰已经打起苏维埃的旗帜。"②

历史唯物主义的观点认为，任何事物的出现，都是有其必然的客观因素的，天时、地利、人和缺一不可。海陆丰苏维埃政权的出现，从地缘上看，海丰县和陆丰县两县位于南海之滨，是广州、惠州通向汕头的交通要道，为兵家必争之地。这里又是广东军阀陈炯明的家乡，官僚和新兴地主

---

① 中央档案馆编：《中共中央文件选集》（第 3 册），中共中央党校出版社 1983 年版，第 313 页。

② 《周恩来选集》上卷，人民出版社 1980 年版，第 172 页。

众多，土地兼并非常严重，农民深受压迫剥削，阶级斗争非常激烈。这点彭湃在他的《海丰农民运动》中有着详尽的论述。

早在大革命时期，海丰、陆丰两县的农民运动，在中共中央委员彭湃等人的领导下就有了很大的发展。1922年10月，彭湃在海陆丰组织农会，农民运动得到迅速发展。两县有共产党员4000余人，有农民自卫军400余人枪，还有数以万计的农军，海陆丰成为了第一次国内革命战争时期中共影响较大的地区。民心所向，这就是人和。

1927年4月12日，蒋介石发动四一二反革命政变。4月15日，广东的国民党当局也在广州、汕头等地进行反革命大屠杀，东江地区处于白色恐怖之中。不是你死就是我亡，共产党人不能坐以待毙、引颈就戮，中共海陆丰地委决定成立东江特委和海陆丰救党运动大同盟，发动武装起义回击国民党反动派，这就是天时。

就这样，彭湃创建的海陆丰苏维埃政权，成为沉沉暗夜中的第一抹红色曙光。

十、晨兴理荒秽，带月荷锄归
——记苏维埃时期的麻竹集体农场

1927年，彭湃曾在一次群众集会上说："我们若能很坚决的大杀土豪劣绅、地主、资本家，把一切反革命杀得清清楚楚，把一切田契逐步烧掉，明年便可分配土地，后年便可从外国买大机器来耕，大后年便可于各乡村建设电灯、自来水、娱乐场、学校、图书馆……"在当时，这显然是过于乐观了，但在苏维埃时期，彭湃确实搞了一个带有社会主义性质的"集体农场"，这是一个鲜为人知的史实。

据史料记载，1928年年初，海丰县苏维埃政府安排时任苏维埃裁判委员的陈桂招回家乡黄羌麻竹搞一个"集体农场"。陈桂招，早在1923年就响应彭湃的号召在麻竹兴起了农民运动大潮，是个有勇有谋、在当地具有极高威望的农民运动积极分子。麻竹村由7个小村落组成，每一个小村落就是一大姓氏的家园。由于山路崎岖，信息不通，田少山多，致使麻竹村民相对贫穷，7个小村落中没有地主，更没有豪绅。村民大部分都是佃农，屋前的耕地，山中的树木，田无一分，树无一棵。海丰县苏维埃政权成立后，麻竹村民在政府的领导下，开展了分田地的运动，终于有了属于自己的田园。县政府选麻竹村作为"集体农场"的试验地是有坚实的群众基础的。

陈桂招回到家乡后，首先就召集当地的农会干部开会，把上级的指示精神充分贯彻到每位基层干部的身上，听取基层干部的意见，在高度统一干部的思想后，成立以宋家贤为组长的"集体农场"领导小组。接着，由宋家贤召集会议，全村7个小村落所有户主都参加了会议。大会上，宋家贤对大家说："我们麻竹村要合成一个'大家'，大家共同耕作，办大食堂，一起吃饭，各家各户的粮食和猪牛都要归公，今天在这里征求大家的意见，要不要合？"有人说好，有人说随大流，还有一些家中较宽裕的闭嘴不言。经过短时间的讨论后，宋家贤跟几位农民协会的领导拿着全村户主的花名册逐个问过，如果同意合的，就在户主姓名后面写上"好"字，如果说随大流的，就在户主姓名后面写上"黏"字。经过逐个表态，全村7个小村落没有人反对，于是"共耕社"很快就组建成了。

麻竹7个小村落分别是石陂下、猫公角、上寨仔、蛇形、坑背、田心和黄塘水。当时这7个小村落组成一个"共耕社"，每个小村落组成一个小组，每组开设一个食堂，各户的粮食及家禽全部集中起来统一管理、使用。罗娘火就是当时食堂的总负责人，各组所需粮食及其他物资由他统一调配，每个组设有耕田队、牧牛队、托儿所、食堂等小组。青壮年负责田间耕作，少年负责放牛，还在村中选出几位比较细心的妇女带孩子，如同今天的托儿所和幼儿园。食堂也是从各组选出的能干妇女负责，每餐的开饭时间是有规定的，大家聚在一起，各自吃着分配到的分量，边吃边讨论社会上的各种见闻，所以饭厅总是喧闹非凡。每天拂晓，就有人敲打着竹筒，高声呼唤："天亮了，大家起床啰，开工了！"那响亮的嗓音穿透各家各户紧闭的门窗，人们纷纷起床，洗漱完毕后带上工具开始一天的劳作。放牛组的少年们也会在晨曦时把所有的牛赶到荒山野外，然后，孩子们会在山边玩耍着各种喜爱的游戏。

过了惊蛰节，春耕不能歇。集体农场组建不久就迎来了春耕。各组把小块的田整合成大块，把田垄锄去，这样不但增加了耕作面积，而且有益劳作效果。以前春耕都是各自为战，如今大家共同劳动，田间多了生气。大家一边劳动一边说说笑笑，"晨兴理荒秽，带月荷锄归"，日子也过得甚觉快乐。

可就当春耕进行到一半时，国民党开始重兵"进剿"海陆丰根据地，麻竹集体农场最终也散伙了。

十一、黄土碧血荐农旗
——赤山"二一四"惨案祭

1928 年 3 月 1 日，国民党反动派兵分四路攻占了海丰县城，海丰红色政权失陷。

4 日后，即 3 月 5 日清晨，国民党陈济棠部大批兵力扑向赤山约屿仔 8 个村庄，纵火烧毁房屋 50 余间，在池坣村红池畔集体屠杀 147 名农会会员。顿时，屿仔八村尸横遍野，庐舍成墟，日月无光！因当天为农历二月十四日，故史称"二一四"惨案。

《海陆丰赤祸记》对这一惊天惨案有如下冷血记载："李（振球）团长闻报，即派队该约，李部一到，共产党竟率农民高架土炮，据险射击，李部仍将之包围搜索。时赤山乡有一中年妇女，持刀潜伏门内，乘士兵入门不备，举刀乱砍，伤士兵 2 名，后被士兵捕而杀之，并俘赤山屿岭诸乡民男女百余人，回县审讯。3 月 6 日，共党复率分三路攻县城，李部追击之……李振球以共党农民猖獗太甚，出其快刀砍乱麻之手段，将捕押农民男女百余人，概行枪决。"

　　而真实历史是如何呢？国民党反动派为什么如此仇视赤山约屿仔八村？"二一四"惨案的真实起因究竟是什么？

　　于是，黄振雄屡屡回到家乡赤山，在祖祠前与烈士后人一起探索，在村头的榕树下向黄凤麟的裔孙再三求证。古榕下浮动着斑驳的光影，恍若在历史的三维空间穿行。乡亲们的点滴回忆，使历史的画面趋于鲜活。那微微发黄的史书中的一幕幕似乎在他的眼前重新显现……

　　黄振雄从小就听村里老人们说，惨案那天早上很冷，天刚蒙蒙亮国民党军队就包围了村子。当时男人、孩子们还在熟睡，主妇们正在煮早饭。突然枪声大作，乡亲们才发现大难已经降临。只见很多匪兵冲进村里纵火焚屋，刚才还炊烟缭绕，瞬间成为一片火海，50余间农屋付之一炬。乡亲们四处奔逃，匪兵举枪随意射杀。不一刻就有20多人血溅村头，饮弹而亡。一时屿仔八村俨然人间地狱。一位大嫂藏在自家门后，见匪兵进屋行凶，便奋起反抗，用菜刀砍伤两名匪兵，当即被活活打死。有十几位年轻女子藏身村边厕所被搜寻出来，她们不甘受辱拼死抗争，匪兵用枪托对她们一番毒打后，捆绑押走。其中一个孕妇哭称自己已外嫁他乡，刚回娘家探亲，苦苦哀求放她一命。一士兵见状生恻隐之心，请示当官的如何处置。那军官厉声喝道："赤山女儿枪毙！"

　　不多时，寒风中100多位衣衫单薄的乡亲被枪托、刺刀驱赶着押出来。到了池坐村西头池边时，匪兵将乡亲们分成两拨，多数留在原地，少数押往海城方向。几天前赤山各村农会会长带领赤卫队到海城参加保卫苏维埃政权的战斗，而今已随部队撤往山区根据地。如今家园被毁亲人蒙难，乡亲们多么盼望湃兄能带领农军解救他们啊。可是罪恶的枪声响了，池边80多位手无寸铁的乡亲全部被枪杀。而押往海城的20多位乡亲亦于当日在老车头刑场被枪毙。据老人们说，屠杀的场面十分惨烈，毫无人性的匪兵用机枪扫射后，又逐一用刺刀捅刺。鲜血汩汩流入池中，将池水染得血红，从此当地人民称这池为"红池"。而今位于三环路东侧的红池已被填埋，但池畔的竹林仍在。

"二一四"惨案中大池村农会会长黄妈岁、黄细妹，高楼村农会会长黄正华及彭六、谢宝同、黄茂斗等一批农会骨干虽逃过一劫，但在当年亦先后被捕壮烈牺牲。赤山约农会会长黄凤麟侥幸逃出生天，却于1928年8月在赤坑镇高螺村附近被人沉溺于大湖海中。

这是1928年海丰苏维埃政权退守山区后，国民党反动派在赤山约首开杀戒，因为赤山约最早发起农民运动，自然成为国民党反动派刻骨仇视的乡村。其后，国民党在整个海陆丰地区共屠杀了4万多民众，可谓生灵涂炭，血流成河。

赤山约人民为海陆丰农民运动的蓬勃发展付出了惨烈的代价，共和国没有忘记他们。

1954年，为纪念和表彰赤山人民在中国革命特别是农运时期做出的突出贡献，党和政府在百废待兴、资金极为困难的情况下，仍拨款在赤山屿仔修建了"赤山人民礼堂"，作为纪念1957年海丰苏维埃政权成立30周年的建设项目之一。

2017年，赤山人民拟建亭立碑，纪念在1928年"二一四"惨案中英勇献身的147名农会会员。此建议得到了海丰县、城东镇二级人民政府的高度重视，予以拨款修建。彭湃烈士之子、中国工程院彭仕禄院士特为此碑题写"赤山农会英烈纪念亭"。

2019年10月16日，国务院将海丰县赤山约农会旧址并入全国第一批重点文物保护单位——红宫红场旧址。

创作札记

二月里来是春天。春天是万物萌生、莺飞草长的季节。干渴了整整一个冬季的土地因充沛的雨水和阳光，得以孕育稻谷、树木、花草，也使万物生生不息。但对于赤山的乡亲们来说，1928年的春天是毁灭性的，他们来不及等待第一场春雨，他们用自己一腔腔滚烫的热血，灌溉了这片苦难深重、干涸贫瘠的土地。

十二、黄羌，那一棵见证岁月的大榕树

1

黄羌，位于海丰县北部朝面山区，从土地面积上看，区区 100 余平方公里，但在中国近代革命史的地图上，却是一个被红色重重标示出来的地标。百年的寒暑雨雪，流云长风，把这个赤色的印记擦拭得越发夺目，越发鲜明。

黄羌是策应南昌起义部队南下海陆丰的重地。1927 年 8 月 1 日南昌起义爆发后，广东的党组织即要求东江革命委员会和中共海陆丰县委做好策应南昌起义军的南下工作。南昌起义军前敌委员会书记周恩来的特派员刘立道于 10 月 2 日在黄羌圩找到县委书记张善铭，要求补充兵员。10 月 4 日早上，海陆丰农军 700 多人在刘立道和林道文的率领下，带着军需 1 万块银元从黄羌圩出发，当行至揭西河婆，获知起义军在普宁失利的消息后才返回。10 月 9 日，董朗率领的南昌起义军 1200 多人顺利到达黄羌朝面山，并在这里改编为中国工农革命军第二师。当时，为了部队的供给及战勤需要，设立了东、西线后勤处。东线就设在黄羌镇坪岭村范氏宗祠，这座建于清朝末年的建筑，占地面积 532 平方米，坚固宽阔，是囤积各种军用物资的最佳选择。祖祠作为后勤处所在地，各种粮油、肉食、枪支弹药等军需物品均派专人从黄羌墟秘密运送这里，然后由村民肩扛手抬送到北部山势险峻、密林覆盖的朝面山中。

2

在黄羌圩的主干道边，有一棵枝繁叶茂、盘根错节的大榕树孑然伫立，任凭停云落雨、寒来暑往，它历经沧桑，仍旧岿然。1927 年 9 月 8 日晚上，海陆丰武装农军在榕树下誓师，踏上了第二次武装起义的征途；11月上旬，同样在榕树下，数千农民云集响应，召开黄羌乡苏维埃政府成立大会。

周铁忠，红军史上第一批女兵之一。数十年后她还清楚记得成立大会时的一段亲身经历："1927年11月的一天，在我离开中峒去海丰，路过公平附近的黄羌圩时，忽闻锣鼓喧天，鞭炮齐鸣，男女老少喜气洋洋，成群结队地从四面八方向会场涌来，庆祝乡苏维埃政权成立。这当儿，突然有一个农民递给我一封信，并介绍给我一位会说普通话的男同志。那封信是东委彭湃主任的紧急指示信，要我立即赶到黄羌圩参加乡苏维埃政权的成立大会，指示大会一定开好……黄羌圩苏维埃政权的成立大会开得好坏与否，关系着东江各地苏维埃政权的建立……我们进入成立大会的会场时，受到人们的热情欢迎……在这个具有历史意义的大会上……我的讲话经过翻译以后，全场沸腾起来，鼓掌声、叫好声连成一片。这种出自内心的欢乐情景，使我看到了千万个农民迫切要求翻身解放的心愿和他们对苏维埃政权的拥护。"[①]

3

黄羌还是打响建立海陆丰苏维埃政权第一枪的地方。1927年10月，董朗率领南昌起义军余部进入海丰农军防地朝面山。这支刚刚改编为红二师的南昌起义将士还来不及进行休整，驻扎在公平的国民党陈学顺团已获悉了讯息，火速调了一个营的兵力及民团保安队共1000多人直扑黄羌，企图一举消灭年轻的红二师部队。那时黄羌驻扎着中共海丰县的党政军机关，事态非常紧急。何况红二师留在黄羌的队伍只有一个营的兵力，农军的武器装备又差，于是东江特委制定了"请君入瓮，三面合围"的作战方案。

10月28日午后，陈学顺带领着1000多名全副武装的国民党军队和地主武装扑向黄羌，但进入黄羌圩后才发现人去楼空，仅剩下一座空镇。于

---

① 《周铁忠自述》，中共佳县县委史志办公室编：《乔国栋、周铁忠纪念文集》，三秦出版社2018年版，第224—225页。

创作札记

进入黄羌镇,我们先拜访了汕尾市红色文化协会的戴镜兵老师。他是镇上八一学校的校长,但他更令人瞩目的头衔是红色历史的整理者、发掘者、研究者,并做出了卓有功效的成绩。他沉默寡言,话语不多,刚坐下没多久,因为上级单位来检查工作,我们就先行告辞了。

在黄羌镇见到的第二位是汕尾市红色文化协会会员邱汉良。他是土生土长的本地人,与戴镜兵的沉默寡言不同,邱汉良非常健谈,操一口浓重的客家话,我是河源客家人,听起来非常亲切。他是那种乡村知识分子,村史家谱、传说掌故全都装在他的脑子里。他告诉我们他家祖上本是姓丘的,因为要避孔圣人孔丘的名讳,所以才改姓邱。在这个村子里邱姓

是当晚就驻扎在黄羌镇。夜幕降临后,四周一片静谧,红二师和农军借着朦胧的星光分三路向黄羌镇进发。此时陈学顺的部队因提心吊胆走了三个多小时的山路,早已人困马乏,进入梦乡。突然枪声大作,炮火冲天,喊杀之声震天动地,陈学顺一时之间不知我军的虚实,又不知我军从何处而来,连忙下令退回到公平圩。10月29日,红二师与农军挟黄羌保卫战之余威,乘胜出击,攻占公平圩,进而夺取了海丰县城,随后建立了海丰县苏维埃政权。

4

1928年3月1日,海丰县城沦陷之后,海陆紫各县的苏维埃政府一直在黄羌老区的苦竹园坚持领导土地革命,并将金银、粮食、布匹和印刷机器等战略物资运至黄羌的朝面山及惠东高潭中洞等山区,以巩固革命根据地。

苏维埃政府何以会选择黄羌作为根据地坚持斗争?这是有原因的。

原因一,黄羌是中国共产党领导的工农武装与国民党开展武装斗争最早的集结地。1927年5月,东江各地的第一次工农武装暴动失败后,东江特委命令东江地区各地工农武装在海陆丰的北部山区集结,杨石魂带领的潮汕农军、古大存带领的五华农军、吴振民带领的紫金农军首次奔向海陆丰,与刘琴西、林道文、张威率领的海陆丰农军会师,并在黄羌邻近的新田乡成立了第一支

工农救党军。

原因二，黄羌还是海陆丰第二次武装起义的出师地。1927年9月8日晚上，海陆丰武装农军在黄羌圩的榕树下誓师出征，举行了第二次武装起义；并于9月17日与各地农军一起攻占县城，成立了海丰县临时革命政府。

5

出了黄羌镇，我们驱车进入了朝面山。

如果说赤山农会是农民运动燎原的第一颗火种，那黄羌镇、朝面山就是火花四溅的火海。我们的车一路向山里开去，窗外的景色一一闪过，看到很多在建中的土地革命时期的红色遗址。

阳光充裕又热烈。当年红军与敌人拼死绞杀血光蔽日的战场，如今是一点点痕迹都看不出来了。原来大片的原始森林已经很少了，有的只是麻楝树、凤凰木和樟树，而漫山遍野的，多是那些鸭脚木、连翘、夹竹桃……这些高高矮矮最普通不过的植物，将山区装点得郁郁葱葱。它们是如此的平凡不起眼，却又如此的生机勃勃。我想，如果它们能说话，会不会争相对我诉说那些年它们的所悲，它们的所喜，它们的所有爱恨情仇呢？

是大姓，人丁兴旺，仓廪丰实，作为宗族的公祠自然也就分外有格局，有气势。当年，族人们义无反顾地把公厅腾出来作为红军医院。后来国民党进山"围剿"红军和农会，一把火把邱氏公厅给烧了。

他带我参观了红色体验基地，以及当年的红军医院邱氏公厅，七百勇士出征处等。走近邱氏公厅的残垣断壁，抚摸它们，同时在心里默默向它们致意。在山里净朗的秋天里，它们竟有着一种被时光洗礼后的沉静无畏的美。

赤旗篇

第四章 血染旗帜飘扬 铸就忠诚方向

红二、四师在海陆丰根据地英勇不屈、虽败犹荣的战史，一直是我军军史上极为悲壮、极为荣耀的一章。

一、"农军智勇又精忠，战胜豪绅年又丰"
——1925年的农民自卫军

"无产阶级要通过暴力革命夺取政权"，这是马克思主义的一个基本原理，但中国共产党在成立后一段很长的时期内，都没有把武装工农的问题提上日程，直到 1925 年才开始号召建立农民自卫军。在这个问题上，倒是国民党提出得更早一些。1924 年 3 月 19 日召开的中国国民党中央执行委员会会议，就明确提出各地应建立农民自卫团。

而实际上，彭湃对于建立农民武装的认识比国共两党的认识都要早一些。彭湃于 1922 年开始组织农会时就把"农民需要自卫"列入农会纲领。1922 年由彭湃撰写的《农民利益传单》在第 17 条中说："中国政争战潮，到处波及，农村鲜不被其祸者。如前年桂军入赤石，放火残杀，一任所为。我小民何辜，受此惨痛。既有农会，可用团体正当防卫。我小民庶克安居乐业而无事也。"1923 年海丰总农会被县政府以武力强行解散后，彭湃就更加坚定了建立农民武装的信念。

1924 年 1 月 20 日，彭湃在致刘仁静的信中就谈到农民要求武装的迫切愿望："我们对他们讲话，他们好像不大愿意听的，问他们是为什么，他们便答道：问你有枪无枪耳！别的可不用说！他们认定不用枪即刻开放，总是不能救他们的。"

1924年6月初，彭湃与国民党中央农民部顾问法郎克赴花县检查工作时说："现在跟敌人斗争，就不能像过去一样发动农民拿着长矛、短戈去杀敌人，这会被人用洋枪洋炮打死的。我们要斗争达到最后的胜利，就必须要有一支坚强的革命武装。"

1924年12月19日，彭湃在广宁农兵联欢大会上的演说中，提出兵士"有事为兵，无事为农"。

李运昌回忆说："我们建立的农军，像正规部队一样，非常威风，深受农民群众的欢迎。农军打出了自己的大旗，其有一丈多长，四尺多宽，有半面墙那么大。旗子是红底儿，中心是黄的，画有一个木犁杖，表示是农民武装。一时间全城红旗招展，农军声威大震。那时当县长的手下没有武装，衙门里只有几个警察，几条破枪，县长走马上任都首先要去拜访农会。他们不拜访农会，农会不说话他这个县长就什么也做不成。"

1925年4月，彭湃在《关于东江农民运动情况的报告》中提到："我一入海丰境，农民就向我表示要求减租，取消苛捐，发给武装。以上三项，尤以武装之要求最为切……当此镇压反革命之时，农民非有武装不成，而且农民协会之根本问题，亦非农民有武装不成，所以农会现已决定扩充农民自卫军100名。"他还以广宁、花县、番禺、中山、五华以及海陆丰农民被镇压的事例说明，农民运动要取得胜利，非要有自己的武装、组织农民自卫军不可。他自称："从我抵达广州的第一天起，我就对此深信不疑。而现在我仍然坚持这个观点。"

海陆丰两县在第三次起义前，已经建立了工农革命军。县苏维埃政府成立后，各区乡的农民自卫军改称赤卫队。工农革命军和区赤卫队是脱产武装，而乡赤卫队是不脱产的。与此同时，还把转战到海陆丰的南昌起义的一部分部队约1200人改组成中国工农革命军第二师第四团。就这样，海陆丰革命根据地在彭湃的领导下较早地形成了一整套正规部队、地方部队和赤卫队三级武装斗争的系统。

1927年4月19日，彭湃到武汉出席国民党中央土地委员会第一次扩大会议，毛泽东也出席了这次会议。在会上他与毛泽东等一道对土地问题提出了许多带有根本性解决的意见，力主解决农民的土地问题。彭湃还在发言中深刻阐明了土地问题与农民政权武装问题的关系，痛陈农民政权和农民武装的重要性和迫切性，指出农民如不掌握政权与武装，土地问题根本无法解决。他以亲身经历说明，政权在农民手里的地方，土劣势力不大，土地问题还容易讨论；而土劣势力大的地方，则农民必先要求有自己的武装。

重视农民武装是彭湃的一贯思想，但把农民武装与土地问题联系起来，并作为解决土地问

创作札记

这点毛泽东在陕北和斯诺谈话时也谈到：1927年春在武汉召开的土地问题会议上，他提出重新分配土地问题的建议，彭湃、方志敏完全站在他一边支持他的建议。国民党中央土地委员会第一次扩大会议刚刚结束，紧接着4月27日至5月9日，中国共产党第五次全国代表大会也在武汉举行。在大会召开前，毛泽东邀集彭湃、方志敏等各省农民协会负责人开会，议定出一个广泛的重新分配土地的方案。但当毛泽东把这个方案提交大会时被拒绝了，陈独秀甚至没有把它拿出来讨论。

题的一个先决条件，这还是第一次。鉴于彭湃对农民政权与武装问题提出了非常中肯的意见，会议主席邓演达指定他参加起草《农民政权问题》决议案。

值得注意的是，彭湃出席国民党武汉土地会议时，正值上海四一二反革命政变和广东四一五反革命政变发生后这一重要历史节点，此时强调农民武装的思想是非常正确的。

二、"天上雷公，地下海陆丰"
——南昌起义领导人在海陆丰

1

1927年7月15日，继蒋介石发动四一二反革命政变后，汪精卫集团叛变革命，对共产党员和革命群众实行大屠杀。形势至此，共产党除武装反抗以外，已别无选择，遂在南昌举行武装起义。彭湃被推举为起义的领导者之一。1927年7月27日，彭湃离开九江抵达南昌。他赶到南昌江西大旅社，参加周恩来组织召开的南昌起义中共前敌委员会会议。根据中共中央决定，成立中共前敌委员会，由周恩来、李立三、恽代英、彭湃组成，周恩来为书记。

7月30日，中央代表张国焘赶到南昌。在前敌委员会紧急会议上，他提出起义没有绝对成功的把握不能举行，没有张发奎的同意不能举行等。彭湃站起来痛斥张国焘："如果延误出事，你将会成为历史的罪人！"争论数小时，双方意见无法统一。原定30日晚起义的计划不得不推迟。7月31日，经会议长时间激烈辩论，张国焘不得已表示服从多数，起义遂决定于8月1日凌晨4时（后因有人泄露提前两小时）举行。

这就是闻名中外、彪炳史册的南昌起义。可彭湃是这一改变中国历史航程事件的把舵人之一，如今知道的人已寥寥无几。

朱德后来回忆说："我自南昌出发，就走在前头，和我在一起的有彭湃、恽代英、郭沫若。"

2

在中国共产党领导的众多武装起义中，有三大著名的起义，那就是南昌起义、秋收起义和广州起义。而彭湃，就亲历或参与策划了其中的南昌起义和广州起义。

众所周知，南昌起义、广州起义都失败了。而失败后的起义军该往何处去？这个事关生死存亡比天大的问题，摆在全党的面前。不知是命运的安排，还是天意的喻示，在不同的三维时空里，历史的指南针齐齐指向了一个方向——海陆丰红色根据地。

这是为什么？

南昌起义部队为何奔向海陆丰？出于何种战略考虑？是迫不得已抑或因缘际会？年代久远，当事人多已过世，还有其他林林总总的政治考量，真相几近湮灭。而历史就在那里沉默。终于，我们查找出了封尘了近一个世纪的3份报告，它们分别由3位起义领导人——叶挺、徐向前、张国焘于起义后不久写给中央，对解开历史真相大有帮助。

叶挺的报告：

九月三十号，与陈济棠军约八团激战于汤坑（离潮州约九十里），敌人正面第一道防线遂为我突破。因不能协同动作，又因两翼为敌人所包围，而官兵伤亡太多，遂不得不下令引退，但敌人亦伤亡甚大同时引退，并未向我追击。退回揭阳后，因得汕头的报告，说潮汕尚安，遂决心经潮州退福建，星夜赶路，但未至潮州，敌兵已占领该处，遂折向海陆〔丰〕方面前进，但因官兵三夜未睡，且难得行军，序列大混乱。中途遇一隘路，贺龙所部已悉落后，二十四师忽为敌兵所截击，损失甚大，仅余二千余人，枪约千支，绕道向海陆丰与农民组织联络。

留守三河坝之二十五师，于十月三号为强敌所攻击，血战两昼夜，伤亡过半（敌人死亡亦过千人），不得不向福建引退，企图与我潮汕之军联络，及后经江西入湘南，中途又为敌兵所截击，现余枪约六百支，在湘粤交界之区。①

刘伯承的报告：

此时我们决定退却时，有两种主张：

一、直到海陆丰与农民结合。

二、迅速由小路（不过揭阳河，只距八十里）退至潮州，与革委及第二十五师联合，再退福建，结果从第二主张。但向导语言不通，终于退由揭阳再开往潮州，因马牙渡渡河之困难，行动又迟缓，至揭、潮中途，而潮州已于三十日傍晚被黄绍竑攻陷，不得已联合汕头革委经炮台、关埠、贵屿到流沙，拟仍向海陆丰退却。革委是十月一日由汕头退走的。在未退走之三日前，即九月二十八日，李济深的海军飞鹰、民生两军舰上陆袭击革委，被击退，若无此事革委将不能安全退出汕头也。九月〔十月〕二日革委退至流沙，各部队于次日始到达，革委召集将领会议，决定敌军追我军势急，我军如退海陆丰实力恐难保存，拟由云落北窜作流寇行，以帮助农民斗争，革委则去掉国民党头衔，分散各省活动，将领中不愿随行者听之。此议虽决，而部队仍由流沙经钟潭向海陆丰道上之云落前进，故命令未得下达。贺龙军刚过钟潭，而叶挺军未过钟潭之时，被普宁方面之敌截为两段，军无战心溃散不少。

革委人员因亦解体，陆续逃往香港。此后我们军队情况如次：（一）叶挺第二十四师在流沙剩有一千余人，由董朗统率经甲子港以赴海陆丰，图与农民结合。贺龙剩有二千余人，亦由云落到海陆丰。（二）叶挺军在三

---

① 叶挺：《南昌起义至潮汕的失败》，中共广东省委党史研究委员会等编：《红二、四师史料选编》，1984年，第17—18页。

河坝之第二十五师，最后在香港报纸登载：十月二日与钱大钧等在三河坝战斗甚激，旋向福建平和、永定退去。

我们在香港，党的决定命令他们两处军队，各就所在地与农民结合，努力实行农村斗争。[①]

张国焘的报告：

我、立三、代英、伯承、伯渠、玉章、贺龙、彭湃和平山已于十月七日全部到达陆丰，接着又相继来到香港。太雷和绮园在我前一日动身赴港，但至今未到。我不知他们的安全如何，恩来和希夷仍在军中。二十五师已自三河坝退至福建边境，二十军和二十四师现在陆丰，共有千余人。

……

到香港后，我们和广东省委一起召开联席会议，得知广东张发奎和李济深的冲突即将爆发。我们的同志仍希望把工人和农民的力量聚集起来去夺取政权，于是会议决议：二十五师守福建边境在潮安；二十四师和海陆丰农民〔军〕集中于海陆丰；江西农民和琼海（海南岛）农民也聚集在一起。他们仍用革命委员会的名义，军队则抛弃国民革命军的名称和建制而称为工农革命军，

创作札记

一切都清楚了：历史的指南针之所以齐齐指向了海陆丰，是因为那里有彭湃，有一群经过土地革命洗礼的赤魂，有一片农会蓬勃发展、农民当家作主的赤土。

---

① 刘伯承：《南昌暴动始末记》，中央档案馆编：《南昌起义资料选辑》，中共中央党校出版社1981年版，第99—100页。

此外则主动开展工农群众的斗争……①

3

1927年10月7日，李立三、恽代英、刘伯承、林伯渠、吴玉章、贺龙、彭湃、谭平山和张国焘等到达陆丰，接着相继到达香港。

10月8日至12日，参加南昌起义的部分负责同志和中共广东省委部分同志在香港开过两次会议，决定南昌起义保存下来的军队"抛弃国民革命军的名称和建制而称为工农革命军"。

15日，在张太雷主持下，南方局和广东省委联席会议在香港召开，彭湃、恽代英、杨殷、阮啸仙、赵自选、黄谦等同志及国际代表罗明纳兹出席了会议。会议正式决定南昌起义保存下来的军队"一律改工农革命军""旗帜改红旗""直接受南方局指挥"。

决议后，起义部队开始向海陆丰进发。可谓是将军拔剑南天起，长风猎猎绕战旗。

4

"天上雷公，地下海陆丰"，这句话形象地诠释了海陆丰一带的彪悍民风。海陆丰一带的民众崇拜雷公神，他们相信雷公只劈坏人，不劈好人。海陆丰人也像崇拜中的雷公一样，匡扶正义，惩凶除恶。蛰伏于骨血的生猛性格，让世人眼中的海陆丰人被染上了一层草莽英雄色彩。

1927年10月，南昌起义部队在潮汕失利。遵照党的指示，起义领导人从陆丰港口转移至香港。在陆丰党组织和革命群众的冒险抢救下，起义部队领导人没有一位被捕、被杀、被出卖。

这些南昌起义领导人分别是：

周恩来，南昌起义中共前敌委员会书记，中华人民共和国成立后任国

---

① 张国焘：《张国焘报告》，《中央通讯》第7期，1927年10月30日。

务院总理。

彭湃，南昌起义中共前敌委员会委员、曾任中共中央政治局委员、中央农委书记、中共江苏省委军委书记，1929年因叛徒出卖而牺牲。

李立三，南昌起义中共前敌委员会委员（当时为中共中央政治局常委）中华人民共和国成立后任中共中央工委书记、中华全国总工会副主席。

恽代英，南昌起义中共前敌委员会委员、曾任中共中央宣传部部长，1931年因叛徒出卖而牺牲。

贺龙，南昌起义代总指挥，中华人民共和国成立后为元帅，曾任中共中央政治局委员、国务院副总理。

叶挺，南昌起义前敌总指挥、曾任新四军军长，1946年因飞机失事而牺牲。

刘伯承，南昌起义参谋团参谋长，中华人民共和国成立后为元帅，曾任中央军委副主席。

聂荣臻，南昌起义中共前敌委员会军委书记，中华人民共和国成立后为元帅，长期主持国防科技工作。

廖乾五，南昌起义二十军党代表、曾任中共湖南省委军委书记，1930年因叛徒出卖而牺牲。

张国焘，南昌起义时为农工委员会主席，中共中央政治局常委，曾任红四方面军主要领导人，1938年投敌叛变。

林伯渠，南昌起义财政委员会主席，中华人民共和国成立后任中央人民政府委员会秘书长、全国人大常委会副委员长。

徐以新，南昌起义二十军三师师长周逸群机要秘书，中华人民共和国成立后为外交部副部长。

其中：

张国焘、李立三在普宁军事会议召开之前，在周恩来的安排下，由普宁县党组织带至甲子港，经过一番曲折，雇渔船将他们送出海，安全抵达香港。

彭湃、贺龙、刘伯承、廖乾五、林伯渠、许冰、文曼魂、徐以新等，因彭湃对陆丰熟悉，他考虑到甲子、碣石有驻敌军，所以选择在没有驻敌且革命基础好的湖东出港。他们一行在当地党组织的安排下，很快上船渡海。

恽代英与起义部队到湖东，也从湖东港出海抵达香港。

周恩来、叶挺、聂荣臻循彭湃等行进的路线，认为这条路线比较安全，来到湖东，准备从湖东出港。但周恩来病重，叶、聂恐怕周在海上有生命危险放弃渡海，后来辗转至金厢黄厝寮养病。

若是没有海陆丰人民的英勇无畏、舍命相救，中国革命的前景不堪设想。

随后，甲子、湖东、南塘、金厢等地护送起义领导人转移的革命群众有60多人被捕，壮烈牺牲。

三、周恩来陆丰脱险记

1

南昌起义失败后，在随军南下的过程中周恩来患上了恶性疟疾。在中共潮汕特委委员、汕头地委书记杨石魂的安排下，周恩来到时任中共陆丰南塘区委书记的黄秀文家中养病。

对于周恩来的这一段经历，由沈壁村搜集整理的《周恩来同志在陆丰渡港记——记一九二七

创作札记

这些领导人的转危为安，靠的不是天意，靠的是人民对彭湃的信服，对共产党的忠诚。

"奇迹当然与彭湃的威望有关。只要是彭湃说的，或同彭湃有关的，老百姓都认可，都拥护，而且执行起来可以用生命相许，因为彭湃就是海陆丰人民心中的活菩萨。"汕尾市红色文化协会会员邱汉钦如是说。

年南昌起义后周恩来同志在陆丰》记载说："由于周恩来同志病情严重，继续发高烧，肠胃又不好，原已决定转移到香港的叶挺、聂荣臻等劝阻他勿随部队前进。"

黄厝寮村是碣石湾畔的一个小村，为当时中共陆丰地下党的一处秘密活动据点。黄厝寮村是黄姓聚居地，全村有30多户农民，清一色的贫苦农民。其时正值第一次国内革命战争失败，金厢周围的碣石、博美和陆丰县城，都驻有陈学顺的大股敌军，特别是各处的反动地主保安团，他们乘国民党反动派镇压革命的浪潮，企图扑灭海陆丰的革命火焰，到处设卡搜捕共产党人，宁可错杀三千，不许放过一个。要避开反动地主保安团的耳目，保证周恩来等同志的安全，当时的黄秀文等同志深感责任的重大。黄秀文把周恩来安排在他父亲居住的房子，屋子处于村子最后面，背靠青山且有密林隐蔽，不容易暴露目标，也便于向后山撤退。为了安全当时采取了白天躲进藏身洞，晚上回到黄秀文家中，而黄秀文的父亲送饭打杂，照顾几位首长生活起居。

"藏身洞"实际只是几块巨石堆叠形成的空隙，约5米高，0.8—1米宽，十几米长，可容十几个成年人藏于洞内，由于周围有茂密的树林作掩护，隐蔽性非常高。另外，洞的两端通透，万一有人进山搜查，两面都能撤退。为了安全需要，黄秀文迅速找到七八个党员骨干，分头派往琐城岭、观音岭、金厢港口监视每个据点的敌军，安排好保密和警戒工作。在藏身洞周围安排可靠的同志驻守，负责的安保人员在另外一个山谷里搭棚子居住，只有极少数人在这"藏身洞"里暂住。

望着被疟疾折磨得神志迷糊、昏睡不醒的周恩来，黄秀文急，杨石魂急，叶挺和聂荣臻更急。无奈中，杨石魂和黄秀文只好征求叶挺和聂荣臻的意见。叶挺沉吟了一下后，问黄秀文："你们能联系上陆丰县委的关系吗？"黄秀文道："联系得上，有秘密交通站。"叶挺说："那好，请你报告县委，设法请一个可靠的医生来，给周恩来看病。"

给周恩来治病的医生叫卢阔，为了保障周恩来的安全，最大限度做好保密工作，陈谷荪派人将卢阔接到秘密交通站，住在交通站给周恩来治病。

治疗了 5 天，周恩来的病情就开始好转，效果非常明显。但尽管杨石魂保密工作做得十分周到，可不知道是哪方面出了问题，敌军不久竟闻到了风声。为了安全，一行人匆忙收拾行李，带着卢大夫开好的中药，登上了返回黄秀文家的路。周恩来仍然是坐着轿子走，当他们刚登上琐城岭时，前方侦察的赤卫队员就匆匆跑回来报告：前方发现敌军，情况十分危急。叶挺环顾四周，见旁边有一片茂密的竹林，马上指挥大伙向竹林转移。他们刚刚隐蔽好，荷枪实弹的敌军就吵吵嚷嚷地从山上下来了。大家握紧枪，屏住呼吸，只听到敌军的脚步声。当听到脚步声渐远，抬头看不到敌军背影时，大伙才松了口气，继续上路。

周恩来、叶挺和聂荣臻在黄秀文家住了半个多月，周恩来的病情基本稳定了，他们决定尽快启程去香港。

2

1927 年 10 月 23 日，风势小了，船工说可以出海了。黄厝寮距离海边大约有 10 公里路，为了保证周恩来等人的安全，杨石魂、黄秀文决定亲自陪同周恩来、叶挺、聂荣臻、徐成章及警卫员等到香港。

灰蒙蒙的夜幕下，疾风不断发出"沙沙沙"的声音，周恩来、叶挺、聂荣臻及黄秀文等一行从黄厝寮村的坎坷小土路向洲渚村海边出发。步行 20 多分钟后，来到金厢滩海边的几块大礁石旁，只见远处夜色茫茫的大海上有灯光闪了三下，那是预定约好上船的信号。大家马上登上小舢艇，赤卫队员快速地向外海划去。来到"乌礁"旁时，小舢艇驳上早已在此等候的"彪刀"船。①"彪刀"船是由洲渚村农民赤卫队员黄明东受黄秀文委派，到海丰县海埠墟雇来的，全程租金 100 个大洋。

夜空灰蒙蒙的，海面上波涛汹涌。小船载着周恩来、叶挺、聂荣臻等人，驶向生死未卜、浩瀚无边的大海。

---

① 此处参考《周恩来同志在陆丰渡港记》的说法，与《聂荣臻回忆录》、黄秀文的回忆略有出入。

创作札记

如今在金厢滩，有一处竖立了一块纪念碑"周恩来同志渡海处"，成为一个亮丽的红色文化景点。是的，当我们回望来路时，我们的目光无论如何绕不过金厢滩，因为这里是当年周恩来等人脱险赴港的渡海处。它是共和国的前世，也是共和国的今生。

而每一个土生土长的海陆丰人都知道，这美如仙境的金厢滩，自古以来就是陆丰的八景之一，以神、海、沙、石而闻名遐迩。当红日冉冉东升，或是现在的夕阳西下，金厢的海面变成一幅金光熠熠的壮丽的画面，点点的渔船，群群的海鸥，绵绵的柔沙，和谐地融入这个画面，有着浓烈的诗情画意。金厢滩的命名也是由此得来，所以这里就有了金厢银滩的美名。相传400年前，这里的港口边有一块金黄色巨

聂荣臻后来在回忆录中写道："那条船实在太小，只是一叶扁舟。我们4个人——周恩来、叶挺、我和杨石魂，再加上船工，把小船挤得满满的。我们把周恩来安排在舱里躺下，舱里再也挤不下第二个人。我们3人和那位船工只好挤在舱面上。船太小，船面也没多少地方，风浪又大，小船摇晃得很厉害，站不稳，甚至也坐不稳，我就用绳子把身体拴到桅杆上，以免被晃到海里去。这段路程相当艰难，在茫茫大海中颠簸、搏斗了两天一夜，好不容易才到香港。"

3

1949年后，在党史专家叶佐能的协助下，黄秀文写下了《难忘的日子——记一九二七年周恩来同志到陆丰》一文，记录了那段惊心动魄重要史实。其中不少鲜为人知的细节，填补了一些研究空白，让历史不再是枯燥的教科书，而是让它骨血充盈，真实丰满地再现：

那是一九二七年十月初的一天中午，我突然接到一封由秘密交通站转给我的信，里面写着："我陪同两位负责同志来到南塘，拟在金厢雇船去香港，希你设法完成这个任务。杨石魂。"我看了之后，即回信说："一定完成任务！"同时心里十分惊奇地揣摩：杨石魂同志是中共汕头市委书记，由他陪同来的自然是高级首长，但到底是谁呢？前几天，我曾听南昌起义军到达陆丰的

徐成章团长说过，在流沙遭遇敌军袭击之前，他曾见过周恩来同志和叶挺、贺龙两位军长，失散后就不知他们的去向了，难道现在来的就是其中的两位？难道我这么幸运得到护卫首长的光荣重大的任务？但是我又不完全相信自己的猜测。

第二天中午，又接到杨石魂同志来信，通知我即晚九时派两个可靠的党员到琐城岭迎接周恩来同志和叶挺军长，并且说，必须绝密地封锁消息，认真做好警卫工作。我一看这信简直乐得心里开了花，我揉揉肩颈，再仔细看信，分明不错。周恩来、叶挺同志就要到来我家了，这是何等高兴的事！

同时，我又想这个责任不轻啊！周围三十华里左右的碣石、博美和陆丰城等地，都驻有陈学顺的大股敌军和反动地主的保安队，他们正在企图扑灭革命火焰，血腥的魔爪时刻都有伸进金厢的可能。可是党已把这个重任委托我，绝不能出丝毫差错，就是粉身碎骨，也要保住首长的安全！

我立即着手组织警卫工作。黄厝寮村三十来户人家全是可靠的革命群众，严重的问题只是防卫敌军的突然袭击，因此我挑选了优秀的党员，分别到琐城岭、观音岭、金厢港口监视周围据点里的敌人，另一人在村外巡逻，并约定有情况时，以三枪为号。我考虑了让首长们住在我爸爸的房子里。那是村子里最后面的一所屋子，有一个小院落，不容易暴露目标，也便于向后面山上

石横卧在地，形状似箱子般，惟妙惟肖，人们便把此地叫做"金箱"。那时常有船只泊岸避风补给、鱼货交易，此地逐步成为美丽富饶的渔港。以后，或因这里物产丰富，生意十分兴隆，人们赚取的金子多得用"箱"不足以装存，用"厢"才可容纳；又或因人们祈盼富裕的缘故吧，此地遂改称为"金厢"。

隐藏。

天刚黑下来，我另派两个党员到琐城岭去了，我自己也收拾好房子，怀着一颗火急的心盼望着和首长见面。晚上十点钟了，已经超过了预定的时间，还是没有一点动静，我焦急地后悔自己没有去迎接，可是我若是真去了，又怕这边出乱子呀！上弦月已隐入山后。我更着急了，随手抓了驳壳枪，踏着昏蒙蒙的月色，朝琐城岭跑去。

……

我叫李秀和另一位同志立刻先回村去警卫，我便和杨同志站在路边等候。走上来的两位首长都是身材高大，穿着粗布衣服，多么朴素啊！后面紧跟着两位警卫员。杨石魂同志给我们作了介绍。

周恩来同志热情地握住我的手，说："谢谢你，秀文同志！"

"我来迟了，同志！"我说。

"有人带路就行了，你还来接，大家工作都很忙呀！"叶挺同志握着我的手关切地说。我本来有点拘束，但一听两位首长亲切温和的声音，我像遇见久别重逢的上级一样，十分亲切。

我们向村里走去，周恩来同志一边走一边问我家有多少人，种几亩地，生活好不好？当他知道我正二十三岁时，高兴地点点头，带着赞扬的口吻说："啊！你这个年轻的区委书记，还赶得上建设社会主义呢！"

不一会儿，已穿过村后的小树丛，进入屋里。点亮了灯之后，我才看清楚周恩来同志英俊的脸庞，奕奕有神的眼睛，十足像个书生，只是颧骨很高，脸色有些发黄，我不禁暗暗地为首长的健康着急。我更没有想到北伐时著名的铁军将领叶挺同志竟是那么斯文，平易近人，这使我看到了人民英雄的本色。

房子里只有一张大床，地上临时给警卫员准备了一张草铺，我腼腆地说："地方太窄了，请首长们在床上休息。"周恩来同志好像看出我难为情，便说："没关系呀！这就很好了。"这时，我很想跟首长们多谈一刻，可是想到他们南下二千多里长征的奔波，就不敢过于打扰他们的安静，很快地出来，让首长同志好好休息。

第二天，风雨大作。海里浪涛高得惊人，我向首长们报告时，发觉周恩来同志没有吃饭，脸色红得厉害，我不安地问：

"周恩来同志，您病了吗？"

"有些不舒服，但不要紧。"他温和地回答。

杨石魂同志焦虑地说："周恩来同志发烧很久了，昨天过度疲劳，今天发热更厉害啊！"

我一时愣住了，首长发高烧，而且很厉害，在这么恶劣的环境下该怎么办呢？附近城镇都有敌军占据，这里又没有医生，何况又不能暴露秘密，真是为难啊！

正在房子里徘徊沉思的叶挺同志，突然问我："你能找得陆丰县委的关系吗？"

"联系得上，县委设有秘密交通站。"我说。

"那末〔么〕，秀文同志，请你一面向县委报告，设法请个可靠的医生，替周恩来同志治病；一面派人雇船只，等风浪稍停，就启帆去香港。"叶挺同志说完后，回头像是征求周恩来同志的意见："你看好不好？"

"雇船很好，不过请医生问题，我看不要麻烦县委吧，我的病并不要紧，行军打仗还能挨过来，何况现在的环境总算安定得多了。"周恩来同志说着坐了起来，好像是证明他的身体满可以支持。

"不行！你已给病折磨够了，应该赶快诊治！"叶挺同志肯定地说。

……

下午，周恩来同志的高烧稍退一点，叫我找县农民协会的负责干部，和一位工农革命军的中队长到他的住房里座谈，了解我们这里的农民运动和武装斗争的情况。他是多么关心革命事业啊，简直忘记自己还在病中。

……

周恩来同志听得很仔细，不时地点点头。当我再谈到攻打碣石城，农民持着大刀、尖串，用浸湿的棉被和稻草捆护住身子奋勇冲锋，给敌人以严重打击时，他赞许地说："海陆丰农民的革命热情非常宝贵！现在应该继续扩大工农革命军的力量！"

……

这时，县农协的同志说："几天前，听说董朗和颜昌颐同志带领的起义军，甩开了敌人的追击，经过新田、河口，现在已安全地抵达海陆丰的革命根据地碣石溪和中峒了。"

听了这个消息，周恩来同志非常高兴，他说："这就很好了，革命军队和革命群众相结合，南昌起义的革命火焰，又要在海陆丰猛烈地燃烧起来。"

……

第四天接到县委的通知，要我护送周恩来同志到革命基础很好的溪碧村去医病，那里有一个可靠的中医生。这天晚上，我备了一乘轿子送周恩来同志到县委早已布置好的接头地点，当时叶挺同志、杨石魂同志和两个警卫员也一起去了。过了四五天，天还没有亮，周恩来同志又乘着轿子和叶挺同志等一行人回到我的家里。

……

当时周恩来等同志的食用全由我父亲照料，我父亲是一辈子受苦的人，对革命的态度很坚决，过去有同志来我家，不用我说什么，他都热情地款待。他常说，同志们为革命离家背井，应让他饱暖些。这一回我郑重地告诉他，有两位首长要在咱家掩蔽，等风浪停了就走，我们要让同志吃得好些。他听了点点头说："这不用你费心。"

首长到我家后，父亲每天送饭打杂，他总是笑眯眯的，一次他买了一条三斤多重的鲜鱼，高兴地做好端进房子里。叶挺同志一看见就微笑着说："哟！老大爷，怎么买鱼呢？你家并不宽裕，再说，咸菜已经很好吃啦！"

父亲说："同志，你们工作担子重，这位同志又害了病，不吃点鱼壮壮身子哪能行呀！"

周恩来同志说："老大爷，我身体并不坏哩，你太关心了。"他接着又说："菜已做了，那就请你送一盘给老太太尝，你也来这里吃。"父亲受周恩来同志和叶挺同志劝说不过，只得照办了。吃饭的时候，周恩来同志看我父亲光吃咸菜，就把鱼放到我父亲的饭碗里。叶挺同志也风趣地对两个警卫员说："怎么，你们也拘束了，打它一个冲锋吧！"惹得大家都笑了起来。后来，在周恩来同志等人走了之后，父亲才知道这两位同志是周恩来同志和叶挺同志，他激动得泪汪汪地说："怪不得他们那样和气，那样关心别人啊！"

周恩来同志他们在我家住了半个月，船工来通知我说，可以出海了。我把这一消息告诉首长，大家都非常高兴，傍晚的时候，我备了一乘轿子给周恩来同志坐。在动身之前，两位首长亲自向我父亲道别，并殷切地表示谢意，我的父亲感动极了，他对着两位首长祝福：

"老天爷保佑你们一路平安！"

我们一行弯过洲渚村二十分钟后达到了海边，那里停着两条不大的有竹篷的小帆船。我们便一齐上去。

开船了，天空灰蒙蒙的，海涛在咆哮，恰好遇上东风，顺风掠过奔腾的巨浪，船向漫无边际的大海飞驶。

我安顿了首长在船舱里休息，便出来坐在船头上，环顾着周围海面，心情紧张地筹划着假如遇上土匪的对策。半夜后，一弯月儿从海面上徐徐升起，船工告诉我，已经越过了匪船出没的海

创作札记

本文原载 1959 年《工农兵》第 8 期，1979 年由中国社会科学院现代史研究室选入《南昌起义资料》。当时此书的编辑张侠曾为此访问聂荣臻同志，据聂帅回忆，当年他是与周恩来、叶挺同志一起到陆丰出港的，事实经过与黄秀文回忆一样。只是黄秀文没有记起聂荣臻同志，故文中没有出现聂帅的名字。

面，我们顺利地渡过了险境，我真是高兴啊！但是，立刻又难过起来，在和敬爱的周恩来同志、叶挺军长一起的日子，我觉得全身都是劲，满怀信心。我想能永远跟在周恩来同志的身边多好啊！

船颠簸得很厉害，两位首长一夜也没有安睡，离香港五里，杨石魂同志叫船工下了帆，改乘小艇上岸。

敬爱的周恩来同志和叶挺同志就要走了，我们热烈地握手，依依惜别。最后，叶挺同志把一支自卫小手枪和一副望远镜送给我，两位首长叫我好好坚持斗争。

我听着首长的嘱咐，拿着高贵的纪念品，觉得全身的血都沸腾了。

4

1928年3月初，陆丰县城、海丰县城相继被反动武装占领，红四师与国民党军队在海陆丰地区展开了浴血奋战。3月2日，面对敌人强势兵力的不断增援，红四师和赤卫队被迫退却，撤往金厢一带。部队在金厢休整补给，受到当地农军和群众的热烈欢迎。战士们被带到农会会员家中洗澡更衣，烧水做饭，像对待自己的亲人一样。3月7日，在当地农军和农会的协助下，红四师官兵从蕉园村海滩乘船渡海，保留下了所剩不多的革命火种。

与周恩来等人在此渡海一样，历史再一次重演。

为什么历史再一次选择了金厢？

原来当时金厢和碣石的农会战斗力是很强的，群众基础也非常坚实，这一点在当年红四师打给省委的报告中都有所提及。正因如此，周恩来等中共高级领导人才选择从这里渡海，尔后红四师官兵也选择从这里向外转移。另外，周恩来还指示，渡港以后把90多支枪还有两挺水机关枪都交给金厢农会，这使得金厢农会如虎添翼，作战更勇猛。

四、红二、四师海陆丰会师纪实

1

1927 年 12 月 11 日，中国共产党发动了震惊中外的广州起义。起义军浴血奋战，但终因敌我力量悬殊，被迫撤离市区。从广州撤退出来的革命武装，兵分几路：一路向西到广西农村战斗，这一路人马后来在邓小平、张云逸等领导下，参加百色起义和开辟左右江革命根据地；一路向北到韶关附近，同朱德、陈毅率领的南昌起义军会师，随后上井冈山同毛泽东领导的秋收起义部队会师；其中的主力部队则在共产党人叶镛、袁裕、徐向前等人的带领下，艰苦转战到达海陆丰革命根据地。

广州起义失败后，起义军指挥部下令部队撤退到黄花岗。

徐向前回忆：

我立刻向连队的同志们说明情况，和另外一些没来得及撤走的人，趁天还没亮，赶到黄花岗。到那里一看，主力部队已向花县转移了。

这时，反革命的部队已经控制了各要路。我们不能停留，连忙向主力追赶，直到下午六点钟，才在太和圩赶上了教导团的同志们。

创作札记

广州起义爆发，彭湃虽未能参加起义，但仍被推选为广州苏维埃政府人民土地委员。在得到广州起义的消息后，彭湃立即组织海陆丰的革命武装兼程前往广州，但进军途中获悉广州起义已经失败，遂折回海丰。

关于红四师成立的始末、经历的战斗、如何向死而生又如何以不屈的失败之笔在我军军史上书写了光荣的一页，徐向前元帅在他发表于 1958 年《人民日报》上的《奔向海陆丰》写得清清楚楚。

地主的反动武装民团，在通向花县的道路上——象山脚两山环抱的地方设下埋伏来堵击我们，企图消灭这支残存的人民武装。我们冲破敌人的包围，打垮了敌人的埋伏，到傍晚，才退到花县城。这里反动派早已闻风逃之一空。

……

十六号，我们在花县一个学校里，举行了党的会议，讨论部队的改编和今后的行动问题。撤到花县来的，共一千二百多人。改编一个军，人数太少，编一团，人又多了些。经过讨论，决定编一个师。可是，编第几师呢？大家都知道，南昌起义后，朱德同志在北江成立了红一师，海、陆丰有个红二师。

"我们就叫红三师吧！"有的同志提议说。"红三师也有了。"有的说："琼崖的游击队已编为红三师了。"

算来算去，四师的番号还没有。于是我们自己命名为中国工农红军第四师。全师下编为十、十一、十二等三个团。师长叶镛，党代表袁裕（国平），政治部主任王侃如。我被任命为十团的党代表。

第二个紧迫的问题是：花县离广州太近，又紧临铁路，不能停留太久，必须马上行动。到哪儿去呢？讨论了半天，决定去北江，找朱德同志率领的红一师会合。但他们在哪里，没人知道。我们一面整顿队伍，一面派侦探去打听。

这时，花县的地主武装——民团，在城外日夜围攻我们。部队的供给也十分困难。我们派出打听消息的人员，一天、两天杳无音讯。等到第三天，再不能等了，我们估计广州的敌人会很快追上来，那时再走就被动了。第三天又开了一个会，决定到海、陆丰找彭湃同志，那里南靠大海，背靠大山，早已成立了苏维埃工农政府。[1]

---

① 徐向前：《奔向海陆丰》，《广州起义纪念诗文集》，广东人民出版社1978年版，第17—19页。

2

历史在这里出现了一个改变革命路线的误差：1927 年 12 月 13 日，参加广州起义的原国民革命军第四军教导团、警卫团和部分工人赤卫队撤出广州，经龙眼洞，连夜兼程向花县前进。中共广东省委获悉这部分革命武装已到达花县的消息后，要求北江负责同志马上收编这部分武装，指定"目前活动的范围就是在花县、清远、韶关一带"，"非万不得已时，不必超过从化、龙门、紫金而与海陆丰会合。因为我党目前主要策略就是要发动各地工农群众暴动，而不是集中所有的武装到某一个地方去保存或者与敌人军队作单纯的军事行动。而且超过东江路途遥远，易疲军队精力的"。

但阴差阳错，部队本来原拟去北江的，但派去联系的人两天后仍无音讯。在与省委失去联络的情况下，加上广州敌军很快就会赶上来，遂决定改变原来的计划，奔向海陆丰。部队整编成红四师，由叶镛任师长，袁裕任师党代表，唐维任师党委书记，王侃予任师政治部主任。师下辖十、十一、十二团 3 个团。

徐向前继续回忆说：

晚上，我们打退了围城的民团，部队开始出发了。一路经过从化、良口、龙门、杭子坦，绕道兰口渡过了东江，并攻占了紫金县等地，打退

创作札记

《奔向海陆丰》关于花县的地主武装民团日夜骚扰一事，当年广州起义失败后随起义部队前往海陆丰的红四师战士程子华（新中国成立后首任民政部部长），在其《保卫海陆丰》一文中也有同样的记述："当时花县几乎村村有民团，我们每过一个村庄就得打一仗，直到 15 日下午，才到达花县县城。16 日晨，民团又来攻城，我们一路上遭到民团不断的骚扰，大家早就憋了一股火，就给他们来了个猛打猛冲，打得他们死伤遍野。从此，民团知道了起义军的厉害，再不敢来骚扰了。我们每过一个村子，他们就在村口插上一块牌子，上面写着：欢迎来境，欢送过境。"

了民团的数次袭扰。以后，在龙窝会见了海丰的赤卫队，阴历正月初一，我们到达了海丰县城。彭湃同志在这个地区领导过三次农民起义，前两次都失败了，第三次一九二七年十一月一日占领了海丰城，并于十一月七日正式成立了苏维埃政权。土地革命正进行的如火如荼，群众热情很高，到处是红旗招展。各村庄的墙壁上，写着"打倒土豪劣绅实行土地革命"的红字标语。

……

元月初二，在海丰城里的红场上，举行了几万人的群众大会，欢迎我们红四师。

3

红四师抵达海丰县城，受到中共东江特委、当地农军和群众的热情欢迎和慰问。此时，海丰、陆丰两县都已成立了苏维埃政府，到处都是热火朝天、轰轰烈烈的土地革命。海丰县境内的农村到处写着打土豪、分田地的标语，处处红旗招展，人人意气风发。县城的街道都用红漆刷过，全城一片赫然的红色。群众听说红四师是广州来的红军，热情万分，家家让房子，烧水做饭，像亲人久别重逢一样。为欢迎红四师，东江特委在县城广场上召开了一万多人的群众大会，特委书记彭湃发表了热情洋溢的讲话。他说："第一，广州起义失败了不算什么，革命难免有挫折、有失败，失败了再干，革命一定会胜利。第二，共产党领导穷人闹革命，要坚决消灭地主军阀，保护穷人利益。"彭湃富于鼓动性的讲话，以及官兵们亲眼目睹海陆丰土地革命所取得的成就，使这支长途跋涉、疲惫不堪的起义部队受到了极大的鼓舞。

红军女兵周铁忠回忆当时的盛况："1927 年 12 月 19 日，参加广州起义的红军 3000 人在沿途农民的协助下，绕过五华，从山路到达海丰。红二师除留少数农军在揭阳河婆驻防外，大部队连夜赶赴南岭，一路平安地撤到海丰，准备与参加广州起义的兄弟部队联欢。12 月 20 日清晨，突然吹起了集合号，一股数万人汇成的人流随着号声浩浩荡荡地奔向红场，等候欢迎红军大会的召开。这个欢迎广州起义军的军民大会是在工农民主政府号召下召开的，会场布置得庄严而肃穆，主席台的正中央悬挂着马克思的画像，像的两旁挂着两面镰刀锤子的大红旗，主席台两侧，红二师和当地民众7万多人热烈欢迎广州起义的红军入场。彭湃同志和其他军政负责同志入场时，顷刻间会场上欢呼声、歌唱声、口号声此起彼伏，整个红场像沸腾的人的海洋。"

程子华也清楚记得这一场景："1928年1月9日，红四师到达海丰县城，增强了力量。彭湃同志当天下午在红场上的欢迎大会上讲话，他讲得很生动，有些话我到现在还记得。他说：'过去农民生活苦，欠地主的租和债还不清，现在还清了。怎么还清的呢？一梭镖就还清了。'他还说：'过去农民吃不上大米，把红薯当饭吃，因为吃得多，农民的孩子都是肚子大、屁股小。现在分了田，田里的小土坎都没有了，都犁成大块的了。现在农民吃大米饭了，因为吃得少，小孩子肚子小、屁股大了。'"[1]

4

现有的资料表明，海陆丰根据地的建立，确实是广州起义爆发的一个因素。中共中央临时政治局的决议指出，海丰40万农民的暴动是广州起义的根据之一，而广州苏维埃政府的主要任务之一，便是根据海陆丰的经验建立正式的革命军队。1928年5月26日，当时任红二师参谋长的王备在一个报告中也说："海陆丰苏维埃政府之存在，不但对东江革命运动有密切关系，即对广东全省影响亦大，如12月广州之暴动，原因也因海陆丰苏维埃政权尚在继续发展，故毅然举行。"

广州起义部队向农村撤退，早在起义初期召开的起义军领导人会议上就提出过。起义军总指挥叶挺估计到广州坚守不易，主张把革命队伍撤出广州，到农村去坚持斗争，保存实力。只是由于共产国际代表纽曼的坚决

---

[1] 《程子华回忆录》，中央文献出版社2015年版，第18页。

反对而未被采纳。在中共独立领导武装斗争的初期，由于敌我力量过于悬殊，导致南昌起义、秋收起义等都相继失利。如何以弱胜强，以弱小的革命力量去战胜强大的反革命武装，全党都在苦苦探索之中。红四师领导人决定前往海陆丰农村去，实现了从城市到农村的战略转移，这反映了红四师领导人其实已经找到了中国革命如何胜利的抓手。只可惜这一认识未能坚持到最后，"左"倾军事盲动主义的错误战略，导致革命力量损失惨重。

红四师和红二师会师后，两支年轻的红色武装在彭湃的领导下打了许多胜仗，先后攻下陆丰城、甲子港，拔除了地主武装的最大据点——果陇，推动了更广大地区的土地革命。

1928年2月中旬，普宁县成立苏维埃政权，且每占领一个乡镇就迅即发动群众，打土豪，分田地，建立了一批区、乡苏维埃政权。2月14日，红四师十二团、十团一部和惠来、陆丰的农军向葵潭守敌发起进攻，2月20日，红四师十团和农军再一次攻占了葵潭。

至此，海陆丰革命根据地逐渐扩大，海陆惠普四县红色边区连成一片。

五、猎猎长风绕战旗
——红二、四师主要战役大事记

1

南昌起义和广州起义保存下来的队伍，即后来的工农革命军第二、四师在海陆丰点燃了武装斗争、为苏维埃政权而战的冲天烈焰。后来因种种原因，它没有燎原开去，而是灰飞烟灭空余恨。但是它英勇不屈、虽败犹荣的战史，一直是我军军史上极为悲壮、极为荣耀的一章。

2

1927年11月8日，国民党残余武装力量逃匿到碣石，严重威胁刚刚成立的苏维埃政权。彭湃与董朗立即率领红二师赶到陆丰，准备歼敌，并且派张威、林铁史连夜赶往金厢、碣石，动员组织工农武装配合红二师进攻碣石城。随后，红二师在玄武山自得居设立攻城指挥部，部署作战计划。

这天凌晨，天刚蒙蒙亮，玄武山处处人头攒动，群情激昂。彭湃、董朗、张威、林铁史等率领红二师及东南各区的赤卫队共三四千人集结待命，等候攻城命令。随着董朗一声令下，攻打碣石城的战斗开始了，敌人的枪弹密集地扫射过来，我方枪炮声也震耳欲聋射向敌人阵地，紧接着冲锋的呐喊声、军号声响彻云天。顷刻间烽烟四起，火光飞溅，大地震颤，炽热得仿佛就要熔化一般。在红二师和赤卫队的猛烈攻势下，碣石城终于被攻破，海陆丰苏维埃政权扫除了心腹之患，得以巩固。

就在攻占玄武山的战斗中，红二师两位战士身负重伤，由戴厝村农会会员抬回村里，医治无效，不幸牺牲。后埋葬于村中白沙坑园地，坟墓面朝西方（东海方向）。每年清明节，都有农会成员和革命群众扫墓祭祀。据先辈口传，两位烈士一位是彭湃同志的警卫员（也有人说是当时攻打碣石城的总指挥刘德彝同志，因他牺牲后至今下落不明）；另一位是红军号兵，姓名不详。

烈士墓志如下：

1927年10月6日董朗率南昌起义军一部转战陆丰，不久改编为"中国工农革命军第二师"（简称红二师）。11月11日凌晨，彭湃、董朗、张威、林铁史等率红二师一个营和赤卫队共1000余人在草洋戴厝村大榕树下集结出发，攻打逃匿到碣石城的国民党反革命残余武装。战斗中两名受伤战士被转移回村，经救治无效牺牲，埋葬于我村乌土方园地。据村民口述，两位烈士一位为高级指战员（经初步考证为攻打碣石城总指挥刘德彝同志），另一位为红军号兵。至今历经九十二载，烈士墓已破旧不堪。今逢盛世，重修陵墓，以缅怀红军战士功绩，告慰烈士在天之灵，启示后代传承红色基因，弘扬革命传统，不忘初心，牢记使命，砥砺前行，共筑中国梦。

戴厝村全体村民

2019年10月1日

创作札记

草木染黄，雁字横秋。静默在纪念碑前，感受着这秋天特有的寂静肃杀的美。纪念碑上那一层细细碎碎的尘土，透着一种安详恬静的力量，仿佛在告诉生者：别难过，好好的活着，我们的死就是为了你们的活，幸福的活，美好的活。

《海陆丰赤祸记》也有记载：

碣石地属陆丰，广东东部海防之重镇也，环城而居者四万余人。其地傍山面海，富鱼盐，居民少业农，其时子弟多服役镇台衙署，每有轻视乡民，施其借端欺凌榨取之手段，并呼乡下农民为"乡下鬼"，乡民畏城中人如虎狼。

……

彭湃散布党人，广播农会之后……是年（民十六年）八月二十九日晨，曾绍钦等以国民革命军他调，乘机纠众百数十人，分头来攻，势殊凶猛，守城保安队及警察，均不及备，被占。

……

十一月十一日晨三时许，党魁彭湃、林铁史、张威等，率领农民数百人，协同董朗所部之红军一营，共约千人，分头猛攻。激战由昼至夜，而玄武山、龙船、鼓石等处，已为红军、农民占领。

3

1927年在海丰县工农兵代表大会期间，捷胜区的代表提出全县已告解放，唯独我区捷胜城里的敌人虽被农军围困，但未被歼灭，要求迅速派遣得力部队前往助战，消灭残敌。代表大会随即通过由工农革命军第二师第四团派兵前往攻城，限三天时间完成任务。第二师师长兼第四团团长董朗接受命令后，即派第一营前往攻取捷胜城。

捷胜城位于汕尾港东部海边，系明朝为防御倭寇劫掠所建，是一座扼守海丰南部门户的边陲重镇，背山面海，地势险要。其在明清时期隶属于碣石卫管辖的千户所城，始建于明洪武二十七年（1394）。城墙大部分用灰沙夯筑，靠近城门的墙段用大方块红砖砌筑，城墙高度和厚度均为4.8米，设东西南北城楼四座，护城河深3.3米，易守难攻。而且城内建有储藏粮谷的捷胜仓，从而保障了城内守军有充足的粮食。该城距海丰城35公里，城内驻有地主豪绅民团90余人，加上不久前从海丰城逃往该城的保安队100余人，依靠城垣坚固，负隅顽抗。虽被农军包围多日，他们仍然有恃无恐，甚为嚣张。围城农军一面向敌打冷枪，诱其盲目射击，借以消耗其子弹，一面将海湾的船只通通扣留，以杜绝敌人从海路逃窜。

一营于1927年11月18日晚到达捷胜城郊，并于19日6时向城内敌军发起总攻。公平、梅陇、捷胜农军攻击西门和南门，革命军第一营主力从北门实施主攻，在猛烈火力掩护下前赴后继，架梯爬城，打开城门。经过两个多小时的激战，终于攻占被我农军围困十多天的捷胜城。此役击毙敌数十人，俘敌30余人，缴枪70余支。

第三天我军凯旋海丰城时，彭湃亲率苏维埃会议全体代表到距县城5公里外的谢道山欢迎，我军声威大震。

黄雍在《围攻捷胜城前后》中回忆说："打进捷胜城后，我打电话给彭湃，他很是高兴，对我说：好！我们郊迎十里。第二天我们在回去时，全体苏维埃会议代表都来欢迎，彭湃走在前面，过了谢道山溪很远来迎接我们。我说何必这样呢？他说第一个苏维埃政府郊迎十里算什么，将来南京、北平解放，在北平开大会的时候，几百里几千里也要欢迎呢。他的讲话很雄壮，从这些话也表现了他的气魄和远见超人。"

11月22日，张太雷在给党中央的报告中，也赞扬红二师四团"精神很好，打仗甚勇，与工农携手"。

罗浮撰写的《中国第一个苏维埃——海陆丰工农兵的大暴动》中说："捷胜的农民于这次暴动，可以说通通的起来了。他们高呼杀尽豪绅地主、为平民复仇的口号。但因保安队的死守（因为他们无逃生的出路，所以不得不拼命的死战），所以双方对峙了好久。一直至海丰县工农兵代表会开幕时，始决定由第四团派兵一营前往助战。决定十九日攻下捷城。当该军出发时，全体代表、军乐队及工农群众，均欢跃高呼欢送，兵士受工农之激昂慷慨的奖励欢送，竟连夜开到捷胜，会同农军共同作战……捷城既下，于是海丰全县，可说完全到农民手中，没有一个反动派了。"①

关于捷胜一役，《海陆丰赤祸记》这样记述：

捷胜，地滨海，僻处海丰县东南，围以居，多富户，子弟好读书，文物颇进步，城中住民，小事业农，酷习水性，取鱼盐以为利，而环城乡村，素与城中住户交恶。十一月，共党纠众千余，蜂拥攻城，势甚猛烈，守城部众奋勇迎击，相持数时，不支而退。越二日又大举来攻，枪械比前犀利，自朝至夕，冲锋数次，终不得逞，乃退匿附近乡村，及暮复至，猛烈围攻。城中部众，仍严阵应战……

惟是孤城困守，众寡悬殊，终非久安之策。共党旋退旋至，愈战愈凶。士卒已疲于应付，然尤竭力守御，如是者又延数日。彭湃以捷城屡攻未破，立调红军第二师董朗部精锐二百余人参加作战……十一月十九日（夏历十月二十六日）拂晓北门先破，俄而全城皆陷。

4

程子华参加过广州起义，后随起义部队来到海陆丰。中华人民共和国成立后，他写过一篇文章《保卫海陆丰》，主要记述了红四师在苏区的主要战役。

① 罗浮：《中国第一个苏维埃——海陆丰工农兵的大暴动》，《布尔塞维克》第8期，1927年12月12日。

紫金南岭之战。1928 年 1 月 14 日，红二师和紫金农民赤卫队向南岭地主武装发起了进攻。南岭纵横 50 余里，地势险要。因地主炮楼坚固，而部队又缺少重武器，在进攻中只好挖地道用炸药爆破，致近二月份才结束南岭战斗。是役，缴枪 200 余支，没收地主的稻谷 5 万余担。然而红二师也损失 200 人。

海丰赤石之战。1928 年 1 月 24 日，潜伏在惠阳、海丰边境的"海陆丰守备司令"蔡腾辉和陈炯明余部钟秀南率 600 多人，攻下海丰鹅埠。次日，焚劫海丰赤石，并进犯梅陇。26 日，红四师十团约 200 人和海丰县团队 400 人，协同梅陇、赤石武装工农 2000 余人，分四路进攻赤石。"红军本其牺牲英勇精神，向蔡部猛烈冲锋，兼得万余农民参战，卒以第 5 次冲锋把蔡军冲散，民众便乘胜追击，杀 200 余人，俘百余人，伤者不计其数。缴机关枪 2 挺，迫击炮 1 门，步枪 502 杆，子弹 15 箱，逆部逃亡狼狈，在后门附近过港，又沉船 4 只。"这是海陆丰苏维埃成立后最激烈的一次战斗，也是战果最为显赫的一次胜利。

普宁果陇、和尚寮之战。红四师十一、十二团于 1928 年 1 月中上旬在陆丰平定了"白旗会"匪乱后，十一团由彭湃同志带领，经惠来百岭、五福田来到普宁赤水村。2 月 1 日，部队会同普宁县团队和附近农民赤卫队进攻果陇庄大泉地主武装，3 日，攻克果陇。接着又于 6 日攻打和尚寮。此时李济深从汕头急派敌第七十六、七十七团增援普宁守军。经过激烈战斗，和尚寮被攻下。但此战尤其是在攻打果陇的战斗中，红四师十一团损失很大，"只剩战斗兵百余人"。根据东江特委的命令，部队退入大南山的三坑休整。

惠来葵潭之战。1928 年 2 月 14 日，彭湃亲率红四师十二团及十团一部和惠来以及陆丰碣石、金厢的农民赤卫队，向惠来葵潭守敌发起进攻，"缴枪数十支，钱大钧补充营及陆丰、惠来地主民团大部分逃走"。但时隔数日，地主民团卷土重来，葵潭再被惠来、陆丰两县地主民团占领。20 日，四师十团和两县农民赤卫队再一次攻占了葵潭。

红二、四师和农民赤卫队四出打击地主武装，使紫金、惠阳、海丰、陆丰、惠来、普宁6县的红色区域连成一片。这使国民党大为震惊。而此时桂系军阀将张发奎赶出了广东。内战稍息，桂系军阀就调重兵对海陆丰苏区发动了惨绝人寰的血腥"围剿"。

5

自此以后，红四师又经历了以下战斗：

大安战斗。1928年2月26日，敌第四军十一师2000多人和地主武装500人，从揭阳经河婆进占陆丰河口圩。28日到达大安。红四师十、十二团于29日清晨向大安敌发起进攻，激战两小时，因敌众我寡又缺乏子弹，不得不退回陆丰县城，接着又向海丰移动。这一仗我军牺牲四五十人。

汕尾战斗。3月1日，敌占领海丰县城，以一部约四五百人向汕尾进攻。3日晨，红四师和海丰农民赤卫队截击敌军，敌不支，但在汕尾海面的敌军舰派兵上岸增援，红军被迫退却。

惠来战斗。3月11日，红四师攻占惠来县城，但弃城逃走的敌人得到增援，再占惠来城。我方围城，毙敌一个团长。12日，红二师四团到达惠来协同红四师作战，敌撤出县城。红二、四师在惠来会师，但伤亡惨重，两个师只剩下八九百人了。

程子华在此役中曾与敌发生白刃战。他回忆说："敌人用刺刀刺来，我用左手握住敌人的枪口，敌人开枪打伤了我的手，旁边一个同志上来一枪打死敌人，我才脱险。组织上把我留在普宁县南山里治疗。红四师剩400多人了。"

中峒保卫战。这是保卫苏维埃政权最激烈的一场战斗。3月18日，红二师和农民赤卫队，在中峒后方根据地的险要屏障头坳(在惠阳和紫金交界处)，据险抗击进犯中峒的敌第七军黄旭初部数千人，展开了保卫苏维埃政权以来最激烈的一场战斗。红二师和赤卫队前仆后继，英勇杀敌，打退了敌军一次又一次疯狂的进攻，赢得了时间，让驻守在中峒的各机关及红军医院、兵工厂等后方人员撤退上山和转移储存的大量物资。21日，红二师余部配合农民赤卫队数百人，在后方根据地中峒另一险要屏障大坳头英勇抗击敌黄旭初部和余汉谋部共数千人的联合进攻，"红军奋勇苦斗，亦不示弱，如是又剧战一昼夜"。后我军退出战斗，向惠来方面转移或退入大山。

驻防海陆丰的敌第五军第十六师很快就集中了3个团的兵力向红二、四师活动的山区频繁"围剿"。在这种情况下，红二、四师犯了战略错误，仍分头单独行动，给敌各个击破提供了可乘之机。红四师回师海陆丰集结在盐岭时，遭敌黄旭初部突然袭击，我军向五华方向退走，辗转回到海丰，发起攻打海丰城战斗，没有达到目的，部队撤到山区。驻防海陆丰的敌第五军第十六师以3个团的兵力，向我红二、四师活动的山区"围剿"。我二师向陆丰东南部前进，在陂沟被敌四十六团打败，只剩指战员100多人。

黄羌圩战斗。10月28日，驻海丰守敌团长陈学顺派兵一部和海丰地主保安队从公平出发，分兵两路采用钳形攻势向黄羌圩进犯。我军主动撤出黄羌圩，埋伏在周围山头的树林里，结果将敌军包围在黄羌圩。周围农民纷纷拿着锄头、尖担前来助战，消灭敌军几十人，缴枪几十支。

6

硝烟弥漫、血肉横飞、杀声四起、刀光剑影、尸山血海、浴血奋战、赤手血刃、枕戈待旦……所有所有这一切的形容词都不足以描述红二、四师将士的骁勇善战，顽强不屈。这一点从敌方档案《海陆丰赤祸记》中的记载亦可略知一二：

十一师部队一路与红军数战甚剧。二月二十八日将抵大安……次日在大安分两路进发：一由副师长余汉谋率三十团香翰屏部直指陆丰前进，一路由三十一团团长李振球，并海陆丰保安队主任陈耀寰，率队向海丰前进。

余副师长及香团长率队行抵距大安七里许之竹竿壁岭地，方与红军第四师叶镛部遇，血战数小时，双方死亡各以百计，伤者甚多。下午二时，乃将红军击溃，直捣县城……

创作札记

在这片赤色的土地上，在这面血染的赤旗下，曾经聚集过那么多的赤魂，曾经倒下过那么多的赤魂。如今，凭吊曾经的战场，一片静寂，只有微风吹动着草，吹动着树，吹动着云。坐等阳光扫过，一切归明。

李振球及陈耀寰率队向海丰前进，及将抵公平二十里地方，遇红军第二师董朗部，剧战数小时，双方伤亡无数……时因春雾满布，四处山岭已尽为共党占据……李团及保安队卒被包围，接战一小时，雾散气清，李团冲锋陷阵，共党不支，溃退高山……

经于三月十八日，为驻紫金第七军黄旭初部，会同第四军之第十一师，分兵进攻，剧战数日，各县民团，复纷出向导助战，将第一防线攻破。红军主力仍尚无损失，顽强抗阻，各军继续前进，未稍松懈。红军奋勇苦斗，亦不示弱，如是又剧战一昼夜，至三月二十一日，始将其主力击破，扫其营垒……红军乃一部退至惠来，一部流窜山谷，四、七各军伤亡亦巨。

……

时汕尾首要彭小杰、叶娘因等闻报，率领农民千人，协同红军三百余，在距汕十余里十三乡地方意图抵御……激战三小时，共党顽抗，张营长乃以机枪扫射，共党不支，溃退……海军舰队亦开抵汕尾海面镇慑。

六、向死而生，坚持就是一切
——根据地及红二、四师失败的原因探析

1

海陆丰革命根据地失败的原因与教训很多，

今天有大量的历史文献佐证以及专家学者论证，综合起来无外乎外部原因和内部原因两种。

先说外部原因。

其一，敌我力量对比悬殊。

1927年12月，"张发奎大部驻惠州，准备与李济深处迎战"，而李济深"原驻潮汕军队大都向惠州方向移动包围张发奎"，无暇顾及绞杀红色政权，这也是苏维埃政权得以生息壮大的外部原因之一。一场军阀在东江的混战眼看就要爆发。红二师党代表发表《告东江工农民众书》，指出"工农革命军是工农自己的军队，是受中国共产党的指导而为你们谋解放的军队"，号召工人、农民团结起来，帮助自己的军队，在李济深、张发奎等军阀的混战中，"不要供给他们的粮食"，要"断绝他们的交通，扰乱他们的后方，劫掠他们的枪弹，解除他们的武装"，组织暴动，"夺取城市和乡村的政权"。

林务农，当时任海丰第五区党委书记兼汕尾市苏维埃政府"党团"书记，他在《为保卫新生的海陆丰苏维埃政权而战》中也提到：当时由于广东军阀李济深、陈济棠（部队驻潮汕各县）与张发奎、黄琪翔（部队驻广州、惠州一带）忙于争夺地盘，互相对抗，谁都不愿牺牲自己的实力，甘冒风险进攻海陆丰工农政权，造成一个缓冲时期，使海陆丰人民武装斗争有机会得到发展扩大。但随着李济深将粤系军阀驱逐出东江，军阀混战稍息，于是开始集中优势力量来对付海陆丰根据地。盘踞广州河南的李福林发电给南京政府："海陆丰苏维埃政府翘然独峙三个多月，如不及早'清剿'，祸害不浅。"

未久，国民党军阀就开始了对海陆丰苏区的"围剿"。黄旭初部从西面和北面向苏区围攻，占去了海丰、陆丰；陈铭枢部的新编十一师也从福建开来，以惠城作据点，进攻惠、潮苏区。自1928年1月中旬起，陆续开进东江的敌军计有：第四军之第十一师，第十三军之三十七、三十八两师，第五军全军四个师，第七军之第六师，第十一军之二十三师等。

《海陆丰赤祸记》记载："省当局此次派兵入海陆丰剿共，计分三路：一由汕头方面出发，经揭阳入陆丰；一由惠州方面出发经三多祝，入海丰；

至汕尾捷胜沿海一带，则由海军第四舰队派出大号兵舰前往截击；至退集黄埔之守备队，由钟秀南氏之督促策划，亦相机待发。此时，第四军十一师陈济棠部，由副师长余汉谋率领，集中揭阳开赴河婆，得海陆丰保安队主任陈耀寰，率领所部担任向导，直趋大安……先后克复海陆丰。"

在海面上，则有中山舰等7艘封锁接应，兵力达1万多人，占全省总兵力的三分之一以上。"当时海军方面奉命出发者为中山、广金、广庚、飞鹰等舰，3月1日早启碇，2日晚到达汕尾海。"

而此时在海陆丰根据地的红二、四师加起来已不足2000人，子弹更为奇缺。在1928年1月中旬，红四师每人还有五六十发子弹，由于接连作战，至2月下旬每人的子弹已减少至三四十发。红二师则更少，平均每人不足30发，且大多是土法制造，质量差。而地方武装和农民赤卫队虽号称数万，但这支队伍缺乏训练和装备，难以和装备精良的敌正规军作战。

陈同生在《红四师在东江》中讲：

红二、红四两师由于不断行军作战，伤亡得不到补充，队伍大大缩小，只有两千多人。

可是敌人却集中了十倍于我的兵力，委陈铭枢、陈济棠、徐景唐分任东、中、西三区"绥靖"主任，分路大举进攻苏区，海陆丰是他们攻击的中心。红二师在海丰苦战七日，终因兵力不足，弹药缺乏，不得不杀出重围，撤向普宁地区，寻找红四师，以便配合行动。

……

在汤坑附近的一次战斗中，我们抓了不少俘虏。俘虏们说，陈济棠、陈铭枢派出精锐余汉谋、黄旭初等两个师配合其他部队，要在普宁、揭阳一带，围歼我军主力。上级为了避敌精锐，决定分路星夜突围，四师东进韩江，二师向西，打回老区。[①]

----

① 陈同生：《红四师在东江》，中共宝安县委党史办公室编：《回忆红二师红四师》，广东人民出版社1987年版，第89页。

其二，革命根据地是一个守土型的工农武装割据政权，地势无险可守，整个区域又濒临大海，几乎没有回旋余地。且无论是海陆惠紫边界的山区，还是潮普惠边界的大南山，方圆并不大，当敌军集中优势兵力"会剿"的时候，地势不利是显而易见的。攻不易，守亦难。

2

在红二、四师发起了反攻海丰城（即五三暴动）的战斗之后，敌军恼羞成怒，驻防海陆丰的敌第五军第十六师很快就集中了3个团的兵力向红二、四师活动的山区进行血腥"围剿"。为了切断群众和红军的联系，他们实行了"扫平千里赤地"的手段，把靠近山区的村庄一个个化为灰烬。仅海（丰）陆（丰）惠（来）紫（金）4县，被屠杀的百姓就达1.8万多人，饿死、困死在深山的群众无法统计。大批乡民流落外乡，远走南洋。"千里赤地"几乎变成了无人区。

所谓扫平千里赤地其实就是焦土政策：所有的房屋烧成焦土，上无完瓦，下无完碗，扫帚棍都要过三刀。除了实行斩草除根的"焦土政策"外，还实行了惨绝人寰的"保甲制"。据敌方《海陆丰赤祸记》记载："实行保甲，清查户口：厉行保甲，为杜绝共党化身潜匿之唯一办法，十户为一甲，一户犯罪，一甲同科。此法古已有之，行之有道，持之以恒，邻坊联保，祸患可清。"以激石溪革命根据地为例，敌人所到之处烧杀抢掠，对支援红军、与红军有来往的村庄，实行"焦土政策"；对村民实行了五家同坐，三家同连；一家窝罪，五家同罪。激石溪大革命前人口1600多人，经过多次"围剿"后，人口不足500人。

关于这一时期的艰苦卓绝，徐向前在《奔向海陆丰》中写道："红四师开始虽打垮了该师的向卓然团，攻下了惠来，但终因敌人力量过大，不得不退入普宁的三坑山区与敌人周旋。当时，我们年轻的红军，只知道打仗攻城，不注重巩固根据地。经过多次战斗之后，部队的人数一天天缩小。敌人的'围剿'日益凶猛。他们到一处烧一处，到一村杀一村。凡是红军住过的房子，他们都烧掉；凡是与红军有过往来的人，他们抓住就活埋、杀死。我军为了保存最后的一部分武装，只好又从三坑撤退到海丰的大安洞、热水洞一带的山区里，配合当地的游击队打游击。"

同时，徐向前在《奔向海陆丰》中还提到："人民永远和红军一条心。山外的青年、老人和妇女时常冒着生命的危险，往山上送粮食。有时粮食接济不上，战士们下河抓小鱼，到山坡上找野菜充饥。冬天，没有住的地点，自己割草盖房子；没有被子盖，便盖着稻草过夜。敌人每到山上'围剿'，一定把草房放火烧掉，可是等他们过去后，我们又盖起来。东山烧了西山盖，西山烧了南山盖。正像我们伟大的诗人白居易的诗句所写的'野火烧不尽，春风吹又生'。"

年轻的红军艰难地生存着，像一颗颗拼死不熄的火种，盼望着春风又起的那一天。

在《海陆丰赤祸记》中，自第二章起至第九章，全部都是记述国民党反动武装与苏维埃红军两军对垒殊死搏杀的事件。如：第三章共产党第一次占城，第四章共产党第二次占城，第五章共产党第三次攻城，第六章共产党在广州暴动之海陆丰，第九章陈济棠部队克复海陆丰，十二章共产党是次暴动（五三暴动）等。满纸都是殊死作战、猛力冲锋、激战数时、来势凶猛、弹药将罄、惊魂荡魄、莫知死所、进剿激战、焚杀劫掠、凶横弥厉、蜂拥攻城、势甚猛烈、凶烈异常、势甚危迫、冲锋中弹而毙、提师连夜驰援、自朝至夕冲锋数次、血战数小时双方伤亡无数……不足尔尔。敌我双方拉锯战之惨烈之血腥，如今看来仍感惊心动魄，声犹在耳。

<h2 style="text-align:center">3</h2>

再说内部原因。

海陆丰本来是有着坚实的群众基础的地方，有党员2万多人，团员好几千人，正规红军有2个师2000多人，还有工农武装。但为什么仅仅存在了4个月就失败了呢？原因当然是多方面的，如敌我力量对比我们处于劣势，经济上遇到严重困难等。但失败的主要原因，还要在我们党的自身找。

比如苏维埃政府建立后，在镇压一批罪大恶极的反革命分子的同时，对中间阶级、小资产阶级也是采取打击政策，在土改中不仅没收大地主的土地，小地主甚至自耕农的土地也统统没收。同时还提出"不劳动不得田地""不革命不得田地"两个极左口号。当时的革命政府甚至还发布过"七杀令"，规定凡田主向农民收租者，勾结田主私还租谷、破坏大局者，私藏土地契约者，债主向工农讨债者，为地主做工役向工农勒租债者，窝藏地主土地契约者，以及已向农民勒取租谷不即刻交出者都要枪决。① 这就造成海陆丰根据地严重的经济问题。

由于苏维埃政权的财政收入主要是靠没收地主土豪的财产，军队的给养靠它，政府的经费也靠它。开始还可以维持，但渐渐地财政上就捉襟见肘了。为了开辟财源，维持军饷和政府的经费，苏维埃政府开始仿效当时苏俄政府的做法，向商人和富户派税、派饷，征收粮食，但仍然入不敷出。拼战争就是拼财力，没有财力的支持，要取得斗争的胜利是不可能的。由于筹款不易，红军生活异常艰苦，以致后来常常在饥寒交迫中作战，甚至在寒冷的冬季红军也依然是薄衣单裤加草鞋。

创作札记

翻阅资料时，法国诗人里尔克的那句诗一千次一万次地回响在耳边：毫无胜利可言，坚持就是一切。用这句诗来描述当时血火鏖战的岁月，无比的贴切，无比的现实。

红军必须在失败中寻找胜利，在绝望中寻找希望。

---

① 见《海丰县临时革命政府布告（第九号）》，1927年11月6日。载《海陆丰革命史料》（一九二七——一九三三）（第二辑），广东人民出版社1986年版，第12页。

1928年2月下旬，团中央令陆定一返回上海。陆经过香港时曾向广东省委报告过海陆丰的情况，主要讲了红军得不到补充和政府财政困难等问题。但广东省委非但没有提出解决问题的办法，反而发了一封指示信，批评东江特委没有坚决保卫海陆丰的自信心，并警告东委"不应有一点动摇"。

除了将土地分给农民，苏维埃政府还征收地主富农的粮食。《海陆丰赤祸记》称："自共产党占据海陆丰，起事数月加以红军工农军等之伙食供应，负担实繁……于是开会决议：将两县人民所存之米谷稻粱，悉数收归苏维埃政府，另行分配。捷胜义仓、沙港两盛号、南涂经利号等，积谷最多，均被没收，其余各乡略有储谷之家，无不尽将所有交出。共产党乃设粮食管理委员会及各区分会，专司收谷及分配事宜。"

同时，苏区政府在军事上执行了盲动主义的错误战略，又不注意及时补充兵源，造成处处被动。

1928年年初正是广州起义被镇压，海陆丰根据地被包围，粤桂军阀混战结束，军阀在广东的统治处于暂时稳定的时期。这时本应注意巩固朝面山、中峒、激石溪为中心的山区根据地，以便做好反"围剿"的准备工作。但红军却按照中共中央和广东省委的指示，把部队分散派往各县区组织东江大暴动，天天打据点攻堡垒，与敌人拼消耗。到敌人大举进攻"围剿"时，红二、四师

创作札记

正如徐向前所回忆的那样，红二、四师在海陆丰会师时确实打过几场胜仗，但由于红色区域不断扩大和发展，威胁着东江地区国民党反动派的统治，国民党反动当局大为震惊，遂有后来的重兵"围剿"、血腥扑杀。

只有战斗员 1000 余人和枪，却依然和敌人硬碰硬打阵地战、阻击战，结果伤亡惨重，几乎全军覆没。同时，在敌人重兵包围下，苏维埃首脑机关又未能及时向北转移到山区，而是据险守城，最后败走麦城，退往普宁与惠来交界的没有回旋余地的大南山。

徐向前的回忆文章《彭湃与红四师》指出，海陆丰之所以失败，"就是不善于运用军队的力量，在壮大自己、消灭敌人，尤其是在战略战术方面运用得不好……在军事上，开始时是打了胜仗的，但由此产生了盲目乐观主义情绪，不是避实就虚，而是老想到怎样去夺取城市。还有，见到地主、反革命就杀头……那时最大的错误，就是不补充红军的兵力，消耗得不到补充，结论是：搞得好，可以在海陆丰坚持久一点，但由于它南面是海，背后是山，是不能坚持长久的，应往粤北发展才对"。

未能补充兵力，对革命政权的影响直接且严重。

本来红二、四师红军的作战很勇敢，加上被充分发动起来的有极大革命热情的农军，经常一个连可以打赢敌人一个营，一个营可以打赢敌人一个团。如驻葵潭的一个连，在农民武装的配合下突破敌人一个营的阵地，并缴获了一批机关枪和迫击炮；在惠来的战斗中，红四师以三个连击溃向卓然的一个团。但是战斗频繁，红军伤亡很大，却没有及时补充兵员。

陆定一在《回忆海陆丰的斗争》中坦陈："其中一个很重要的原因是军官都是外地人，听不懂本地人的话，不愿意吸收农民到正规红军中来。我到海陆丰后，曾协助共青团组织少年先锋队，把团员和青年编成四个队，称为'马克思队''列宁队''李卜克内西队''卢森堡队'，一个队相当于一个营，共有一千多人，他们都是十六七岁的青少年。四个队之中'卢森堡队'就全部是女的，其余三个队全是男的，少年先锋队在防卫中是起了作用的。当时颜昌颐同志负责军队的政治工作，我对他说兵力消耗这么大，没有得到补充，这样打下去能支持多久？建议由少先队补充红军。颜昌颐同志同意派红军干部到少先队工作，少先队跟红军走，逐渐把他们编入红军。但部队减员问题，一直没有得到解决。"

广州起义失败后起义部队退到海陆丰，但部队没有补充农民，也不吸收俘虏兵，起义军中的教导团原有1200名黄埔军校的学生兵，也没有把他们当做干部使用，"而把他们编到第四师去当兵，那时不会打游击战争，不管敌军多少，都是打硬仗，后来绝大多数在作战中牺牲了"。

徐向前也表示："那时，我们不晓得建设军队，地方党不晓得建设武装。在打仗中，每一次仗都要牺牲一些人，剩下来的枪怎么办？我们跟东江特委有矛盾。我们说你们要我们打，又不补充我们的人。我们牺牲一个，你们就拿这支枪去给游击队，游击队又不能打。我们要求补充队伍，以后才给我们补充一个，是来当事务长的，叫马海水。我们人越来越少了，没有办法，只好上山打游击。"

将军拔剑南天起，愿做长风绕战旗。徐帅一生戎马，征战沙场，但广州起义和保卫海陆丰红色根据地的艰苦岁月，无疑是他印象极为深刻的人生经历。

4

1928年2月下旬，两广军阀混战稍息，敌即集中优势兵力第四军十一师、第七军六师和第四舰队，并配合各地民团、保安队，分三路向我革命根据地"进剿"。同时派调军舰封锁海陆丰沿海，开炮轰击海丰汕尾。

尽管当时红二、四师全部兵力已不足1000人，但即便如此，2月22日中共中央却指示中共广东省委，要求红二、四师"应采取进攻的迎头痛击的办法扩大东江武装起义，在敌军逼近时亦不许发生过早的弃城入乡的行动"，"不但一般海陆丰人民应当努力保卫苏维埃政权，而且要努力于发展全省暴动。在海陆丰之内，要组织工农群众准备守卫海陆丰"。

接到指示后，2月26日中共广东省委马上致信东江特委，指出"海陆丰割据之政权，是中国土地革命唯一的最伟大的成功，关系全省乃至全国的视听者甚大。海陆丰如果被敌人占据，是革命运动的一个大的挫折"。3月6日又致电东江特委，批评"东委对付敌人的策略还是偏于消极"，"目前主要的策略，应很迅速地包围消灭东路军，并调集一切力量去消灭敌人"。

3月20日，中共广东省委再次致东江特委信，仍然坚持认为：此次海陆丰被攻陷的主要原因"完全由于党的退却，而不由于敌人势力的强大……立刻决定进攻敌人的政策，一定要进攻。只有进攻才能保障我们的胜利"。

3月31日，中共广东省委致东江特委的信中严厉指示"绝对禁止将红二、四师调到外地去，要立刻反攻消灭敌人，恢复红色海陆丰"。

红二、四师频繁地与敌作战，使部队战斗力大为削弱。在潮阳、普宁的军事行动均不能取胜。面对危境，4月5日，东江特委和红二、四师师委召开了紧急联席会议，讨论部队的出路问题。会上红二、四师的同志认为海陆丰南面靠海，东临平原，山也不大，回旋余地小，主张部队到粤赣边界去打游击。那里是两省交界的地方，山多山大，有较充分的活动余地，有利于坚持长期斗争。然而，东江特委不同意，要部队回到海丰去。部队同志尊重特委的意见，会议通过了打回海陆丰的决议。

关于这次会议，徐向前在《彭湃与红四师》中提到过："彭湃召集东江特委和师委开联席会议，这个会议我也参加了。会上，军队的同志根据海陆丰一带南面是海，活动范围不大，主张将二师、四师及潮阳游击队合起来，转到粤北、梅岭去，那里是两省交界的山区，去那里有利于坚

创作札记

作为东江特委的主要负责人彭湃也是不同意徐向前等红军将领提出的"上山主义"的斗争策略的。徐向前回忆说，有一次部队在山下遇到了敌人。敌人比我们强，地势又对我不利，我们决定上山。这时，彭湃赶到了，他说怎么能退，要进攻，说着他第一个往前冲，我们只好跟着。

持斗争。这个主张，彭湃不同意。他说，广东的民团力量强，这么一个长途跋涉，恐怕不行。那时军队的同志主张到粤北去，是有依靠大山、依靠群众的思想，但这个思想还不是毛泽东的以农村包围城市的思想。在这个会上特委决定二、四师回师海丰。我们是党员，当然要服从这个决定。会后，二、四师向海丰出发。"

东江特委将不足1000人的红二、四师做了如下部署：第二师五团回守海丰城，四团在紫金炮仔圩、海丰公平地区游击，第四师十一团仍留在普宁三坑休整，在陆丰甲子和惠来葵潭地区的十团、十二团继续坚持游击战争，消灭"进剿"之敌，在必要时回师海丰。[①]

周铁忠回忆道："传令兵通知我立即回中峒司令部，我们连夜赶回中峒，知道红军在冲锋的战斗中失利，伤亡很大。我们的党代表颜昌颐同志腿部负伤，农军伤亡也很大……这些白匪尾随红四师进入了海陆丰边境，这是出乎我们所料的，我们错认为敌人还在五华附近。东特委军委再次发出战斗命令：所有红军不能离开海陆丰地区，每个红军战士都把保卫海陆丰作为自己的天职。"

红二师和红四师都坚决执行了东委的命令。屡败屡战，顽强不屈，战斗的激烈和伤亡可想而知。敌方感叹："共产党虽迭次失败，其主力红军仍集中西北一带高山，且岩石中洞等要隘，早已堆积粮食，坚筑堡垒，诚可谓退可以守者。至八区地方，为海丰汕尾必经之路，又为县城河流出海之要道，本应早日分兵收复，但红军四师叶镛所部尚有百数十人流窜于五六八区交界之山岭，各区农民又与联成一气，力尚不弱。"[②]

1928年4月19日，红二师在八万圩围攻地主民团。但此次敌人占据有利地形，子弹倾泻而出，战士们以血肉之躯前赴后继，鲜血染红了泥土，怒吼撕裂了喉咙……失利后退到后壁村，傍晚又退回大坪，再度激战。二日后，董朗带着仅剩的140余人改道回激石溪。此后，他们只能

---

① 叶佐能编：《彭湃研究史料》（下），中共中央党校出版社2007年版，第792页。
② 叶佐能编：《彭湃研究史料》（下），中共中央党校出版社2007年版，第935页。

藏匿山区，分别融入乡村，继续坚持艰苦卓绝的武装斗争。

按照中共中央和广东省委的指示，东江特委制定了反"围剿"的措施，虽然此时红二、四师全部兵力已不足千人，但为了保卫海陆丰红色苏维埃，在敌人的四面包围中，两支红军部队分头行动，血战沙场。

海陆丰苏维埃失陷后，红二、四师的部分同志提出了"出东江"的问题。不久红二、四师在惠普潮相继失败，徐向前等人更力主部队应离开东江，向湘粤边界转移。红军提出离开东江进行转移，是可以理解的。"由于红军大多都是外省人，不懂东江一带的方言，不熟悉地形，地方党组织也由于遭敌破坏，经常转移，很难给部队以更多的帮助。"[①] "敌军整天搜山、放火、杀害群众，我们的处境日趋艰难，只好分散游击。人越搞越少，有的是战斗中牺牲的，有的是被敌人抓住杀掉的，有的是病死的，有的是负伤没药治疗死去的，有的是活活饿死的，有的是被山洪暴发卷走的。没有粮食吃，靠挖野菜度日，没有房子住，临时搭个草棚避避风雨，后来因怕暴露目标，连草棚子也不搭，净住树林、草堆；蚊虫极多，害病的同志不少，又没有药治，整天和敌人周旋。"[②] 在敌人的强势围攻下，红军损失惨重，

创作札记

广州起义失败后，中共广东省委书记张太雷牺牲，中共中央派李立三接任广东省委书记。由于他此后实行了一系列的"左"倾冒险主义政策，给党造成了很大的损失，海陆丰根据地的失败就是其中之一。

---

① 中共广东省委党史研究委员会等编：《红二、四师史料选编》，1984年，第15页。

② 《徐向前回忆录》，解放军出版社2007年版，第46页。

部队基本被打散。到 7 月份时，"二师只有战斗兵二百几，四师还有三百几"。①

5

1928 年 1 月，时任中国共产主义青年团中央巡视员的陆定一受中共广东省委之托，到海陆丰向东委传达中央扩大会议精神。

其实这也是机缘巧合。1927 年 12 月 11 日，广州起义爆发，消息当天传到上海后，团中央宣传部部长的陆定一被团中央要求立即起程去参加暴动，名义是团中央巡视员，任务是协助团省委发动团员青年参加暴动。但船刚到香港，就得知广州暴动已失败，省委书记张太雷同志已经牺牲，党中央派了李立三同志任省委书记。陆请示团中央下一步的工作，团中央要他到海陆丰去视察团的工作。就这样，1928 年 1 月上旬，陆定一以团中央巡视员的身份抵达海陆丰，由此目睹了中国第一个红色苏维埃政权从如日中天、生机勃勃到血色残阳、兵败溃散的历史大剧。1988 年，耄耋之年的陆老口述了这一段历史《回忆海陆丰的斗争》，留给了后人一份珍贵的历史记忆。

陆定一回忆说，他刚一到海陆丰就切身感受到了新生苏维埃政权的勃勃生机：到处红旗招展，人民戴着红领巾、红袖章，干部群众热情都很高。但住了几天，他就发现如日中天、繁花似锦的苏维埃形势是不容乐观的，甚至是很严峻的。他认为这个根据地并非巩固。海陆丰第三次暴动，正是两广军阀内部矛盾尖锐的时候，因而没有力量立即进行镇压。11 月份，红色政权不仅平安地度过，而且有所发展。广州暴动失败后，广东两派军阀，接着在东江西北部展开混战，当时他们都避开海陆丰，但海陆丰苏维埃政权的存在，对他们都是"肘腋之患"，自然非除掉不可。

陆定一继续分析道：

① 中共广东省委党史研究委员会等编：《红二、四师史料选编》，1984年，第275页。

这时苏维埃面临着两种抉择：继续采取进攻的策略，向惠阳、广州的方向发展；或者采取守势，向普宁、惠来的大山区域发展，准备新的后方，必要时可以战略退却，到后方根据地活动。但最后，东江特委和广东省委采取的都是进攻策略……广东省委还担心广州起义失败影响同志们的情绪，特指示各地党组织要坚决执行原定计划，继续发动农民暴动，不得推迟，更不能中止，以便汇成全省的暴动，夺取广东政权。特别指示东江特委要巩固海陆丰的苏维埃政权，不要消极防御，而要积极进攻，邻近各县也必须起来暴动。省委批评上山或者退到偏僻地区以保持实力的政策是"自取灭亡"。

创作札记

实际上，由于敌人已集结重兵到东江一带，这时要巩固海陆丰政权已不容易，发动新的全省暴动更是以卵击石。

6

1928 年 6 月 25 日，东江特委给省委的信中如实汇报了留在惠来、普宁的红二、四师官兵的情况，他们"因不懂本地话，又不熟悉地方，甚至找不到饭吃的，而且各县委的地点屡次移动，也不容易找"。为此，他们提出了"红军出东江"的主张，要求东江特委送他们出东江。

当省委终于意识到"左"倾军事错误的严重性后，分别于 1927 年 7 月 7 日和 7 月 18 日指示东江特委应"绝对禁止盲动，一切非群众的行动，即令是小的斗争，亦应当禁止"。并提出红五师与各县工农军、赤卫队均应分散到乡村中去，红军可与农民共同耕种，及提倡与农妇结婚；红二

创作札记

红军官兵"遣散 160 余人，送出的亦仅 30 余人"。

悲乎哀哉！骁勇善战的红四师在艰苦卓绝的武装斗争中亦胜亦败，用全体官兵的热血书写了一部英勇悲壮的民族解放斗争史，它虽败犹荣。中共广东省委给予了红四师高度评价："红军第四师兵士，在广州暴动失败以后，继续为东江暴动血战，他们英勇的牺牲，是全国革命士兵之好模范。"

师编制保留，红四师编入红二师；要求组织济难会，募捐料理伤病员及被难工农。省委还提出部队要进行休整，指示分散在惠来、普宁方面的红军向海陆丰的大部队靠拢。

1928年8月，中央派陆更夫以中央巡视员的名义到东江了解红军情况。后来陆更夫在给中央的报告中详尽报告了保留下来的红军的艰难处境，"第四师士兵（学生现在不到30人了）病伤的很多，是应把他们送出去的"。

在彭湃调上海党中央工作后，省委派省委常委陈郁同志为东江海陆丰巡视员，到海陆丰了解红军情况。陈郁感慨地说："省委的同志只知道你们处境艰难，想不到难到这个地步！"就这样，直到12月，广东省委终于决定送红军离开海陆丰。直至1929年5月，红四师才全部从海丰等地区撤退遣散完毕。

研究海陆丰根据地历史的人都知道，在1927年的12月28日发生了一件事，史称"二八"事件。原来12月下旬，敌人围攻海陆丰的风声越来越紧，海陆丰城内人心惶惶。就在此时，侦察员报告说陈济棠的部队距离陆丰只有80公里了。东江特委和海丰县委立即举行联席会议，决定政府机关必要时撤到后方根据地黄羌。12月28日午后召开党员大会宣布这一决定，会后许多人以为敌人已经到了，连忙逃跑。傍晚，海丰县城行人稀少，机关空无一人。直到30日早晨，才知道我们情报不实，虚惊一场。当时以李立三为首的广

创作札记

当时李立三是中共广东省委书记，他推行的"左"倾冒险主义路线是导致红四师覆没的原因之一。他认为知识分子靠不住，尤其是"二八"事件之后，他曾说知识分子完了，今后只有依靠工农干部。

东省委对这件事情大为光火，马上派省委常委沈青亲到海陆丰查办此事。沈青到海陆丰后立即召开党员代表大会，并改组东江特委和海丰县委。

临阵换将，兵家大忌。果然，一些有斗争经验的人落选了，这严重削弱了县委的战斗力。

1928年12月，省委决定送红军离开海陆丰，经香港去其他地方工作，并指示海陆紫特委要设法多给予帮助，对"其能担任训练赤卫军之同志可酌留若干分配于乡村中训练赤卫军"；"其能插入敌人军队中当兵的，可给些款送他们到惠州、省城投入军队，在敌军中做士兵运动。如愿去的，应召集群众大会热烈地欢送他们，鼓起他们的勇气，提出'再回到海陆丰来见面'的口号，并教他们怎样去做士兵运动"。

几乎是在同一个时空维度里，1927年毛泽东领导的秋收起义部队不攻长沙而上井冈山，这在中国革命这盘棋上是非常高妙的一步棋，落子不凡，满盘皆活。当然他也因此被撤销了中共中央候补委员的职务。

只知前进，不知后退，只知进攻，不知退却。殊不知，有时前进、进攻是很容易的，后退却是很难做到的。如果在敌人步步向海陆丰进逼的时候，红色政权能主动退却，向山区发展，建立新的革命根据地，也许革命的火种还可能保留。但当时认识不到，即使认识到了也办不到。因为当时不仅广东省委执行的是"立三路线"，中共中央当时的指导思想也是盲目进攻。

创作札记

海陆丰沦陷后，国民党在县城成立了一个所谓的"临时善后委员会"，这个机构顾名思义就是尽快恢复苏维埃政府之前的旧秩序。为此采取了一系列的措施，其中一条就是剿抚兼施：凡知悔改自新，或戴罪立功者，当代请上峰，赦其前罪。

进攻需要勇气和谋略，退却有时更需要勇气和谋略，甚至需要更大的勇气和谋略。当进则进，当退则退，小至一个人，大至一个政党，这是脱离幼稚、走向成熟的重要标志。

七、浴血重生
——一个红四师战士亲述在海陆丰的斗争岁月

就像浩瀚的大海是由一滴一滴的水珠汇聚而成，绵延的山脉是由一沙一石堆砌而高一样，一部宏大厚重的历史，每一个字，甚至每一个标点符号，都是由一个个微小的"我"化字写成。

金山，朝鲜族，黄埔军校学员，1927年12月加入军校教导团参加广州起义，失败后随部队奔向海陆丰，1931年离开海陆丰。可以说他亲历了海陆丰红色政权从全盛到失败的全过程。1937年间，他写过一篇1万余字的回忆文章《影响我一生的第三位人物是彭湃》，是研究彭湃、研究海陆丰苏维埃政权非常重要的文章，对于今天的我们客观了解那一段历史的真实性是非常珍贵的第一手资料。但可能因为他是一个外国人，加上他的一些描述不太符合主流的党史研究模本，故很少被研究者引用。不过为了真实还原历史现场，让那段红色历史更加真实鲜活，丰满立体，同时避免不必要的凭空臆想，在这里我几乎要将它作为写作"赤旗篇"的主要线索之一。它非常写实，近乎素描，现场感极强，战争的残酷与惨烈、温暖的人性与血色的浪漫、苏维埃政权的全盛光景、红军在苏区几次的战役、党内的"左"倾错误路线和国民党的血腥绞杀如何导致红军全军覆没、气势如虹的苏维埃政权轰然倒塌的全过程，都被它无比真实地、细致入微地记录了下来。

还有一个值得注意的细节就是他与彭湃私交甚密。金山自己说："我在海陆丰时，差不多天天见着彭湃。他利用他家的两层楼现代水泥大房子做指挥部，在那里，我们有时一起练习日本语，因为他是东京早稻田大学的毕业生。""要是彭湃不过早死亡,他一定会成为中国最伟大的群众领导人之一。在中国,除了毛泽东以外,我没有见过别的人具有像他一样罕有的领导能力。"

本章特意摘录金山《影响我一生的第三位人物是彭湃》中关于红四师在彭湃带领下在海陆丰斗争的记载,只是限于篇幅,事件有所取舍。

参加了广州公社起义,我们看到海陆丰苏维埃这么兴旺,大家都非常兴奋。我们在广州失败了,但在这里的农村地区,胜利也许依然是我们的。

……

当教导团再一次开往前线时,在朝鲜人中间,只有吴松尹和我被要求留在后方。吴被推选为军事指挥部人员,并在党校任教,我在党校讲授工人运动史和共产国际及其活动史,并指导宣传方法。此外,我也在郑志云领导的党组织部任职,在组织部,我同他和彭湃密切共事。

我被要求成为海陆丰革命法庭的7名成员之一,他们说,由于我是一个外国人,他们认为我会比较客观和公正。我不喜欢这种工作,争取脱身,到经济委员会工作,因此经过两个星期,他们就免去我的这项职务了。

教导团到达以后休息了3天,就再次上战线了。

海陆丰有好几支武装部队:(一)红军第四师,2000人,由叶镛率领,那是由参加广州公社起义的教导团幸存者和新志愿者组成;(二)红军第二师,800人,由董朗指挥,由贺龙和叶挺部队的幸存者组成,好几个星期以前,贺龙和叶挺的部队在遭到完全失败以后,仍企图占领汕头;(三)工农革命军,由当地群众组成;(四)农民赤卫队。通常总共有7000人至1万人投入作战,虽然我们拥有的步枪不足1万支。

……

彭湃的军事口号是"坚壁清野"。5万名敌军包围苏区将近两个月,才敢于企图进入彭的人墙。

教导团到达后不久,白军就开始增援海陆丰了。李福林、余汉谋和李济深派军队包围苏区，但他们当中谁也不想首先闯进来，从而被我们消灭。

……

敌人第一次敢于闯入苏区，是在2月蔡腾飞带着2000人，从西部发动进攻，并占领赤石圩的时候。教导团急调300人前往支援人民作战。人民作战时高声呼喊，挥动红旗，并呐喊助威。这一仗，我们打死了500名敌兵，教导团只损失三个人。

这是一个巨大的胜利，使苏区充满了欢乐和力量无穷感。

余汉谋有3000名军队。他的战术是白天在高山上睡觉，晚上作战，总是在黎明前退去。他们要携带食物和补给品。有一天，在海陆丰以北20里的公平圩，正举行一个3000人的群众大会。这是1928年2月29日的事情，我和郑志云一起从总部出发，去出席大会。

大会进行主要讲话时，余汉谋的军队就开火了。原来他们秘密地走近，包围了公平，人们无所觉察——因为敌人的战略是只在夜间进攻，所以人们都不提防。

无数人死于这次突袭中。我看见到处都是伤者和死者。一些人持着梭镖，但其他的人只有刀子。

……

我和郑一起逃到海陆丰去，那天晚上，整个海陆丰的人（儿童、妇女甚至共产党员知识分子）都武装起来，惩罚敌人的卑怯行径。大家聚集在一起举行大会，彭湃提出他的口号："用我们的鲜血把敌人淹死！"人们喜欢这个口号，个个热情地高呼这个口号。接着我们就唱起《国际歌》和其他的歌曲来，并分为三部分，展开进攻。我们都尽快跑到公平去，包括许多妇女和儿童都是这样。

左路队伍由工人赤卫队组成。它首先进入公平，并成功地展开猛烈的进攻。由农民赤卫队组成的右路队伍被冲破。中路队伍被敌人包围，因此左路队伍从敌人的背后袭击，以保护我们。我就是在这个中路队伍中。它是一个共产党员纵队，由彭湃的兄弟彭桂率领，我们这个纵队有2000名共产党员和共青团员。

……

这次重大战斗由夜间9点钟持续至第二天早上9点钟。敌人只有3000名受过训练、拥有机关枪的士兵，而那天晚上我们的大多数游击队都投入行动。但我们没能"用我们的鲜血把敌人淹死"，虽然为了这样做所流的鲜血够多了。我们至少损失了1000人，营救了300名能够走路的轻伤者。白军士兵只死伤数百人。

就在这场你死我活、血光四溅的大格杀中，金山描述了一个让人痛彻心扉的血色浪漫场景：

在敌人机关枪的猛烈袭击当中，一位漂亮的年青姑娘走近我，站在我旁边微笑着。她是共青团的优秀领导人之一，我们常常在一起工作，互相日益好感。她自认是我的特别女友。

"我到处找你，"她镇静地说，"要是你牺牲了，我希望和你一起死。"几分钟以后，当我转过身来跟她交谈时，我看到的只是一个穿着蓝色衣服的无气力的身躯，她头部流着血……

因为查找资料之故，我曾反复翻阅这篇文章。每每看到这里，都会眼热动容。年轻的躯体，滚烫的热血，连同还未绽放的爱，瞬间苍白。

到了这时，白军已包围了整个海陆丰地区，敌人的包围正逼近我们。红军的2000名军校学员从东部回来，在过去几个星期中，他们一直在那里作战。

3月7日，我们展开收复海陆丰的进攻，结果失败，但却得以收复汕尾。那时候，我们只有很少的战士。全部红军加上赤卫队不足1万人，而敌人单是在海丰就有一个军9000人。我们的第二师800人已减少至600人，

创作札记

《海陆丰赤祸记》里面也有记载:"共产党又将没收之粮食,悉运往岩石、中洞存储,预备战败退守时,可资以为长期之抵抗。"

教导团只有1000人回来。在这两次进攻中,我们损失了1/5的武装力量。

……

梅陇之败以后,我们确定了使用大规模部队进行作战是没有用的;我们改而进行游击战。我们袭扰敌人的交通线,并消灭所有冒险运送大米或补给品的小股敌人。

晚上,敌军包围村庄,第二天早上,往往杀害全部居民。例如在3月14日和15日,敌人屠杀了一个地区的全部2000名居民。他们焚烧了全部稻田、仓库和房屋,所以我们没有粮食维持生活。

到了这时,没有粮食留下来给我们了。我们失去梅陇并分散为小组时,我同一批共产党员到了山区去。敌人尾追30里,要消灭我们。

……

山很陡很危险,通常没有人企图爬上去。两位朝鲜朋友吴松尹、成和我在一起,我们登山时就在队伍的前头。那时候我身体强壮健康,而吴则身体笨重,不习惯于炎热的气候。他大汗淋漓,令人怜悯。"在俄国的十月革命中,他们从来不像这次革命一样要爬山,"他说,"只有在中国,我们又要是战士又要是山羊。"

那天晚上,我们在另一边山坡上的废庙里暂住。我们一共10个人,每人都切望寻找食物,翻转每一块石头,指望在石块下面找到大米贮藏。……我们终于在一块石头下面找到小量的大米贮藏。

我们只能找到一个破旧的铁钵来煮，但它盛不住水。所以我们把米捣成粉末，做了一个饼，把它放到那个破钵里去烧。我们没法等到把它烧好，才半熟就拿开来，叫我们的朋友来吃了。

……

其间，吴看见一只倒霉的狗，于是开枪把它打死。这是广东人喜欢吃的那种狗。怎样煮好呢？经过许多讨论，我们想出了一个办法来：把狗放到地面一个洞穴里去，上面堆着柴火烧。我们围着火堆而坐，又唱歌又交谈。我教大家唱我最喜爱的歌曲（古老的朝鲜歌曲阿里郎之歌），我们唱了这支歌以后，都为之泪下。

……

到了这时，我们都筋疲力尽了，不得不睡觉。靠近废庙睡太危险了，所以我们分散开来，像被追捕的野兽一样隐藏在草丛中。

……

当我们秘密地在这座山的四周活动时，遇见一位农民。他告诉我们，我们的军队已到了白沙去。我们翻山越岭，到白沙去。没有路，山很陡。我们要往下滑，抓住草根和树枝，以防止剧烈跌落。在白沙，我们分开来，到农家去协助劳动。在那里，我们获悉叶荣已经牺牲，教导团只剩下400人。

村民值班看守，白军到来时，我们就都逃走。农民的所有物不多。他们收拾了粮食、器皿，抱着婴孩，到山区去。我们一星期逃走许多次。白军从农民那里夺去他们能够拿走的粮食，除了甘薯以外，我们没有吃的。离开海陆丰以后许多年，我实在不能吃上一个甘薯。

1928年5月3日，红二、四师发起了反攻海丰县城的战斗，史称"五三兵暴"。这次反攻海城，由于群众未能发动起来，红二、四师的行动又未能统一，致使战斗没有达到预期的目的。红四师与农军同敌激战一小时后退出县城，转移到山区。

金山对五三暴动回忆说：

5月3日是我们在海陆丰撤退途中停下来进行的最后一次反击了。一个星期以前，第二师和第四师的余留士兵召开了一个大会。全部粮食都吃光了。会上决定攻打海丰城。

只有600余名留者参加这次大会，400人是红军，其余的是游击队。我们在一个星期的时间中准备我们的进攻枪械。在两三天时间中我们只能吃一次饭，到了5月3日，我们很饿很弱。我们一共只能动员3000人，包括农民志愿者，大多数没有武器。

5月3日夜间，我们每个人都吃了一个甘薯。12时30分，我们出发。两位以前在罢工委员会工作的厨师刚从海丰城来找我们，报告白军指挥部里有40万元，此外还有400箱子弹和大量白面粉和大米。我们的计划是夺取这些东西以后就跑。

那天晚上9点钟，我们是在离海丰城30里的范围内。吴、成和我密切地走在一块儿，吴负责指挥我们80人小分队。我们的任务是占领学校。我们是第四师教导团的一部分，第四师分配到占领海丰城的任务。第二师则要占领离海丰城3里的一处地方，并要攻下白军第二师用作指挥部的那所中学。白军第一师驻守在海丰城里。

两位厨师已把一切情况告诉我们。我们知道敌人的阵地，甚至知道他们的口令。

我们渡过一条河流，河水高与胸齐。靠近海丰城了，最勇敢的人志愿领先进攻。我们第四师有三组人志愿领先进攻，每组20人。

我的任务是协助夺取学校卫兵的军服。我们的计划是装扮成为来自城外那个中学指挥部的白军士兵。为了保密，我们预定只使用刺刀，不开枪。

……

我们顺利地收拾了全部卫兵。10人从大门进入，其余的人翻过墙进去。这所学校里有一连人，但我们却夺得100支枪、8箱子弹和一挺机关枪，只损失 5 个人。其后，我们迅速地包围一条街道上的全部敌军。其余，我们打开监狱，释放了 200 名同志，他们当中许多人上了镣铐，被折磨得很衰弱。群众协助他们逃走。

……

白军没有进行很多的抵抗，因为他们指望城外驻军立即来援救他们。他们把门关起来，满足于从围墙内向我们掷手榴弹。

我们的第二师预定要占领的离城 3 里的一处地方，没有任何动静。这使我们感到忧虑。我们晓得，要是敌人援军到达，我们肯定将被全部消灭。我们判定，因为存在着敌人从城外袭击我们的危险性，我们不能继续在城内进行斗争，所以吹喇叭退兵。

我们走出海丰城，向第二师预定要占领的那处地方进发。还是了无动静。原来命令在 12 时 30 分占领那所中学。这时已迟了一个小时了。

我们到达时，发现敌军已听到海丰城的枪声，他们已守在山上的阵地和各处军事据点上。我们迟到的第二师才到了山脚。白军大吓一跳，因为是黑夜，不知道我们有多少人。

10 分钟后，我们就开展战斗了。"但除了叨黑夜之光以外"，我们处于不利的地位。黎明时，敌人看到我们人数很少，于是凶恶地袭击。我们逃跑，但许多人被打死打伤。我们在山脚下的第二师几乎全被消灭——这是贺龙和叶挺指挥的第一批中国红色士兵的结局。

……

海丰城之战是我们最后的袭击。党委徒劳地命令每一个人都不能离去，而必须要准备一场新的斗争。然而，勇气失去了，没有一个军校学员留下来。在教导团的幸存者中，1/4 以上在海丰城牺牲了。从广州撤来的 2000 人中，依然活着的不足 300 人，所有这些人都饥饿和患病。许多优秀领导者已经被杀害——没有人知道有多少领导者被杀害。

关于这次战斗，在《海陆丰赤祸记》中专门有一章笔墨详尽的记载，在此录其一二："枪声隆隆，巷战历数小时。迫近天明，得五坡岭开队夹攻，红军始退。而担任攻五坡岭之二师董朗部，不能依时并举，及四师败退尤未到达。是役，毙红军三十余人，十六师亦伤亡三四十人……此次红军暴动，加以死心附共之工农，协助叫嚣，故其声势极其凶烈。当时街头巷尾，杀、杀、杀、杀……之声震人耳鼓……"

红军此次行动虽以失败告终，但让城中的军政豪绅大受惊吓，惶惶之百态众生相尤为可笑：各部队之官佐职员，当时虽能将红军击退，而事后回思，类皆不寒而栗。十六师师长邓彦华恰于红军未暴动前因公赴省，师部事宜，由其参谋长何隆章主持，此次一经恐怖，竟成惊弓之鸟，挈眷赴汕，谓欲赴省请示机宜。各官佐亦多欲与同行者。

金山继续回忆说：

我们在山上集合，开了最后一次大会。山上瀑布发出凄凉的响声，在这种悲惨的气氛中，我们浸洗我们的伤口，估计我们的牺牲人数，讨论我们的缺点和力量。

……

黎明时分，我们疲乏地出发到白沙去，那是为了避过敌人的搜索。我们一总100人。在白沙，我们的朋友以甘薯汤招待我们。

我们分为两组，一组部分地由第二师的人组成，另一组由教导团的人组成，决定迅速前往内洋，以预防被敌人消灭。

在白沙的大会上，领导人说有病的和不能走动的可以不同其余的人一道到200里外的内洋去。许多人非常虚弱，有些人因进行隐蔽和在水中行进多天，脚和腿肿得很厉害，以致简直不能站立。但大家都坚持要去，因为我们个个都晓得，留在后面的人必定死掉。要是他们继续行进，至少会是死在斗争中，周围有自己的同志。因此，只有几个人留在白沙。

100人首先离开白沙，其余300人立即跟着离开。行进非常危险。我们是如此接近敌军，以致一声咳嗽也可能导致我们被发现和消灭。在我一生中，我从来没有看到人们这样自制。在这次危险行进期间，没有一个人咳嗽，虽然许多人患了肺结核，并且因暴露在水中而害着厉害的支气管炎。

走到内洋费了 3 天时间，不少人在路上死于创伤和衰弱。白天我们半睡着隐蔽在草丛中，其间，广东的大疟蚊吸去了留在伤者身上的鲜血。像我自己一样，几乎每一个人都患上疟疾。

……

第二天早上我们到达内洋，当地农民中间的共产党员来迎接我们。

许多个星期以来我们一直不知饭味。这时，我们吃到了饭，仿佛多年中第一次吃到饭一样。

……

白天，我们在村庄里吃饭，夜间，我们在山上隐蔽。我们有一半以上的人到了 30 里外的一个地方去，我们开展了反对地主的游击战，以取得粮食，因为贫苦农民没有能力供养我们。我们夺取了地主的东西，把它分给村民，所以穷人很快地就非常欢喜我们。

我们时刻想到敌军会追踪而至，一个星期以后，他们果然来了。要是我们不展开游击战，他们也许不晓得我们的所在。

在内洋，我们只有 100 人。除了山顶上的高地以外，敌人占领了所有的据点。敌人展开进攻以后，我们有一些人跑到高地上去。吴和我隐藏在山上的高草丛中。我们发现一块大石下有泉水，于是我们在这块大石下的水中隐蔽了整整一天。天黑时，我们走出来，在山上走更远一点。我们经过之处，敌军都向草丛射击。

第二天早上，我们俯瞰村庄。看不到士兵。内洋是个十分美丽的地方，清澈的溪水从山上流下去。

在接近山顶的地方，我们碰见一些农民，他们叫我们做"同志"，非常亲切。别人指引我们到附近一个村庄的秘密农会总部去，这个村庄有 10 户人家。

吴和我走到农会门口去，请会长协助我们到 200 里外的惠来党的特委总部去。一位农民做我们的向导。我们打扮得像农民，带着食物，白天隐藏在山上，夜间快步赶路。农民们接替做向导，引导我们从一个村庄走到另一个村庄去。

……

那天晚上，我们翻过许多座山，遇见非常多的蛇，有毒的并发出嘶嘶之声。吴和我害怕这些东西，因为许多同志曾经给蛇咬过。我们没有穿鞋子——广东农民不穿鞋子的。4月以来，我们就都打赤脚了，而在4月以前，我们只穿草鞋。

吴这时更加瘦了，看上去像一个憔悴老人一样。4月我得了疟疾以前，身体一直强壮。两个月的行进和同折磨我身体的发冷和发烧作斗争，已使我形容枯槁。有些日子，我非常病弱，以致走路时说起昏话来。我学会了走路时睡觉，给石头绊倒时才醒过来。在另一些日子里，我身体好了，但却虚弱得不可名状。

……

将近半年来，我们了无遮蔽地睡在山上，并走过深水稻田。几乎每一夜都下雨，我们随时睡在山上的草丛中，露水湿透我们身上的衣服。

……

8天以后，我们到达惠来的目的地。在那里，我们找到了彭湃和郑志云。他们住在一个大瀑布下面的岩洞里，瀑布遮盖着岩洞秘密的入口。彭湃害着病。

在查阅资料时，我还看到了一篇《在艰难的日子里——回忆1928年在陆丰的一段经历》，作者朱道南，是参加过广州起义的黄埔军校教导团学员、红四师战士。全文共计2.5万字，发表在1961年的《上海文学》上，对当时的斗争之残酷描述详尽，令人过目难忘。但限于篇幅问题，无法摘录，我一直以此为憾。

自始至终，我都是怀着由衷的敬畏摘录这些以硝烟、鲜血、人性、使命记录下来的文字。

八、血战乌禽嶂

——根据红四十九团战士黄贡记述

1

1932年11月，红四十九团计划开赴江西与中央红军会师，途径乌禽嶂时遭敌包围。部队被迫据险阻击，战斗打得异常惨烈，每次打退敌人进攻，都有不少战友倒下。激战数日后，很多战友牺牲了。战斗已经白热化，有的战友在肉搏时，拉响手榴弹与敌人同归于尽。濒临弹尽粮绝之时，部队决定突围返回海丰。山高路险，不可能将伤员一并撤走，指挥员命令一位副营长和我两人将伤员撤至较平坦隐蔽的地方掩藏。可多数伤员坚决不肯离开主阵地，大家知道境况险恶，已经没有生还的可能，纷纷要求不必顾及他们，他们誓死不当俘虏，要与敌人决一死战。副营长和我只得将重伤员强行逐个背到半山坡妥当安置。

阵地上枪声不断，副营长和我来不及与负伤的战友多说几句，又返回阵地抢救伤员。敌人最后一次进攻被击退的时候，黄昏已浓，一抹血红的残阳映在硝烟弥漫的乌禽嶂上，四十九团的战旗在残阳和寒风中猎猎飘扬，悲怆复悲壮。几十位尚存的红军战士无不浑身血迹，敌我双方的尸体遍地横陈。这时，团长彭桂高声对大家说："我们的失败是暂时的，革命高潮一定会重新到来！我们现在开始分散突围，只要活着我们就再在一起战斗！"战友们深知此一去也许就是生离死别，阴阳两隔只待来生。互道珍重后，就三三两两消失于夜色笼罩着的莽莽群山中。

黄贡是黄振雄的父亲。乌禽嶂战役就是他讲述给儿子听的。

黄振雄说，1958 年，父亲主动要求调往南岭附近的庄田矿区工作，每逢他带我们走过当年战斗的地方时，这时平素沉默寡言的父亲就会突然变得神情亢奋，滔滔不绝。

父亲告诉他说，从高潭到南岭一带的山村有很多地主建的碉楼，20 世纪 60 年代时这些碉楼仍在。过去南岭地区的地主武装自恃势力强大，凭借坚固的碉楼与红军为敌，袭击苏区根据地，残杀农会干部。所以红军不但要粉碎国民党反动军队的"围剿"堵杀，还常与这些地主武装发生战斗。红军攻打碉楼的战斗很惨烈，父亲当时是营部通信员，经常跟随营长参加战斗。可惜他那时年龄尚小，父亲告诉他的很多内容都已记不清。唯有一件事让他难以忘却，每每想起就心潮不止。那年他已 11 岁，有一次随父亲翻越乌禽嶂，临近顶峰时父亲突然站住，遥指着一处较平坦的山坡说："那场仗我们部队牺牲太多人了，死伤的战友躺满了整个山坡。"

父亲说到这里，声音已然哽咽。他站在原地沉默良久，湿润的眼睛凝望着远方。父亲的性格一向沉默寡言，加上多年从事秘密交通站的工作养成的职业习惯，喜怒从不形于色，所以这次父亲的异常情感深深震撼了黄振雄。半个世纪过去了，这种震撼至今还在。

父亲对他说，如果突围当天他的任务不是安

创作札记

在海丰县委党史研究室编的《海陆怒潮》《中国共产党海丰大事记》《中国共产党海丰组织史资料》等书中均有黄贡同志的事迹。2019 年 10 月，黄贡的生平事迹被海丰县委史研究室编入《海陆英雄》一书。

置伤员的话，也可能战死了。在紫金县庄田矿区工作期间，父亲经常带孩子们探访一位庄田圩里的裁缝师傅。据说这位师傅是红军伤员，后来被收留他养伤的人家招为上门女婿。父亲的另一位朋友是邻村的猎人，父亲调离庄田时，那位朋友还送了一只白毛猎犬给我们家。父亲与他们聊天时，话题总离不开"乌禽嶂""伯公坳""红军伤员"等。黄振雄长大后才慢慢悟出了父亲当年为什么执意从市里调到深山工作的原因：他在深深怀念着当年战死在这里的战友，特别是那些伤员，他们在生命最后的时刻都没有留下任何东西，哪怕是只言片语。他们已死去，而我却活了下来。自责和怀念，成为伴随父亲一生挥之不去的情结。

父亲自从 1928 年跟随彭湃闹革命后，经历了无数个生死一线、与死神擦肩而过的战斗。但乌禽嶂战斗却最令他刻骨铭心。当年他手指颤抖指着那片山坡时的情景，他那巨大的沉默和哀恸，让他们父子之间有了某种精神上的贯通。

那些倒在血泊中长眠于此的父亲的战友们，他们默默地躺着，就像默默地活着一样。他只想对父亲说，只要还有一个活着的人没有忘记他们，那些为新中国捐躯的士兵就还活着。

红四十九团在 1930 年 4 月时曾发展到 1200 多人，部队没打乌禽嶂战役前还有 300 多人，但血战之后仅剩 60 余人。

这一仗应该说是海陆丰革命根据地红军的最后一役。

第五章　苍天作证未敢忘记

一个民族，于一城一池可失而复得，但历史不行。历史靠的是传承，只要传承下去，民族就是活的，否则就死了。

一、丰碑·口碑

2018年10月，汕尾市委、市政府在红宫的西侧建碑《海陆英魂不朽丰碑——海陆丰革命先烈英名录》。赭红色大理石上以烫金字写道："据不完全统计，革命战争时期，海丰、陆丰被杀害的革命群众4万多人，有姓名查考的烈士4883名。"

早在1955年，海丰县就修建了烈士陵园，内有烈士陵墓，墓碑上写着"革命烈士永垂不朽"。据说是陶铸所题，这应该是海丰县最早的烈士纪念碑。它像从大地长出来的一个惊叹号，又像如磐石般的信仰，毫不动摇。

如今走遍海陆丰，这种烈士纪念碑比比皆是。

身既死兮神以灵，魂魄毅兮为鬼雄。古往今来，莫不如此。

第二次采访来到海丰，我下榻的酒店隔壁竟然就是"海丰革命烈士暨革命斗争史纪念馆"。这难道是冥冥之中的某种默契，某种不期而遇吗？本来8月份第一次来海丰采访时就要参观的，但一来天气太热，二来时间太紧，只能抱憾而归。

下午我们进去参观，听一个小姑娘讲解。本来的行程安排是计划看完就去红宫的，谁知我们从3点进馆，直到5点多要闭馆了，我们才意犹未尽地出来。因为史料实在太多太有价值了，而我们还仅仅是了解土地革命时期的史料，抗日战争、解放战争时期的还没看。

纪念馆建于 2016 年，它肃穆、庄严，就在绿树成荫、草木皆荣的烈士陵园旁边。

为有牺牲多壮志。告慰那些英勇无畏、舍命跟着彭湃跟着共产党干革命、为新中国捐躯的无名英魂，只要还有一个活着的人没有忘记，他们就活着，一直活着。

苍天作证，海陆丰人民从未忘记过他们。

二、红色方阵
——汕尾市红色文化协会掠影

1

在中国共产党建党百年之际，我们重新撰写中共党史上最具影响力、当年被毛泽东誉为"农民运动大王"的彭湃烈士时，最先登门拜见的，就是陈平老人。她是彭湃之子彭洪的未亡人，也就是彭湃的三儿媳。

登门拜访那天刚好是 2019 年的立秋。暑热袭人，但华南农业大学里面到处都是树木，凤凰木、相思树、樟树、苹婆树，树身长满了青苔，树荫蔽日，似乎倒也没那么热了。我们找了很久，终于找到了一栋石米外墙的老式楼房。沿着干净窄小的楼梯，我们来到了 4 楼，陈平老人和彭丹会长已在等候。这间小小的客厅仅有十几平方米，干净整洁，沙发是很雅致的塘藕紫，图案是清新田园风的小碎花。沙发正对面的电视柜上摆放着彭湃及彭洪的照片，沙发靠着的那面墙上，挂着前国家主席杨尚昆与陈平老人一家的合影。陈平老人沉稳寡语，但头脑清晰，送给我们她编著的《为理想奋斗的彭湃一家》时，不忘为我们签上名字。她体态娇小，皮肤白皙，虽已是八秩老人，但脸上竟没有一点老年斑，干干净净，清清爽爽。我们一起出去晚餐，她麻利地换下家居服，穿了一件款式别致、花色也别致的蒂凡尼绿连衣裙，一双同样款式别致的奶糖白皮凉鞋。老人显然很高兴很庄重，她告诉我，每天都练一小时的八段锦，难怪上下 4 楼那么灵巧轻便。

老人虽已八秩之序，然而，我觉得称呼她为"陈平阿姨"或"陈平老师"更为贴切，因为，她真的精神矍铄，妆容得体。

我把最美好的祝愿都送给这位革命老人：您值得拥有这人世间所有的美好。

2

彭丹，彭湃之孙。本书自始至终的采写过程，都得到他的大力支持。他的众多社会身份之一，就是"汕尾市红色文化协会会长"。尽管他公务缠身，没有与我们一起到海丰，但他的手机就一直没停过，遥控指挥，主要是交代红色文化协会的会员们如何协助笔者的采访，应采访哪些人哪些事等。

当年以彭湃为首，统帅着一个赤色方阵向着旧世界开战，并向着一个新世界前赴后继；如今，彭丹率领的红色协会也是一群矢志传承红色文化、发掘红色历史的人跟着他干，两者何其相似！

彭丹颇似彭湃：聚是一团火，散是满天星。他是红色协会这个方阵的统领将帅。

3

罗如洪，汕尾市红色文化协会常务副会长。2016 年，他和他的红色义工团队在当地领导的支持下，又自筹资金在黄羌圩东江革命委员会的旧址旁边建成了一座 300 平方米的"海陆丰革命根据地黄羌革命史料馆"，让黄羌这个海陆丰革命根据地的据点，越来越受到社会各界的瞩目。

罗如洪虽已是耳顺之年的老者，但谈起红色文化以及红色文化的传承与建设却滔滔不绝。可以这么说，海陆丰的革命历史他不是亲历者，却是忠实的传承者。这些年，罗如洪一直坚守红色文化事业，为红色文化耗尽了毕生的精力和财力。很多人都在问他：为什么会这么执着？他说："这片土地是我的故乡，我为有这样的故乡而感到骄傲。我从小就听着'彭湃县城烧田契''九簕炮打败罗一东''张善铭巧布空城计''四十九团横扫潮汕''古大存塘肚村避难'这些故事长大，像彭湃、杨其珊、张善铭、吴振民、林道文、赵自选、古大存、黄强、彭桂、曾生、尹林平、刘夏帆等英雄人物早已深深铭记于心。"

罗如洪后来考上了中共广东省委党校理论班，受教于刘夏帆教授，接受中共党史专业的系统教育。之后又攻读中央党校研究生，同时又是一位资深律师。他有着学者一般深邃的眼神，坚毅并且执着。他一辈子矢志弘扬红色文化，致力红色文化的研究，原来他的血液里也流淌着无法磨灭的红色基因。

4

2019 年 8 月 10 日，笔者第一次来到海丰县城时，天气炎热，加上第一次踏上红色土地，看到什么都新鲜，都兴奋，故晚餐时大家都感到了浓浓的倦意。正准备散去时，黄振雄出现了。他个头不高，但讲起话来中气很足，嗓音洪亮，带点潮汕口音的普通话说得很悦耳，我们以为他是在省城工作的干部呢！他坐下来没有什么客套，就开始侃侃而谈，直奔主题。他的语言很生动，很有感染力，我们一行人马上都被他精彩的话语鼓动得来了精神，竟然不想让他走了。但因为天时已晚，而且第二天他还要带我们去走访赤山约农会旧址，所以才作罢。

黄振雄退休后不停奔走家乡，了解当年彭湃发动农运的点点滴滴，每一个细节，每一个节点。他经过实地走访及采访当事人，确认 1922 年起彭湃同志曾在当时赤山村大池村祠堂门前的晒谷场播放留声机，用这新奇的洋东西吸引村民。他还带我们踏着雨后的泥泞，来到当年彭湃在赤山村后的竹林（现人民礼堂所在地）向农民宣传革命道理的地方。黄振雄还循着当年彭湃发动农运向农民进行革命宣传所走过的路线，一一去了伯公坳、名园村北桥边永福宫、大榕树下及拦河坝边的北帝宫、桥东上埔东岳王庙和谭公爷庙、大樟村的老戏馆等地。

5

戴镜兵大学是学的历史专业，受过专业的训练，具备专业的素养，如概括精准、条理清晰、用词贴切、描述客观，在关键的历史节点重笔落墨，串在一起，就有了"史"的模范了。难能可贵的是，他长期以来甘于寂寞，潜心求史，孜孜于史海钩沉，查证出很多被忽略但却有价值的史料，这些史料让我们更接近历史的真实。他将海陆丰革命根据地的起落过程、历史地位、对中国近代革命史的影响，从史学的角度进行了客观的、科学的、严谨的梳理。

比如他撰写的《红二、四师大事记》，简明扼要，以时间为经，事件为纬，回到历史现场，让史实说话。比如广州起义失败后部队从广州退出，到达紫金时在龙窝与红二师五团会师后，曾经与李汉魂部"接触激战"，后为避免与敌军直接冲突，战略转移退至炮子垳。但撤退时由于思想工作没有跟上，很多官兵"不知要何以退，故士兵因之失踪者颇多"。再如在彭湃调上海党中央工作后，省委终于决定送红军离开海陆丰，对由于各种原因无法离开的红军战士，"其能插入敌人军队中当兵的，可给些款送他们到惠州、省城投入军队，在敌军中做兵士运动。如愿去的，应召集群众大会热烈的欢送他们，鼓起他们的勇气，提出'再回到海陆丰来见面'的口号，并教他们怎样去做兵士运动"。像这种鲜为人知的细节大量而生动。而历史，其实就是由一个个细节的珠子串连而成。

在本文中采用了戴老师的不同文章的观点和文字，在此向戴老师表示诚挚感谢！

6

陈宝荣与戴镜兵不一样，他不是科班出身，但他就有那么一股劲儿，关于那段红色历史的承转启合、事件节点、各色人物，说起来滔滔不绝，引经据典，烂熟于心，几乎成了这方面的活字典。更令人惊奇的是，他的文章无论遣词造句还是布局谋篇，竟也古制古香，颇为讲究。

陈宝荣是个"80后"，总是笑眯眯的，白白净净的像个书生，你怎么都想不到他是一个基层民警，曾经亲手抓捕过一个命案在身的逃犯。原来，他在黄羌派出所任副所长时，得知辖区一名潜逃7年的杀人犯隐藏在平岗后湖村的一所老屋里。他历经两个多月的反复侦查，在当地村民的协力下，终于将潜逃犯缉拿归案。

汕尾市红色文化协会有宝荣等一班年轻后生，后继不乏，实属家乡大幸、社会大幸、民族大幸。

7

"关于我叔公这些故事，也不是秘密，大家都知道。特别是我的父辈们总是经常提起，当然我也特别喜欢红色海丰的故事，对我这英雄叔公有所了解。"

曾贵真是曾和世的宗亲，排辈应该叫和世为叔公。他现供职广州新快报社，对海丰红色文化有相当深厚的研究。说起叔公传奇的一生，他

创作札记

曾和世，原名曾何世。和世是彭湃给他起的名，暗含着希望世界和平的大愿望。

曾和世1910年12月18日出生于广东省海丰沙港石头乡，他比彭湃小14岁，"彭菩萨"的善举与大爱自小就让他心生敬仰，彭湃就是他的偶像。

1927年，年仅17岁的曾和世追随中国农民运动领袖彭湃参加农民运动，在彭湃身边工作过一段时间。因为深得彭湃的赏识，彭湃将他原来的名字"曾何世"改成了"曾和世"，取"世界和平"之意。可见在血雨腥风的烽火年代，革命者渴望世界和平，期盼人民能够安居乐业的殷切之意。青年和世没有辜负彭湃的期望，跟着彭湃搞农运，建农军，曾任海丰县六区区长、武装大队队长，并立下赫赫战功。

1929年8月30日，彭湃因叛徒出卖在上海英勇就义。得知消息之后曾和世悲痛欲绝，眼前闪过自己跟随彭湃这些年得到彭湃兄长般的照顾的情景，心如刀绞，日夜滴血，就连别人叫自己时都好像是彭湃在呼唤他。

"你敢出卖彭湃，我就一定让你以命偿命！"

彭湃就义后不久，曾和世一个人悄悄地潜回老家，他设法找到一个曾参与出卖彭湃的叛徒，并将其处决。

随后，国民党反动派悬赏1万大洋通缉曾和世。由于当时的伪民团武装遍布各乡镇，曾和世一时难以立足。无奈，他只好到广州、香港躲避，继续从事党的地下工作。

时而激情，时而深情，崇敬之情不胜切切，溢于言表。

当曾和世的女儿曾健红得知笔者在写作本书，刚从澳洲回来广州的她向笔者提供了很多鲜为人知的历史细节："跟随彭湃改变了父亲一生的命运，那时结识彭湃，比分到土地更高兴，因为父亲从此有了明确的人生目标。""重情重义、刚正不阿是父亲的秉性，他总觉得他与他的战友比很知足，因为他的战友们很多都牺牲了，而他还活着。"快人快语的红姐，身上同样有着父亲耿直性格的印记。

8

红色协会的会员几乎都有着红色基因的传承。他们的祖父辈都在彭湃的旗帜下浴血奋战过，如今好汉的儿孙都已顶天立地，只要确认过这个眼神，隔着天地，血脉仍汇流在一起。和他们在一起，你就会骇然感到，有一些东西，还活着；有一股突突的精气，一路传将到今天。

对于每一个汕尾市红色文化协会会员来说，其实就是以一颗初心追寻先烈的初心，彰显他们的使命与责任，传承他们从不动摇的信念和理想。

三、守望

——为红军守墓的宋氏三代

时间之钟拨回到 1927 年。南昌起义失利后，在以周恩来为首的中共前委领导下，起义军挥师一路向南。10 月 9 日，起义军叶挺部 1300 人在东江特委的引导下经激石溪到达东江特委的所在地——海丰县朝面山里的黄羌苦竹园。沧海桑田，光影无迹，当年的苦竹园现在已经更名为富足园，这是后话。

在起义军到来之际，彭湃领导的东江特委组织了空前的慰劳起义军将士的活动，宋水养一家与其他群众一起，亲切慰劳子弟兵。

当日，宋水养挑了一担蔬菜，与妻子钟氏、儿子宋帝仁一起给起义军将士们送去。

"老乡，请留步。"正欲回家的宋水养被一位红军叫住。

"老乡，是这样的，我是红二师某营的副官，我这里有一名小战士受了重伤，还没醒过来，想托付给你帮忙照顾。"副官握着宋水养的手，眼神中流露着期待。

"大军，你们都是'彭菩萨'带来的部队，我一定好好照顾这位小兄弟，你就放心吧。"宋水养毫不犹豫地接过这份沉重的托付。

"老乡，我们会回来接他的，生要见人，死要见尸！拜托你了。"副官抱着宋水养哽咽着说。

原来这小战士姓黎。南昌起义军在朝面山改编为中国工农革命军第二师，小黎是第一面八一军旗的升旗手。

1927 年 10 月 28 日，国民党反动军队 1000 多人趁红二师立足未稳向黄羌圩扑来。红二师师长巧施空城计，将党政机关和人民群众撤至丫髻山上。

半夜，红二师一个营和上千名农军从山上冲了下来，与敌人进行殊死搏斗。营长与副官带领全营官兵浴血战斗，战斗中小黎不幸身负重伤。

"你把小黎背下去，我来掩护，快！"营长斩钉截铁地对副官说。

"不，你是长官，要走一起走！"

"服从命令！小黎还年轻，他的父母把他托付给我，你要平安地把他送回四川老家！"营长朝副官吼道。

副官眼前瞬间浮现出小黎父母在四川老家将小黎托付给营长的情景。那以后，营长便一直把小黎当成自己的亲人，让小黎活下去是营长最大的希望。

副官咬牙含泪背起昏迷的小黎撤下，而营长选择了战死。

幸运的是，红军小黎在宋水养家得到了很好的照顾，伤情一天天好转。

数月之后，革命形势急转直下，反动军队加强了对革命根据地的"围剿"，宋氏一家不得不带着小黎躲到深山老林之中露宿。在艰难险恶的环境中，身体极度虚弱的小旗手不幸感染了风寒。

"老乡，我的首长来了没有，我要回家。"小黎知道自己不行了，躺在床上握住宋水养的手，满眼含泪地问。他还是个稚嫩的孩子，唇上刚有一抹若有若无的唇髭。

"小黎，这里就是你的家，我们都是兄弟。"宋水养心里明白小黎盼望部队，盼望他的战友们。

"对对对，我们都是你的兄长。"水养的弟弟连锦也安慰他。

"谢谢老乡，谢谢兄弟，如果我的首长来找我，你们就告诉他：我……我回家了。"小黎握着宋水养的手垂了下来。弥留之际，他仿佛见到了自己的营长与战友们……

第二天，天刚蒙蒙亮，宋水养、宋连锦兄弟在房后的陡坡峭壁中安葬了红军小旗手。

从此，宋水养每天都在门前眺望山坳的村口，盼望红军首长的到来，就这样日复一日，年复一年。寒来暑往，日升月沉。

40多年过去后，宋水养临终时把儿子宋帝仁叫到床边，庄重地托付：

"儿啊，我快不行了，只有一件事放不下。房后的墓穴里是一位黎姓小红军的骨骸，他的首长会来找他的，到时你们要代我亲自把骨骸交给他的首长！"

"爹，儿知道了，您就放心吧！"懂事的儿子郑重地对父亲承诺。

此后，每逢清明节，宋帝仁和宋显林兄弟都会带着子女为小红军扫墓，纵然是山高路峭，荆棘遍地，他们也从未间断。

一晃又是 30 年，宋帝仁也老了。临终时，他又把自己的儿子叫到床前："我迷糊了几天，今天精神好多了，有件事要交代你们。我们搬离老家到县城多年了，我走后，你们要把我送回老家，葬在小红军的墓旁。乡亲们都搬离了山村，山里太静了，我要陪陪他。每年清明，你们在拜我之前要先拜小红军，因为他比我辈分大。"

宋帝仁的子女同样没有辜负父亲的嘱托。虽然宋家第三代已举家搬至海丰县城，但每年清明节，他们仍然会一家人驱车 60 多公里路程回到老家，为小红军扫墓。

宋氏三代守护英魂的故事不胫而走。

在约百年前如火如荼的农民运动中，彭湃的名字几乎传遍海陆丰的山山水水。宋水养一家虽处山野之间，却也有着跟彭湃干革命当家做主人的朴素情怀，正是这样一种朴素却伟大的情怀，让他们把小黎当作自己的亲兄弟，把小黎安葬在自己的家山，让子孙后代供奉拜祀。平凡而普通的宋水养一家，一诺千金，无愧天地。

为缅怀红军小旗手，为弘扬红色文化，在汕尾市红色文化协会的组织发动下，根据小旗手的故事改变的微电影《守望》于 2019 年 8 月 11 日正式开机。开机之前，全体人员按当地风俗，给红军小旗手上香。站在红军小旗手的坟前，我默默地向他行礼致敬，也向宋家三代人守护红军墓的精神致敬。

开机仪式完毕，突然狂风大作，暴雨倾盆。英烈有灵，感极而恸。

这不是故事，这是发生在太阳底下的真事。这不是传说，这是一种情感和使命的传承。

转身回望这片红色土地，这里曾经涌现出多少个像彭湃一样的铮铮铁骨、有担当的热血男儿，他们都是中华好儿女，他们曾经叱咤风云，我们无法体会他们当时的感受，但他们用铁铮铮的事实阐述着中国人那种不屈不挠、向上向善的精神。

彭湃，这个无畏的勇士，他一生不变的信仰及一生为民族复兴求变的精神，为神州大地的民众指引方向；为在黑暗中挣扎的人们点燃精神火把；带领他们有尊严地寻找更美好的生活。他用大爱大善唤醒人们的自我觉醒意识，引导他们勇敢地为正义而抗争。彭湃与他的启蒙老师、他的战友一样忠于人民、忠诚祖国，尽管已经远离我们，但其瀚如大海的家国情怀却深深铭刻在我们的心中。时光渐行渐远，中国农民运动领袖的精神和风采依然鼓舞着一路前行的后来者。

彭湃及战友们的精神与思想经久不息，如五星红旗一样，高高飘扬，是红色文化的接力奔跑，是我们中华民族的伟大传承。

那冉冉燃起的火焰，已映红了壮丽的天空……

彭湃年谱①

1896 年

10 月 22 日，生于广东省海丰县城郊桥东社的一个地主家庭。乳名天泉。

祖父彭藩，号南金，是个工商业者兼地主。拥有铺面 40 余间，年收租 1600 余担谷，收高利贷 400 多担谷。父亲彭魁哲，从商。生母周凤，原是海丰公平山区贫苦农家的女儿，从小卖给彭家当婢女。彭魁哲有子女 10 人，彭湃排行第四，家中习惯称他为"四哥"。

彭湃在《海丰农民运动》一书中自称："我的家庭，在海丰县可以算做个大地主，每年收入千余石租，共计被统辖的农民男女老幼不下千 500 余人。我的家庭男女老少不上卅口，平均每一人有 50 个农民做奴隶。"

1901 年

进海丰县城七圣宫读私塾。

1903 年

进林祖祠小学读书。

1906 年

3 月嫡母王氏去世。4 月其父去世，时年 38 岁。

1907 年

彭湃 11 岁，暑假期间，随大兄彭银到乡下去收租，亲眼看到整个农村

---

① 参考郭德宏编著：《彭湃研究丛书（第一卷）》，中共中央党校出版社2007年版。

"镰刀挂起，米瓮无米"的悲惨气象。

1909 年

进海丰第一高等小学读书，取名汉育。

1910 年

春，海丰知县、贪官唐汝梅卸任。彭湃的祖父和当地地主豪绅给唐汝梅送"万人伞"，以歌颂他的"德政"。彭湃对祖父的言行进行劝阻后，和其他同学一起偷偷剪烂了"万人伞"。

1912 年

与海丰县鹿境乡的蔡素屏完婚。

1913 年

进县立海丰中学读书。海丰中学是当地的最高学府，因而也成了新旧思想争夺的一个主要阵地。彭湃就读期间，"好谈论时事和参加社会活动"。在进步教师林晋亭等的支持下，和陈复、陈魁亚等进步学生组织了"群进会"。

1916 年

5 月 7 日，和"群进会"的同学一起，发动海丰青年学生举行反日爱国游行，以纪念"五七"国耻日一周年。

10 月，海丰劣绅陈月波等为驻军统领林干材造石碑浮雕像。彭湃和陈复、陈魁亚、林甦等同学一道起来反对。林干材派出打手，殴打"群进会"的人。海丰中学学生由彭湃首名具状，联名到省城广州状告林干材。当局为笼络民心，将林革职。

1917 年

在陈其尤的帮助下，离开海丰到广州广府中学上学，并准备赴日留学。

1918 年

9 月，考入日本早稻田大学专门部三年制的政治经济科。

1919 年

8 月，返回日本。

9月18日，日本早稻田大学学生发起组织的"建设者同盟"成立。彭湃加入这个组织，并开始研究社会主义诸家学说。

1920 年

夏，利用暑假回国，游上海、漳州等地。在漳州向陈炯明僚属募银元数千元，支持上海《救国日报》。稍后重返日本。

10月，和李春涛等中国留日学生在东京松叶馆组织"赤心社"，表达"一心学俄国"的愿望，并学习了《共产党宣言》。

1921 年

三四月间，中国共产党日本小组的代表施存统（又名施复亮），曾就入党问题与彭湃谈过一次话。彭湃强调中国是农民占多数，社会革命要依靠农民。

4月，得到祖母患病消息，准备回国。

5月1日，在东京参加五一示威游行，被日本军警殴打。

5月初，考完毕业试后，离开日本回国。不久加入中国社会主义青年团。

9月底，回到海丰。

10月1日，陈炯明指令海丰县县长翁桂清委任彭湃为县劝学所所长。上任后，彭湃聘请在日本结识的进步同学杨嗣震、李春涛等来海丰任教。

1922 年

1月3日，海丰县劝学所改为教育局，彭湃任局长。

3月12日，在广州参加由社会主义青年团发起组织的白话剧社，并担任演员。

6月14日前后，在《赤心周刊》第6期发表《告农民的话》，"决心到农村去做实际运动"。

6月下旬，深入农村，开始从事农民运动。

7月29日，"六人农会"在得趣书室成立，成员有彭湃、张妈安、林沛、林焕、李老四、李思贤。

11月上旬，动员西医医生吕楚雄、刘恩泉夫妇将自己开办的药房改为"农民医药房"，规定凡农会会员凭会员证诊病不收诊费，药费收半。

11月，在龙舌埔的一次农民集会上发表演说，并当众烧掉自家的田契。

1923 年

元旦，海丰县总农会在海城龙山天后宫成立，选举彭湃为会长，杨其珊为副会长。同日起草《海丰总农会临时简章》，其纲领是：图农民生活之改造、图农业之发展、图农民之自治、图农民教育之普及。

3月中旬，海丰农会会员与地主阶级发生正面冲突，彭湃率领农民迫使法庭释放了被捕的余坤等6位农会会员。

4月初，到陆丰推动农民运动，协助成立"陆丰县农会筹备会"，由彭湃亲自任筹备会会长，郑重任副会长。

7月上中旬，改组"惠州农民联合会"为"广东省农会"，彭湃为执行委员长。

8月5日，海陆丰再次遭强台风袭击，海丰总农会召开农民代表大会，通过"至多三成交租"的决议。

8月15日，海丰总农会冲破县长王作新派出的警察的阻挠，在海城召开全县农民大会，到会农民2万多人。彭湃在大会上发表演说。大会重申"至多三成交租"。当晚，县长王作新召集豪绅会议，决定解散农会，并通缉彭湃。

1924 年

4月上旬，抵达广州，不久加入中国共产党。

5月25日至6月1日，在广州参加中国社会主义青年团广东区第二次代表大会，当选为区执行委员会委员。这次代表大会通过了两个决议案，其中一个就是《广东农民运动决议案》。

6月初，与国民党中央农民部顾问法朗克赴花县检查工作。

6月9日，中国社会主义青年团广东区执行委员会讨论分工，彭湃任农工委员。

6月30日，国民党中央执行委员会根据彭湃（以农民部名义）的提议，决定开办农民运动讲习所，并任命彭湃为第一届农讲所主任。

7月3日，第一届农民运动讲习所在广州越秀南路93号开学。

8月27日，广东工团军和农民自卫军成立。施卜为工团军团长，刘公素、胡超为副团长；彭湃任农民自卫军总指挥，徐成章任教练。

9月初，周恩来从法国经香港抵达广州，彭湃和阮啸仙等前往码头迎接。

11月26日，根据中共广东区委的指示，彭湃以国民党中央农民部特派员身份抵达广宁，参与领导农民的减租斗争。

1925 年

3月中旬，中共海丰支部成立，彭湃任书记。

3月25日，林甦率第三届农民运动讲习所武装考察团来海丰考察，并给海丰农民自卫军带来子弹一批。彭湃率农民代表及农民自卫军前往车站迎接。

4月12—14日，出席海丰农工界哀悼孙中山逝世大会，宣读誓词、遗嘱并发表演说。

5月6日，陆丰召开全县农会会员代表大会，彭湃出席。

9月14日，第五届农民运动讲习所在广州东皋大道一号开课。这届农讲所招收了湖南、湖北、江西、福建、广西、山东、安徽等省的学员。彭湃任主任。

10月20—26日，国民党广东省第一次代表大会在广州召开。彭湃、阮啸仙负责为大会起草《农民运动决议案》。大会选举彭湃等9人为省党部执行委员。

10月29日，根据中共广东区委的指示，中共海陆丰特别支部改组为海陆丰地委，彭湃仍任书记。

11月初，从海丰回到广州。

11月4日，出席国民党广东省党部执行委员会第一次会议。会议决定彭湃任国民党广东省党部农民部部长。

11 月 7 日，出席国民党广东省党部执行委员会第二次会议。

1926 年

1 月 15 日，广东省农民协会潮梅海陆丰办事处在汕头市志成里 1 号成立。彭湃兼任办事处主任。

3 月 10 日，和刘少奇等一起出席广州各界青年纪念孙中山先生逝世周年大会，并发表演说。

5 月 1 日，广东省第二次农民代表大会在广州举行。彭湃是大会的组织者。广西、福建、湖南、湖北、山东、山西、江西等 11 个省派代表参加。

8 月 12 日，参加海丰 6 万多农军在县城桥东龙舌埔举行的纪念"七五"农潮 3 周年大会，彭湃带领第六届农讲所学员出席大会并发表演说。

10 月，广东省农民协会将《海丰农民运动报告》改名为《海丰农民运动》，出版单行本，周恩来亲笔题写书名。

11 月，中共中央正式设立农民运动委员会，毛泽东为书记，彭湃等为委员。

冬与许冰结婚。

1927 年

1 月，国民党湖南省党部农民部翻印的《海丰农民运动》出版。

3 月中下旬，和陈延年、苏兆征等一起前往武汉。

3 月 28 日上午 9 时，湖南省总工会及长沙市总工会欢宴彭湃、苏兆征等人。彭湃发表演讲。

3 月 28 日下午，与苏兆征等赴湖南省教育会之各界联合欢迎会。3 月 28 日下午 2 时，由谢觉哉主持，湖南省农民协会欢宴彭湃、苏兆征等人。

3 月 31 日，抵达汉口。是晚中华全国总工会为欢迎国际职工代表团、欢迎苏兆征和彭湃来到武汉举行欢宴大会。李立三在会上阐明了欢迎苏、彭两人的意义。

4 月 19 日，出席国民党中央土地委员会第一次扩大会议，力主解决农民的土地问题。1936年毛泽东在陕北和斯诺谈自己的经历时讲到，1927年春，他在武汉召开的土地问题会议上，提出重新分配土地问题的建议，彭湃、方志敏完全站在他一边，支持他的建议。

4月27日至5月9日，中国共产党第五次全国代表大会在武汉举行，中心议题是确定党在紧急时期的任务。彭湃出席大会，并被选为中央委员。

7月27日，离开九江到达南昌。根据中共中央决定，周恩来在南昌江西大旅社宣布成立领导南昌起义的前敌委员会，由周恩来、李立三、恽代英、彭湃组成，周恩来为书记。

11月下旬，经中共广东省委批准，中共东江特委在海丰县城成立，领导海丰、陆丰、紫金、惠阳、普宁、惠来等县，彭湃任书记。

12月11日，广州起义爆发，彭湃未能参加起义，但仍被推选为广州苏维埃政府人民土地委员。在得到广州起义的消息后，彭湃立即组织海陆丰的革命武装，兼程前往广州，但进军途中获悉起义已经失败，遂折回海丰。

1928 年

1月5日，由广州起义部队改编的工农红军第四师（简称红四师）到达海丰城，师长叶镛，党代表袁裕。海丰县苏维埃政府在红场举行了数万人参加的欢迎大会，彭湃在会上发表演说。

1月14日，主持召开中共东江特委、红二师、红四师师委联席会议，研究开展武装暴动中的问题，制定出《东江暴动计划》。

3月12—15日，指挥红二、四师余部及普宁、惠来的农民武装及农民群众数万人围攻惠来县城，15日一度攻克，旋被敌援军夺回。

5月12日，惠来县工农兵代表大会在林樟乡举行，彭湃出席大会并作政治报告。

5月15日，主持召开惠来各级党组织负责人会议，就反攻县城制定具体计划，决定组织敢死队，彭湃任队长。后计划未实现。

9月21日，彭湃的妻子蔡素屏壮烈牺牲。

1929 年

1 月 24 日，中共中央改组江苏省委，彭湃兼任江苏省委常委、军委书记。

7 月，中共中央调彭湃回中央加强农委工作，不再兼任江苏省委的工作。

8 月 24 日，在上海新闸路主持召开中共江苏省委军委会议时，因叛徒白鑫出卖而被捕。同时被捕的还有中共中央政治局候补委员、军事部部长杨殷，中共中央军委委员兼江苏省委军委委员颜昌颐，中共江苏省委军委干部邢士贞，上海总工会纠察队副总指挥张际春等同志。

8 月 28 日，中共中央特科计划在彭湃等转狱途中截车营救，后因故失败。

8 月 30 日，给爱人许冰写信诀别，勉励其为党的事业继续努力前进。午后在龙华淞沪警备司令部英勇就义。

后 记

2021 年是中国共产党建党 100 周年，又是中国农运卓越领袖、被毛泽东誉为"农民运动大王"的彭湃同志诞辰 125 周年。

为宣传早期的中国共产党人彭湃及其战友们为中国革命事业舍生忘死、慷慨捐躯的丰功伟绩，在中共广东省委宣传部、广东省作家协会、广东人民出版社的组织策划下，在汕尾市红色文化协会的鼎力协助下，我们创作了以彭湃同志及其战友们革命生涯为背景的纪实报告文学《赤魂·赤土·赤旗——广东海陆丰农民运动群雕》，力图全方位、多维度、新视角讲述"农民运动大王"彭湃及其战友们的中国故事，呈现反帝反封建的农民运动的历史画面。

在海丰县红场西侧的英烈纪念碑上，有名有姓的烈士有 4883 名，而无名英雄则无以计算。每块土地的历史，是由这块土地上的每一个人书写的。海陆丰的红色历史不仅仅有彭湃，还有一群人，有世家子弟如林铁史，有知识分子如苏家麒、李劳工，有散尽家财的教会长老万清味，有武林高手的拳师如杨其珊、万维新，有大家闺秀如蔡素屏，有前途无量的女学生如许冰，当然，还有徐向前、曾生、古大存、郑志云、杨嗣震、李春涛、彭汉垣、余创之、郑重、张威、吴振民、杨石魂、董朗、颜昌颐、叶镛、唐维、袁国平、陆更夫、王侃予、程子华、杨望、陈舜仪、林甦、蓝训材等。正是这千万个"彭湃"纵情山海，才让一个贫弱不堪的民族重现生机，觉醒奋进。

回望近百年前那片赤土，那面赤旗，那群赤魂，作为一个历史的书写者，我感到肩上沉甸甸的，手中的笔也沉甸甸的。是的，一切早已开始，一切远未结束。

感谢彭湃、杨其珊、林铁史、林甦、罗屏汉、刘琴西、黄妈岁、曾和世、彭承泽、万维新等英烈后代在采访时的积极配合和无私付出；感谢汕尾市红色文化协会常务副会长罗如洪，常务理事陈俊，副秘书长钟仁基，研究员林奕生、陈宝荣、林镇、邱汉良、林大庆、戴镜兵，会员黄振雄、邱汉钦、叶君铭等老师百忙中的支持与指导。

创作过程中，还得到了中共广东省委党校常务副校长杨汉卿教授，中国作家协会副主席、中国报告文学学会会长何建明，著名评论家、中国报告文学学会常务副会长李炳银，广东省作家协会党组书记张培忠，著名作家、鲁迅文学奖获得者纪红建，中国作协会员、原花城出版社文学副编审鞠英老师，广东人民出版社副总编辑钟菱等的悉心指导。

林晋亭是彭湃的启蒙老师，更是彭湃走上革命道路的引路人。林家满门忠烈，在风云激荡的岁月里，用鲜血谱写了可歌可泣的红色传奇。从"农民运动大王"彭湃，到"时代楷模"彭士禄，再到以彭丹为代表的红后代，他们代代赓续革命精神血脉，传承红色基因。这种赤子之心、优秀红色家风是难能可贵的。

本书在写作中，参阅和采用了如下资料的部分观点和字节，在此一并感戴恭谢，敬祈周知：

《为理想奋斗的彭湃》(陈平主编，人民出版社 2017 年版)；

《海陆丰红色故事》(第一辑)(中共汕尾市委宣传部编，广东人民出版社 2019 年版)；

《彭湃年谱》《彭湃研究》(郭德宏编著，中共中央党校出版社 2007 年版)；

《彭湃研究史料》(下)、《彭湃研究论集》(上)(叶佐能编，中共中央党校出版社 2007 年版)。

谢友义

2021年6月20日